DARLING

DARLING

L M Krier

Livres Lemas

À Clairette et Valérie,
avec tous mes remerciements pour leur aide,
leur soutien et leur amitié.

Note du traducteur

La police britannique est divisée en deux corps : la police en uniforme et celle en civil. Les grades dans chaque corps portent aussi la marque de cette différence.

Les voici avec leurs abréviations, ainsi que leur équivalent le plus proche dans la police française (pas de correspondance exacte le plus souvent, de plus les grades dans la police française ont changé plusieurs fois, par exemple transformation de "inspecteur" en "lieutenant", lui-même supprimé dans la dernière réforme en date)

Dans l'unité de la police criminelle de ce livre :

DCI (Detective Chief Inspector)	– capitaine (anciennement inspecteur chef/principal)
DI (Detective Inspector)	– lieutenant (capitaine depuis la réforme vient qui d'entrer en vigueur - anciennement inspecteur)
DS (Detective Sergeant)	– brigadier /major (sous officier intermédiaire entre sans grade et officier)
DC (Detective	– agent, gardien de la paix

| Constable) | |

Police en uniforme :

Chief Constable	– directeur
ACC (Assistant Chief Constable)	– directeur adjoint
Chief Superintendent	– commissaire / commissaire divisionnaire
Superintendent	– commandant/ commandant divisionnaire (anciennement commissaire)
Chief Inspector	– capitaine (anciennement inspecteur chef /principal)
Inspector	– lieutenant (anciennement inspecteur)
PS (Police Sergeant)	– brigadier /major (intermédiaire entre sans grade et officier lieutenant / capitaine)
PC (Police Constable)	– agent, gardien de la paix

Jean Sauvanet - Septembre 2020

1

Ted Darling s'apprêtait à tuer un homme. C'était la première fois de sa vie. Il avait vingt-neuf ans.

Dans l'oreillette, il avait son chef, l'inspecteur Matt Bryan. Voix calme, apaisante, un peu cassée parce qu'il fumait trop, d'ailleurs sa toux sinistre ne trompait pas : il avait déjà un pied dans la tombe.

Bryan était de la vieille école, protocole avant tout. Quand il s'adressait à Ted, c'était de manière formelle, assez rarement avec le prénom. Le plus souvent, c'était « sergent ».

— Bon, sergent, à mon commandement, pas avant vous entendez, à mon commandement vous ferez feu. Code 'Fahrenheit'. Je répète, code 'Fahrenheit'.

C'était l'ordre de tirer pour tuer. Pas surprenant. De la position en surplomb de Ted sur le toit d'un bâtiment à plusieurs étages, c'était le seul angle de tir possible – à la tête – et encore, même pour un pro de son niveau, c'était un tir délicat.

— OK pour vous ? Cible dégagée ?

— Je crois que oui, inspecteur.

Bryan grogna, agacé.

— 'crois que oui' ! C'est pas ce que je veux entendre. C'est moi qui vais en répondre et je dois encore avoir l'autorisation de mes supérieurs. C'est la première question qu'ils vont poser : 'est-ce que c'est OK pour vous ?'.

Ted mit son œil à la lunette du Heckler & Koch bien calé au creux de son épaule. Il avait en visu un homme plutôt jeune sur le point de perdre complètement les pédales. Le bras gauche de l'individu enserrait une jeune femme à la gorge, la main droite brandissait un Glock fébrilement, tantôt pointé à la cantonade, tantôt sur la tempe de sa prisonnière.

Ce braquage avait mal tourné et il y avait déjà deux victimes. L'une dans le bâtiment, sans doute mortellement touchée, l'autre dehors, à proximité de l'individu armé ; c'était une jeune policière et rien ne permettait de savoir si elle était encore vivante. Elle était à terre, inerte, il y avait beaucoup de sang. Non seulement elle ne bougeait pas, mais on ne l'entendait plus.

Elle n'était même pas venue suite à l'appel radio du commissariat. Sacré manque de veine, sa patrouille de routine passait par là juste au moment où le braqueur manqué avait décidé de tenter une sortie avec son otage après le fiasco de son opération.

Apparemment il travaillait seul, ce qui le rendait encore plus dangereux. Comme il ne pouvait compter sur l'aide ou le renfort de personne il devait être complètement déboussolé. Du coup il était prêt à tout. Ils n'avaient rien sur lui, aucune piste, sans parler d'un éventuel casier.

Un négociateur de la police essayait de faire retomber la pression. Il s'adressait à lui par haut-parleur de sa voix calme et pondérée. Le jeune homme devenait vraiment de plus en plus imprévisible. On avait atteint le point de non-retour, la discussion ne servait plus à rien, et ce d'autant plus que la jeune femme à laquelle il se raccrochait comme si sa vie en dépendait était à deux doigts de la crise de nerfs. Et il se rendait bien compte qu'elle était son dernier rempart contre une balle.

On aurait dit que le temps était suspendu. Ted savait que son chef allait demander le feu vert à sa hiérarchie pour mettre un terme à cette situation de la seule manière apparemment envisageable. Il y avait peut-être encore treize coups dans le Glock 19 que le braqueur utilisait. Un sacré tas d'autres victimes potentielles si on ne mettait pas un terme à la prise d'otage rapidement.

Et puis la voix éraillée parvint à nouveau à l'oreille de Ted. C'était l'ordre.

Ted avait été formé pour ça. C'était malgré tout la première fois que ce n'était plus un exercice, et aucune simulation ne pouvait l'avoir préparé à ce qu'il allait vivre en situation réelle.

Toute son attention et ses craintes étaient focalisées sur la trajectoire de la balle et il aurait presque pu jurer qu'il la voyait au ralenti. Est-ce qu'il avait bien pris en compte tous les paramètres ? Est-ce qu'il avait bien calculé l'angle de tir ? La moindre erreur de sa part mettait la vie de la jeune otage en danger tout autant que celle du braqueur.

Et puis la tête de l'homme explosa comme une pastèque. Il vit la jeune femme tomber à quatre pattes et se mettre à fuir la scène de cauchemar en rampant, de sa bouche montait un long hurlement d'angoisse.

Physiquement, elle était hors de danger, et indemne. Psychologiquement ça risquait d'être une autre histoire, et peut-être pour toute sa vie. Mais au moins, elle était vivante.

— Bon boulot, sergent, glissa Bryan dans l'oreillette, voix désincarnée, mais rassurante.

Ted passa en mode automatique. Il mit son arme en lieu sûr, respira lentement par la bouche pour contrer les effets de l'afflux d'adrénaline qui submergeait son corps. Sur le moment il était comme anesthésié. Quoi que cet épisode ait provoqué chez lui, ça ne sortirait que plus tard, quand il aurait liquidé les formalités administratives ; quand il aurait éclusé quelques verres avec l'équipe après le service ; sans doute pas avant d'être rentré à la maison chez son père, où il y aurait forcément quelque chose à régler.

Là-bas en bas ça commençait à s'agiter en tous sens. Deux infirmiers reconnaissables à leur tenue verte fonçaient vers l'agent touchée. Ted brûlait d'avoir des nouvelles de son état et des précisions sur celui de l'autre victime connue.

Des agents de la police armée s'étaient déployés en cercle autour du braqueur, même s'il n'y avait aucune chance qu'il fasse un mouvement, maintenant et à tout jamais. Le service médical et les policiers s'engouffraient dans le bâtiment, précédés par d'autres membres du groupe d'intervention, pour s'occuper des gens à l'intérieur.

Matt Bryan gravit à grand peine les marches de l'immeuble pour rejoindre Ted sur le toit. Sa toux sèche résonnait dans la cage d'escalier en béton. L'ascension était un vrai supplice pour ses poumons détruits par le tabac. Un membre de l'équipe de Ted l'accompagnait, il avait l'air inquiet pour son sergent.

— Ça va patron ? Un foutu tir, ça c'est sûr.

Ted fit oui de la tête, mais ne put se résoudre à parler. Il commençait à redescendre sur terre et à entrevoir ce qui allait s'ensuivre. Même s'il agissait sur ordre, il y aurait immanquablement une enquête approfondie dans la foulée, surtout pour une opération aussi médiatisée. Il avait été trop concentré sur ce qu'il avait à faire pour s'en rendre compte, mais il était sûr que la presse et les stations locales se bousculaient en bas.

Il savait que son accréditation serait suspendue sur le champ. C'était la procédure, et il serait assigné au bureau jusqu'à ce qu'il n'y ait plus de vagues. Il espérait que le patron ne mettrait pas le reste de l'unité sur la touche aussi, mais ça restait une option possible. C'était un travail d'équipe, une équipe unie comme les doigts de la main. Avec leur chef hors-jeu jusqu'à la conclusion de l'enquête, ils risquaient aussi d'être consignés dans les bureaux pour lui tenir compagnie.

L'inactivité serait un supplice pour Ted, et il y aurait pire à suivre : l' «invitation » impossible à décliner de voir le psy. Ted avait horreur de parler de lui et de dire ce qu'il ressentait. Il y avait des idées noires très intimes qu'il avait solidement cadenassées et dont il n'avait jamais parlé à personne. Et il souhaitait que ça reste comme ça.

Il avait dû en passer par les mêmes tracasseries quand il avait postulé pour devenir agent spécial de la police armée. Il avait dû montrer patte blanche pour la sécurité et satisfaire à des batteries de tests psychologiques écrits avant même d'être accepté pour la formation.

Il allait essayer de faire le mort pour le moment mais il savait que le règlement l'obligeait à voir quelqu'un, ne serait-ce que pour expliquer de vive voix pourquoi il allait bien. Après tout, ce qu'il venait de faire n'était que le boulot pour lequel il avait été formé, même si c'était la première fois. Il avait déjà dû tirer pour infliger des blessures, mais c'était bien le premièr tir létal.

Psychologiquement, il n'avait pas l'impression d'avoir subi un quelconque choc émotionnel dans cette intervention. Pour l'instant, il ne ressentait qu'un étrange détachement de la réalité. Il ne souhaitait qu'une chose, rejoindre son équipe et reprendre son travail.

— Murphy, prenez l'arme du sergent, suivez la procédure et libérez moi le plancher fissa. Filez au véhicule et attendez le sergent pour le ramener au poste, dit Bryan, on s'y retrouve pour un debrief dès que j'ai l'autorisation de quitter la scène d'opération.

L'agent de la police armée Declan Murphy se figea dans un garde-à-vous sommaire doublé d'un « Bien, chef » sonore, puis il exécuta les ordres. L'inspecteur Bryan était un bon chef mais il pouvait devenir une vraie teigne avec ceux qui sortaient des clous. Murphy n'avait aucune envie de se le mettre à dos aujourd'hui, tout le monde avait eu sa dose.

Bryan s'accouda à la balustrade et sa main plongea automatiquement dans sa poche à la recherche d'un paquet de clopes. Il n'allait pas fumer, pas en service, pas en tenue, mais son corps réclamait sa dose de nicotine, alors il se cala une cigarette à la bouche sans l'allumer et tira avidement des bouffées du côté sans filtre. Ted remarqua que de près le sifflement de ses poumons s'entendait à chaque inspiration.

Il se remettait à peine d'une belle bronchite, encore une, et il n'avait visiblement pas pris assez de temps pour se rétablir.

— Bon, sergent. Y a que nous deux maintenant, alors pas de conneries. Ça va ? Vraiment pas de casse ?

— OK, chef, pas de souci. Ce n'est qu'une mission comme une autre.

— Ouais, mais allez surtout pas dire ça à ce foutu psy. Ils aiment pas les policiers qui prennent leur pied à tuer ou ceux qui restent insensibles. Vous pouvez dire adieu à votre accréditation si vous êtes dans cet état d'esprit.

— Je n'ai pas dit que j'aimais ça, chef. Je me suis contenté d'obéir aux ordres, de faire mon boulot.

— C'est ce qu'ils disaient tous à Nuremberg, grommela Bryan, on va prendre une demi-heure ensemble au poste après le débriefing pour être sûr que vous aurez le bon discours. Je sais qu'en cas d'embrouille vous êtes capable d'embobiner du monde, mais cette fois il va falloir être au taquet.

— Est-ce qu'on a du nouveau pour l'agent touchée ? Est-ce qu'elle s'en est sortie ? D'autres victimes ?

— Les premiers retours disent qu'elle a survécu, mais ça reste fragile. La personne à l'intérieur n'a pas eu cette chance. Je vous tiendrai au jus pour l'agent dès que j'en saurai plus. En tout cas ce qui est sûr c'est que, vu comme c'était parti, y'en a plus d'un qui vous doit une fière chandelle.

Bon, maintenant c'est la paperasse, tous autant que nous sommes. Rapports circonstanciés complets. Pas de conneries, on blinde le dossier sur ce coup. Vous savez que ça va être procédurier plein pot et que ça sera pas de la tarte. Quand ça sera fait, je suppose que vous aurez envie de boire un coup avec les gars. Je passerai en vitesse si j'ai le temps. Un truc prévu après ?

— Il faudra que je retourne chez mon père, chef. Voir si tout va bien. Si la télé en a parlé, il va s'inquiéter, c'est couru.

S'il est en état de se rendre compte, commenta Ted pour lui-même.

C'était compliqué avec son père en ce moment. Il buvait beaucoup trop et Ted ne savait pas comment gérer ça. Il comprenait la frustration de son père face au handicap et au fauteuil roulant où il était cloué, mais pourquoi il en rajoutait avec la boisson était au-delà de ce qu'il pouvait concevoir. Il essayait d'être compréhensif, mais parfois c'était dur. Ted était seul avec son père. C'était comme ça depuis des années, depuis que sa mère les avait laissé tomber tous les deux, ça faisait si longtemps.

Le portable de Ted sonna. Il demanda des yeux la permission au chef avant de prendre la communication. Bryan acquiesça.

— Votre p'tit ami ? Je suppose qu'il s'inquiète aussi. Il en a forcément entendu parler, il connait du monde. Je vous laisse régler ça, mais débrouillez-vous pour être de retour au bercail sans traîner.

Philip était rongé d'inquiétude, il en avait le souffle coupé ; il en bafouilla dès que Ted fut en ligne.

— Oh, mon dieu, tu vas bien, mon Darling ? Je viens de voir les infos. Tu y étais ? Tu es intervenu ? Oh mon dieu, dis-moi que ce n'était pas toi le tireur ?

— Je vais bien, je t'assure, ne t'en fais pas. Je te raconterai en détail quand on se verra.

— Ce soir j'espère ? Je crèverai d'inquiétude jusqu'à ce je vois de mes propres yeux que tu vas bien.

— Pas ce soir Phil. Là, j'ai un tas de conneries à régler au boulot. Après il faudra que je rentre voir mon père. Il doit être inquiet aussi. Je vais sans doute être mis en congé d'office quelques jours, alors si tu es libre, on pourrait faire quelque chose ensemble ?

— Si on te met en congé d'autorité, c'est que c'est toi qui étais le tireur, hein ? Oh mon dieu !

Pas question de lui faire prendre des vessies pour des lanternes. Il était procureur au ministère public. Il savait comment fonctionne un service de police jusque dans les moindres détails.

— Je t'assure, je vais bien. Ecoute, il faut que j'y aille maintenant ou mon chef va lancer un avis de recherche. Je t'appelle dès que je sais à quelle sauce je vais être mangé.

Ted coupa court aux déclarations enflammées de Philip. Il n'avait pas les mêmes sentiments. Il l'aimait bien, point à la ligne. Et là, il s'inquiétait beaucoup plus à l'idée d'être tenu à l'écart du travail qu'il adorait et de son équipe : c'était là qu'il se sentait le plus heureux.

2

4 mois plus tôt

— *Allez, bon sang de bonsoir, mettez-la en veilleuse. C'est un briefing, pas une cour de récré.*

L'inspecteur Matt Bryan n'était pas du matin. Ce jour-là, il était encore plus à cran que d'habitude et pour ne rien arranger les membres de son équipe étaient très agités. Ils venaient de passer quelques semaines pas très excitantes. Rondes de routine dans les rues au cas où quelque chose se passerait. Séances d'entraînement. De la paperasse en retard. Foncer en réponse à un appel au secours qui s'avérait à peine justifier leur déplacement. Ils n'en pouvaient plus d'attendre un peu d'action, la vraie.

— Primo, sergent Darling, vous et votre joyeuse bande, filez au tribunal. On a besoin de vos talents là-bas, et je ne parle pas de votre fâcheuse tendance à vous attirer les bonnes grâces des hauts gradés avec votre foutue impertinence.

Un éclat de rire parcourut les rangs. Ted avait eu récemment une sérieuse altercation avec un officier bien plus gradé que lui à propos du déploiement de son unité. Il avait dû appeler son propre patron pour régler le problème.

— Aujourd'hui, je n'ai pas le temps de venir vous mettre une muselière et vous tenir en laisse si vous commencez à montrer les dents à un haut gradé. Il y a une audition pour prolongement de détention préventive, peut-être en lien avec une activité terroriste. Le suspect sera bien sûr sous bonne garde, mais on nous a demandé de fournir des renforts. On a eu un tuyau, il se pourrait qu'on essaie de lui faire prendre la tangente, et on pense que c'est crédible, d'où la demande de renfort.

Vous y allez avec votre équipe, vous vous présentez à l'officier responsable ... (il jeta un œil à ses notes) l'inspecteur Rawlings. Vous vous déployez comme il vous le dit, vous ouvrez l'œil pour repérer toute activité suspecte et vous la fermez. C'est clair ?

— C'est clair inspecteur, répondit Ted avec déférence.

Et pourtant il savait qu'il ne pourrait pas. Si un gradé sans expérience des armes s'avisait de lui dire comment faire son boulot et mettait ses hommes en danger, pas question de la boucler. Ça lui avait causé des ennuis plus d'une fois mais son équipe n'avait pas eu de pépin, et c'était tout ce qui comptait pour lui.

— Bon, qu'est-ce que vous attendez ? Bougez-vous.

Les trois hommes de l'unité de Ted se mirent en route vers leur fourgon noir de joyeuse humeur, équipés de pied en cape et dans les starting-blocks : un peu d'action, enfin.

— Le chef a tapé dans le mille, patron, s'esclaffa l'agent Declan Murphy. Vous laissez personne vous la

faire. C'est pour ça qu'on vous aime.

— La ferme, Dec, fit Ted, mais le ton était bon enfant.

Ils formaient une bonne équipe, basée sur le respect mutuel. Ted était le seul agent spécial de l'unité. Il avait suivi une formation complémentaire de huit semaines pour être habilité, et il faisait de la remise à niveau toutes les fois qu'il pouvait. Il aurait facilement pu être recruté par une unité d'élite, et être sur des opérations motivantes régulièrement.

Mais Openshaw lui allait très bien. Ça lui permettait de vivre à Stockport avec son père, ancien mineur, handicapé et porté sur la bouteille, qui avait besoin qu'on s'occupe beaucoup de lui.

C'était pour son père qu'il n'avait pas fait une année de césure avant de rentrer à l'université, c'était pour lui qu'il vivait encore dans la maison familiale. Quand il devait partir en formation, Ted payait une aide à domicile pour garder un œil sur lui. C'est aussi la raison pour laquelle ses liaisons avaient tendance à ne pas durer. Il n'était pas près d'emménager avec un partenaire, et ça avait de quoi en décourager plus d'un.

Ted avait la plus petite taille dans cette division de la police armée. Si on ajoute son nom de famille malencontreux et son homosexualité, on imagine assez bien que cela aurait pu lui attirer pas mal d'ennuis. Mais dès que ses collègues découvraient que sa carte d'agent spécial mentionnait quatre ceintures noires dans quatre arts martiaux différents, ils le traitaient avec le plus grand respect.

Le périmètre autour des bâtiments du tribunal était

rubalisé quand ils arrivèrent sur place et la police était partout. Le fourgon noir reçut l'autorisation de passer. C'était Scott Hardwick, l'adjoint de Ted, qui était au volant. Il se gara sur l'emplacement qui lui était indiqué par un préposé en uniforme. Les quatre agents en armes sortirent du véhicule et, à la suite de Ted, se rendirent auprès du responsable de l'opération, l'inspecteur Rawlings.

Ted n'avait jamais eu affaire à lui, mais il avait l'habitude du genre de regard que l'inspecteur lança dans sa direction. Ted avait toujours dû se retenir pour éviter de dire aux officiers qui ne le connaissaient pas que, oui, il était bien un membre habilité de la police armée, et que, oui, il avait bien un mot de son père l'autorisant à sortir seul. Même à près de trente ans, sa petite taille, sa silhouette mince et ses cheveux blond cendré en pétard, tout lui donnait l'air d'un lycéen.

— Vous vous déployez devant le tribunal comme vous le sentez, sergent. C'est vous l'expert, lui dit Rawlings.

Ted s'attendait à pire.

— Mais aucun individu non identifié ou à l'allure un tant soit peu suspecte – je dis bien aucun - aucun sans exception ne pénètre dans ce bâtiment sans une vérification complète. Au moindre doute vous me contactez. Nous avons un renseignement jugé sérieux à ce stade selon lequel des acolytes de ce type pourraient bien tenter de l'aider à se faire la malle et je pense pas qu'ils prendront des gants. Je peux compter sur vous ?

— Bien compris, à vos ordres.

Après avoir reconnu les lieux, Ted décida que lui et Scott se posteraient devant le bâtiment, laissant les deux autres en renfort à l'intérieur en cas de besoin.

Rawlings lui avait dit qu'il y aurait de nombreux agents armés pour couvrir l'accès des véhicules à l'arrière, celui par où le suspect serait amené et d'où il serait conduit dans le bâtiment.

Si un complice de la tentative d'évasion avait assez de cran, il essaierait peut-être tout simplement d'entrer par la grande porte pour voir jusqu'où la voie était libre. Il pourrait même utiliser cette tactique pour faire diversion pendant une attaque ailleurs.

Les mesures de sécurité étaient draconiennes et tous ceux qui voulaient accéder aux galeries publiques étaient obligatoirement fouillés, ce qui était de plus en plus courant dans beaucoup de grandes villes.

Ted analysait les allers et venues dans la rue en face d'un œil aguerri. Sa vision périphérique était particulièrement affutée grâce à tout l'entraînement en arts martiaux qu'il avait : c'était vital quand on était confronté à plus d'un assaillant à la fois.

Du coin de l'œil il devina un mouvement, pivota instantanément sur les pointes de pieds et brandit son H&K pour mettre en joue un homme qui se pressait vers le tribunal. Il portait un costume bleu foncé. Il avait la tête baissée et une de ses mains farfouillait dans la serviette ouverte qu'il tenait de l'autre main.

— Police, je suis armé, pas un geste, aboya Ted sèchement.

Pendant un court instant il sembla que soit l'individu ne l'avait pas entendu, soit n'avait pas compris que cela s'adressait à lui. C'est seulement lorsque Ted réitéra l'ordre, plus fort cette fois, que l'homme releva la tête. Il sursauta et devint livide.

— Pas un geste !

Rien dans son apparence ne faisait penser à une menace réelle et imminente. C'était un homme de type caucasien, la quarantaine environ, bien habillé, costume-cravate de bonne facture. Mais Ted n'aimait pas cette main glissée dans la serviette. Comment savoir ce qu'il tenait ou allait en extraire.

A nouveau, Ted repéra un mouvement en périphérie. Puis il entendit une voix qu'il connaissait, hachée, hors d'haleine, pleine d'inquiétude.

— Ted, Ted ! Pas de danger !

C'était celle d'un des huissiers du tribunal, un certain Dick, qui se précipitait dans sa direction. Avec sa grande toge noire voltigeant en tous sens on aurait dit une poule affolée qui battait désespérément des ailes.

— Ne tire pas sur lui, Ted. C'est M. Grenville. Du ministère public. Il vient d'arriver.

Ted se relâcha légèrement, mais ne baissa pas son arme pour autant.

— Posez la serviette à terre, s'il vous plaît, monsieur. Tout doucement, et sans geste brusque.

Les mains secouées de tremblements, l'homme s'exécuta.

— Ne bougez pas les mains, pouvez-vous m'indiquer, par oui ou par non, si vous avez une pièce d'identité sur vous, monsieur ?

— Je vous assure, Ted, il est clean. Il vient d'être affecté au bureau du procureur, fit Dick sans pouvoir reprendre le contrôle de sa respiration, autant sous le coup de la tension que de la fatigue.

— *Je pense que vous comprenez tous les deux pourquoi il faut que je m'en assure moi-même, fit Ted d'une voix égale. Avez-vous une pièce d'identité sur vous, monsieur ?*

— *Je vous le confirme, dans la poche intérieure de ma veste.*

Ted n'avait encore jamais vu un homme de loi savoir s'en tenir à un simple oui ou non. Même avec une arme à feu braquée sur lui, décidément.

La voix de l'homme tremblait presqu'autant que ses mains. Des passants s'arrêtaient pour voir ce qui se passait. Ted savait que Scott couvrait ses arrières et appellerait le reste de l'unité si nécessaire, il ne se souciait donc pas de ce qui se passait derrière lui.

— *Alors en n'utilisant que le pouce et l'index, très lentement, ayez l'obligeance d'ouvrir votre veste et de me montrer où elle est ? Ne cherchez pas à toucher quoi que ce soit.*

L'homme obtempéra. Ted s'aperçut que les jambes du pantalon étaient agitées de soubresauts, le tremblement des genoux, pensa-t-il fort justement.

A ce moment-là, deux avocats en toge et perruque firent leur apparition au coin de la rue. Ils s'arrêtèrent net pour profiter du spectacle qui leur était offert. L'un d'eux connaissait Ted de vue, pour avoir eu l'occasion de lui faire subir un contre-interrogatoire au tribunal. Il avait l'air de goûter tout le sel de la scène.

— *Tirer sur un procureur dans l'enceinte d'un tribunal n'est certainement pas la meilleure manière d'avoir une promotion, sergent, lança-t-il allègrement.*

Ted commençait à comprendre qu'il était en train de se ridiculiser en public. Le hic, c'était qu'il était allé si loin qu'il ne voyait vraiment pas comment s'en sortir sans perdre la face.

Scott marmonna à voix basse :

— Patron, je crois que vous avez merdé.

Ted fit une dernière tentative pour avoir l'air de maîtriser la situation.

— Monsieur, je procède à une simple vérification d'identité. Ayez l'obligeance de sortir votre pièce d'identité lentement et sans aucun geste brusque.

La tension était à son comble quand l'homme parvint à extraire de sa poche avec d'infinies précautions un document dont, même s'il était un peu loin, Ted pouvait voir la parfaite authenticité.

— Merci monsieur. Veuillez m'excuser pour la méprise.

— Oh, je vous en prie sergent, ne vous excusez pas. C'était entièrement de ma faute. J'avais peur d'être en retard. J'aurais dû réaliser que c'était suspect de se précipiter vers le tribunal en farfouillant dans une serviette un jour comme aujourd'hui.

Les mots fusaient pêle-mêle tellement il était soulagé que la situation ait été désamorcée.

— Serait-il envisageable de vous offrir un verre un de ces jours, en gage d'excuse ?

Ted cacha bien sa surprise. C'était bien la première fois qu'on lui faisait ce plan drague.

— Ce n'est vraiment pas nécessaire, monsieur. Je vous prie une fois de plus d'accepter mes excuses.

Le tremblement encore accentué par le soulagement, le procureur fila vers le tribunal. Scott ricanait, juste derrière Ted.

— Vous lui plaisez grave, patron. Allez-y, vous avez une touche.

— La ferme Scott.

Heureusement, l'inspecteur Rawlings semblait trouver l'affaire cocasse, à la grande surprise de Ted. Il s'attendait à une remontée de bretelles au débriefing, au minimum, mais Rawlings le prit sur le ton de la plaisanterie.

— Au moins, cela montre que vous étiez hyper vigilant, conformément à mes consignes. Il est nouveau, vous ne pouviez pas savoir qu'il était du bureau du procureur. Je suppose que Grenville sera trop embarrassé pour faire du foin, mais faites votre rapport dès que possible, et mettez-moi une copie, juste histoire d'être couverts.

Ce fut une autre paire de manches quand Ted et son équipe mirent le pied à leur commissariat. Ted avait à peine ouvert la porte que Matt Bryan ouvrit la sienne de manière magistrale et glapit :

— Sergent Darling, amenez votre petit cul par ici, et tâchez de vous expliquer.

Le chef était en train de reprendre son fauteuil quand Ted entra et prit la position face à son bureau ; il ne savait pas trop ce qui l'attendait. Il commença à donner des explications précises de ce qui s'était passé. A ce moment-là, il entendit un drôle de son étouffé qu'il avait du mal à identifier. Il finit par comprendre que son chef était en train de rire dans sa barbe. Il n'avait pas souvenir d'avoir entendu ça auparavant.

— Votre instinct était probablement le bon. Je sais

par expérience que la plupart des hommes de loi sont des escrocs. Soignez quand même votre rapport, au cas où il ferait des vagues.

Le drôle de son émis par Matt Bryan escorta Ted jusqu'à la sortie du bureau.

C'était la fin de sa journée, Ted était en train de ranger son bureau avant d'aller boire un verre avec l'équipe et rentrer chez lui quand le poste sur son bureau sonna.

— Un certain monsieur Grenville, du bureau du procureur, demande à vous parler, sergent. Vous prenez ?

— OK, passez-le moi.

Il doutait que le procureur porte plainte s'il cherchait à lui parler directement, et il se demandait donc ce qu'il pouvait bien lui vouloir.

— Sergent Darling ? Philip Grenville à l'appareil. Je voulais juste renouveler mes excuses. Et voir si je pouvais vous offrir un verre, ou peut-être vous inviter à dîner, pour me faire pardonner. Seriez-vous disponible ce soir, par chance ?

— Désolé, ce n'est pas le cas, M. Grenville.

Ted hésita avant de poursuivre. Il n'avait personne en ce moment. Le procureur ne lui avait pas semblé être son type. Mais il n'avait pas eu beaucoup de chance avec les hommes de son type récemment. Peut-être était-ce le moment de passer à autre chose. Il décida de se jeter à l'eau.

— Mais il se pourrait que je le sois demain. Pourriez-vous me donner votre numéro pour que je vous rappelle ?

Scott Hardwick n'était pas loin. Il ne se cachait

pas pour écouter ce que Ted disait et il comblait les blancs par déduction.

— Je vous avais dit que vous aviez fait une touche, patron. Il en pouvait plus...

— La ferme, Scott.

3

— Ted, je te présente Trevor. Il vient d'adhérer au club et voudrait passer ceinture noire. Je lui ai dit qu'il n'y avait pas mieux que toi ici pour l'aider à améliorer sa technique. Il est très bon, il a juste besoin de bien recaler tout ça et d'affiner certains détails.

Ted était à l'échauffement à son club de judo local quand l'entraîneur, Bernard, vint lui parler. Il s'arrêta et leva la tête. Son regard croisa les yeux les plus bleus qu'il ait jamais vus. C'étaient ceux d'un très jeune homme, à peine sorti de l'adolescence, pensa Ted.

Il se tenait au bord du tatami à côté de Bernard et souriait à Ted, l'enthousiasme et l'ardeur se lisaient sur son visage. Il portait une ceinture marron. Le judo était un des arts martiaux dans lequel Ted était ceinture noire.

— J'apprécierais vraiment que vous puissiez m'aider un peu. Je sais que j'ai encore beaucoup à apprendre.

Il avait une élocution soignée. Snob fut le mot qui vint immédiatement à l'esprit de Ted. Il essaya de trouver quelque chose à répondre, mais se rendit compte qu'il avait la bouche sèche. Il s'inclina donc selon le rituel. Il ne voyait pas quoi faire d'autre.

— Je vais donc vous laisser vous y mettre, dit Bernard en se retirant.

Cette expression mit Ted particulièrement mal à l'aise. Il lui fallut tout son self-control et son professionnalisme pour retrouver sa posture d'entraîneur. Il était embarrassé et l'idée de toucher le jeune homme le gênait. Mais il allait bien falloir. Les arts martiaux sont physiques, on touche à l'intime. Particulièrement le judo.

Ted décida de s'en tenir au travail station debout. Il n'était pas sûr de bien se maîtriser s'il passait au travail préparatoire au sol avec quelqu'un d'aussi sexy.

Trevor était bon. Rapide. Il apprenait vite. Mais certains de ses mouvements d'attaque étaient simplistes. Ted les devinait à trois kilomètres. Il estimait que Trevor avait une quinzaine de centimetres de plus, mais malgré la différence de taille, il pouvait l'envoyer au sol facilement. En un rien de temps, ils furent tous les deux hors d'haleine et trempés de sueur. Ted annonça la fin de l'engagement.

Trevor s'inclina à la fin de la session. Ses yeux bleus pétillaient quand il se redressa et baissa la tête vers Ted.

— Merci, *sensei,* ça m'a vraiment beaucoup aidé. Serait-il possible de renouveler la semaine prochaine sur ces bases ? Nous pourrions peut-être même aller un peu plus loin.

Ted sentit le rouge lui monter au visage. Il n'arrivait pas à savoir si c'était un flirt en bonne et due forme ou simplement de l'humour coquin. Peut-être un peu des deux. C'était la première fois de sa vie qu'il se sentait aussi incapable de dire quelque chose. Ou aussi stupide. Sa gêne ne prit fin que lorsque Bernard revint vers eux.

— Ça a été vous deux ? Comment s'est comporté votre élève, Ted ?

Ted était plein d'assurance dans son travail. Il avait l'habitude de gérer une équipe, il savait ne pas s'en laisser compter par ses supérieurs. Mais il n'avait jamais eu autant conscience de son accent. Lancashire d'origine légèrement adouci par des années à Stockport. Il se sentait complètement bête.

— Oui, oui, ça a été, bon travail.

— Trevor, on est quelques-uns à aller vider un godet après l'entraînement. On vous invite avec plaisir, si ça vous dit. Ted, tu en es, comme d'habitude, hein ?

— Pas ce soir Bernard, je dois filer, des trucs à faire, tu vois, du boulot.

Il se demanda s'il avait l'air aussi stupide qu'il le pensait. Bernard le regardait d'un air bizarre. Il n'avait jamais vu Ted refuser d'aller boire un verre avant, sauf bien sûr en cas d'appel du commissariat. Il les regarda tour à tour et soudain il comprit. Le pauvre Ted avait visiblement succombé. Avant même de savoir ce qu'il en était pour le jeune Trevor.

Ted prit la décision de partir sans attendre, il fallait qu'il fasse le point. Il ne prit même pas le temps de se doucher. Il enfila rapidement ses vêtements de ville, fourra son kimono dans son sac, mit le sac à l'épaule et partit. Il courut d'une traite jusqu'à la maison.

Il posa son sac dans le couloir, alla au salon et s'affala dans le canapé à côté de son père qui regardait la télévision. Il avait l'air de ne pas avoir trop bu, pour une fois. Il était absorbé par un débat politique, ce qui suffisait généralement à l'intéresser assez pour qu'il modère sa consommation d'alcool. C'est un regard vif et incisif qu'il planta sur son fils. Ce dernier était encore tout essoufflé et dégoulinait de sueur.

— Qu'est-ce qui te donne ce sourire béat ? Tu as rencontré quelqu'un ?

— Non mais, ça va pas, non ? répliqua Ted, sans doute un peu vite.

Même si son père était alcoolique, il ne manquait pas de finesse. Il connaissait bien son fils. Son humeur et ses attitudes n'avaient pas de secret pour lui.

— Mais si, tu as rencontré quelqu'un, insista-t-il, et c'est tant mieux. J'espère que c'est quelqu'un qui te mérite.

— Mais non, j'ai juste fait une bonne séance au dojo, c'est tout, et j'ai décidé de revenir en courant, pour m'entraîner. De toute façon, je suis avec Philip.

Son père ricana.

— Philip, ce vieux schnock ? Il n'est pas fait pour toi. Non, on dirait une vieille bonne femme. Et tu tarderas pas à être une vieille rombière aussi, mon gars, si tu restes avec lui. D'ailleurs qu'est-ce que vous avez en commun ? A part le sexe, et ça m'étonnerait qu'il y ait de quoi en faire un plat.

Ted et son père avait toujours abordé le sujet franchement, même quand Ted n'était qu'un jeune enfant. Il avait dû faire office de père et de mère pour son fils pendant toute sa jeunesse, et il avait fait de son mieux pour assumer les deux rôles, malgré ses propres problèmes.

— Philip est formidable, tu devrais vraiment prendre le temps de mieux le connaître. On s'entend bien. Je l'aime bien.

Autre ricanement moqueur.

— Tu aimais bien le riz au lait quand tu étais petit. Mais ça ne te donnait pas ce sourire que tu avais toujours avec le pudding à la mélasse et la crème anglaise. Qu'est-ce que vous avez en commun ?

— Des tas de choses. On fait de la marche ensemble.

Cette fois, Joe éclata de rire.

— De la marche à pied ? Cette lopette ! Il est cuit après un petit tour des Roman Lakes. Toi, tu pourrais faire deux fois l'ascension du Snowdon à la course au petit lever. Et avec lui, tu n'as pas ce sourire gaga que tu avais quand tu es rentré. J'espère vraiment que tu as trouvé quelqu'un qui te rende comme ça, mon fils, tu le mérites. T'es un bon gars, je l'ai toujours dit.

Comme il fallait s'y attendre, bien qu'il n'ait pas encore trop bu, il ne fallut pas longtemps pour que Joe commence à pleurer et attrape son verre de whisky.

— J'aimerais tellement que tu te trouves quelqu'un de bien, avant que je meure.

— Tu n'es pas très bavard ce soir, mon Darling à moi. Et tu n'as presque rien mangé. Dure journée au travail ?

Philip Grenville adorait le fait que le simple nom de son compagnon suffise à évoquer la tendresse. Il lui fallait bien reconnaître qu'il donnait une importance extrême à tout ce qui touchait Ted Darling. Il lui avait avoué que pour une première rencontre, se retrouver au bout du canon d'une arme de gros calibre avait été l'expérience la plus érotique qu'il ait jamais vécue.

Le repas était délicieux, comme toujours. Philip était un fin gourmet. C'était de la cuisine française, chère, et il avait pris une bouteille d'excellent vin rouge pour l'accompagner. Ted avait à peine touché son assiette et avait juste trempé les lèvres dans sa pinte de blonde.

— Au travail, ça allait. Rien de bien intéressant, juste la routine. C'est juste que…, fit Ted d'un ton hésitant en posant sa fourchette, il faut qu'on parle.

Philip posa aussi ses couverts. Il avait l'air dévasté.

— Oh, je t'en prie, Ted, pas ça. Pas ici. Nulle part de préférence, mais surtout pas ici. Pas le 'ce n'est pas de ta faute, c'est moi qui…'. Si on doit en arriver là, que ce soit au moins en privé. Laisse-moi un tant soit peu de dignité, je t'en supplie.

— Je suis vraiment désolé, Phil. C'est juste un truc que mon père a dit hier.

Le grognement que Phil émit n'était pas si différent de ceux du père de Ted la veille.

— Ton père ne m'a jamais apprécié. Il me regarde comme si j'étais ce dans quoi il faut éviter de mettre le pied – ou la roue pour lui…. Il ne pense pas que je sois assez bien pour toi.

— C'est moi qui ne suis pas assez bien pour toi. Je ne suis qu'un fils de mineur du Lancashire. Regarde-nous. Toi, c'est vin fin et mets subtils. Moi, c'est un en-cas avec les potes à midi et un plat à emporter en rentrant. On n'a pas vraiment grand-chose en commun, si ? Je crois qu'il est temps que nous admettions que ça ne nous mène nulle part.

Il avait anticipé toutes sortes de réactions de Philip, mais certainement pas l'expression de colère froide qui venait d'envahir son visage.

— Fiche le camp, fit le procureur. Si tu veux partir, pars. Abrège, ne rends pas les choses plus difficiles. Ce n'est pas ce que je veux, mais si tu as décidé de rompre, fais-le, un point c'est tout.

Ted se leva et sortit maladroitement son portefeuille.

— Laisse-moi au moins payer la note…

— Tu me brises le cœur, Ted. Tu m'assassines. Alors, pour qui que ce soit que tu me quittes, j'espère que vous êtes dignes l'un de l'autre. Maintenant, fiche le camp.

4

— Bien, mesdames et messieurs. Opération Attrape-mouches. Intervention demain, sauf problèmes de dernière minute repérés dans ce briefing ou la reconnaissance cet après-midi.

Ted et son équipe étaient au commissariat central pour le briefing, ainsi qu'une autre équipe d'agents armés d'Openshaw, avec leur chef, l'inspecteur Matt Bryan. C'était une grosse opération, chapeautée par les stups, mais ils avaient demandé le renfort de la division armée et aussi l'expertise d'un agent spécial. Ted en l'occurrence. C'était lui qui avait été formé aux techniques spéciales d'assaut de locaux. Son rôle serait de conseiller comment investir le plus vite possible les bâtiments ciblés tout en prenant le moins de risques possibles.

Les stups surveillaient un site de production situé dans une zone industrielle depuis quelque temps, et ils avaient la ferme intention de mettre fin à son activité aussi vite que possible. D'après leurs renseignements, il produisait une belle cochonnerie qui avait déjà causé la mort de trois personnes dans leur secteur. Ils savaient aussi que les responsables étaient des pro sans scrupules et qu'ils n'hésitaient pas à utiliser des explosifs pour protéger leur business.

— Pour ceux qui ne le sauraient pas, l'inspecteur Bryan que voici, déclara l'inspecteur-principal Rod Halliwell en désignant la personne assise à côté de lui, a l'amabilité de mettre à notre disposition des agents armés, dont un agent spécial qui sera notre conseiller pour préparer l'assaut.

Il cherchait du regard parmi les policiers présents et s'attendait visiblement à trouver un gaillard mi-Rambo, mi-James Bond. Il ne put cacher sa surprise quand Ted leva la main et dit :

— Il s'agit de moi, inspecteur-principal. Sergent Darling.

Haliwell ne fut pas long à reprendre contenance. Il était le plus gradé dans cette opération et il avait sous ses ordres beaucoup de policiers qu'il n'avait jamais vus auparavant.

— Bon, je vois, je vois. Merci, sergent. Vous voudrez bien excuser ma remarque, mais vous n'êtes pas tout à fait bâti comme l'agent spécial auquel je m'attendais. Sans vouloir vous offenser.

— Il n'y a pas d'offense, inspecteur-principal, répondit Ted sans montrer son agacement.

Il se dit que s'il avait reçu cinq livres chaque fois que quelqu'un disait ça, ou quelque chose du même genre, il aurait déjà pu prendre sa retraite. Et emmener son père au soleil d'une île sous les tropiques. Pas parce que ça les tentait d'ailleurs. C'était juste un de ces rêves fous...

— Le laboratoire est sous surveillance depuis pas mal de temps, bien sûr, mais j'ai pensé que vous aimeriez vous rendre compte par vous-même avant que nous donnions l'assaut. Nous avons la couverture parfaite pour vous. La zone industrielle en question a des patrouilles de sécurité, des hommes accompagnés d'un chien, fournies par une compagnie locale. Nous avons un chien policier pour vous et une tenue similaire à celle des vigiles. Bon, j'ai bien peur qu'elle soit légèrement grande, maintenant que je vous vois. Ça vous permettra de faire un tour sur site sans que quiconque n'y prête attention. Soyez de retour pour le débriefing ici en fin de journée.

Désolé, mais je ne suis pas très à l'aise avec les chiens.

Halliwell leva les yeux au ciel et souffla de manière théâtrale, puis il regarda Matt Bryan.

— Je croyais que vous aviez annoncé agent SPE-CIAL. C'est un chien policier dressé, bon sang de bonsoir, sergent Darling. Il va pas vous bouffer.

— Oh, si, si, il est bien « spécial », marmonna Matt Bryan, puis il s'adressa à Ted directement. Ça va marcher, sergent. Vous le faites, c'est tout. Je suis du même avis. C'est la couverture idéale.

— A vos ordres, inspecteur, répondit Ted, mais il n'avait toujours pas l'air convaincu.

Il estimait qu'en général il n'avait pas besoin de couverture. Il était si différent de l'image des gens se faisaient d'un policier qu'il pouvait, en general, entrer n'importe où sans éveiller de soupçons. Mais ce n'était pas son opération et il se garda bien de faire trop de remous dès le départ.

Halliwell rajouta :

— Ça fait des mois qu'on planifie cette opération. Je ne vais pas la foutre en l'air parce que vous avez trop la frousse pour contrôler un chien.

Il cherchait du regard parmi les policiers présents.

— Où est le maître-chien ? Pouvez-vous rassurer le sergent Darling ?

Un agent leva la main et dit :

— C'est moi, inspecteur-principal. PC Rosser. Sergent, ça va bien se passer avec Regan. C'est un gros nounours. Il vit à la maison avec les enfants. Il est aussi entrainé à pi..

Il allait dire 'pisser', mais il se reprit, ne sachant pas à quoi s'attendre avec Halliwell, donc il amenda la phrase :

— Il urine sur commande, en plus, vous pouvez donc vous arrêter où vous voulez. L'ordre est 'City'.

Un murmure amusé parcourut la salle. Rosser était visiblement un supporter de Manchester United, pas de Manchester City.

— Le site est entouré de plusieurs systèmes d'éclairage de sécurité, parfois sur des poteaux, déclara Halliwell en reprenant le fil. Ce qui nous arrange bien, c'est qu'il y en a un tout près du bâtiment qui nous intéresse. Quand vous passez devant, sergent, vous ordonnez donc au chien de pisser sur ce poteau et vous en profitez pour observer le point d'accès. Vous le faites plus d'une fois si nécessaire. Il n'y a rien d'anormal à ce qu'un chien lève la patte sur un poteau. Cela n'attirera pas l'attention.

— Bien, inspecteur-principal.

Une fois qu'Halliwell eut clos le briefing, le maître-chien, l'agent Rosser, vint voir Ted.

— Regan est dans ma camionnette dehors, sergent. J'ai pensé que vous aimeriez peut-être vous faire la main ici avant d'y aller. Ça va vraiment bien se passer avec lui, il est doux comme un agneau.

Ted ne voulait pas l'offenser en lui expliquant qu'il aurait préféré affronter un serpent venimeux plutôt qu'un chien. Il n'avait jamais fait confiance aux chiens et il ne savait pas pourquoi. Il ne se rappelait pas avoir jamais été mordu et il n'avait aucune cicatrice de morsure. Il avait toujours préféré les chats. Il n'en avait pas en ce moment à cause de ses horaires et parce que son père n'était pas fan. C'était la mère de Ted et sa mère à elle qui aimaient les chats.

Quand Rosser ouvrit la porte arrière de la fourgonnette blanche banalisée et fit sortir le chien, Ted ne put s'empêcher d'avoir un mouvement de recul en voyant sa taille. Il se dit qu'il allait avoir l'air ridicule de promener un animal aussi énorme en faisant comme s'il le contrôlait.

Rosser lui tendait la laisse et lui expliquait ce qu'il fallait faire.

— Tenez-le sur votre gauche, sergent, gardez la laisse courte. Vous n'avez besoin que de trois ordres : 'au pied', 'assis' et 'City'. Ne vous en faites pas, il comprend très bien.

En entendant le dernier ordre, le chien tira Ted vers l'arbre le plus proche et leva docilement la patte. Ted était obnubilé par la crainte d'être renversé si l'imposante bête décidait de ne pas l'écouter. Mais avec l'aide attentive de Rosser, après quelques tours d'essai dans le parking, si Ted et le chien n'étaient pas encore un duo bien rôdé, ils étaient au moins sur la même longueur d'ondes.

Rosser les conduisit jusqu'à la zone industrielle, se

gara à l'autre bout et sortit le chien. Ted avait étudié le plan du site en venant et il savait donc où aller et quoi y chercher.

— Un autre ordre qui pourrait s'avérer utile, sergent, dit Rosser d'un ton rassurant. Si quoi que ce soit se passe mal, lâchez la laisse et dites-lui 'va chercher papa' et il viendra me chercher.

Ted espérait bien qu'on n'en arriverait pas là quand il saisit la laisse et se mit en route, le gros chien marchant à sa gauche calmement.

— Brave bête, Regan. Bon chien. Au pied.

Il le disait plus pour se rassurer que pour calmer le chien. Il aurait pu jurer que l'animal lui avait lancé un regard plein de commisération, voyant bien qu'il avait été confié à un amateur.

Mais dès que Ted fut à proximité du secteur qui les intéressait, son instinct professionnel reprit le dessus et il sentit qu'il pouvait pratiquement faire abstraction du chien et revenir à son métier et à ce pour quoi il avait reçu un entraînement spécifique. Le bâtiment n'avait pas d'étage, il n'aurait donc pas besoin de descendre en rappel le long du mur extérieur et de passer à travers la fenêtre, ce qui était aussi une partie de son entraînement d'agent spécial.

Il arriva au niveau du poteau et, sans grande conviction, prononça l'ordre : « Regan, City »

Il fut impressionné de voir le chien renifler brièvement et avoir l'obligeance de lever la patte pour faire ses besoins.

Rien ne pouvait paraître plus naturel qu'un homme en tenue sombre, un logo dans le dos du blouson, faisant sa patrouille dans la zone avec un vrai cerbère comme chien de garde, même en pleine journée. Comme Halliwell l'avait prévu, le blouson était trop grand pour la petite stature de Ted, mais bien qu'il ait croisé plusieurs personnes, aucune n'avait eu l'air de trouver ça bizarre. Plusieurs échangèrent un « B'jour, ça va ?» avec lui.

Ted fit plusieurs fois le tour de la zone, il cherchait particulièrement à observer l'arrière du bâtiment. Il eut un moment de tension quand un homme sortit du bâtiment en question lors d'un de ses passages. On aurait dit que le chien l'avait senti, puisqu'il tira sur la laisse un instant, se hérissa et lança un aboiement qui inquiéta Ted presqu'autant que l'individu, même si ce dernier fit de son mieux pour ne pas le montrer.

— Regan, au pied ! dit Ted au chien en essayant de prendre un ton autoritaire - et quel soulagement que le chien exécute son ordre sur le champ !

— Heureusement que vous le tenez en laisse, l'ami, fit l'homme en rentrant dans le bâtiment, c'est un sacré morceau votre monstre.

— Ouais, confirma Ted, vous payez des patrouilles de sécurité mais au moins vous en avez pour votre argent.

L'homme disparut en riant, à l'évidence il ne devait pas être contributeur.

Même si ça avait marché comme sur des roulettes, Ted se sentit mieux au retour à la camionnette quand il rendit l'animal à Rosser. Il ne se risqua pas à tapoter le chien pour le remercier. Les choses s'étaient mieux passées qu'il ne l'avait craint et il n'allait pas tenter le diable maintenant.

Rosser et son chien avaient fini leur service, il déposa donc Ted au commissariat principal et rentra chez lui.

Dès que Ted commença à exposer ses remarques au débriefing de fin de journée, il sentit un changement dans l'attitude de Halliwell envers lui. S'il l'avait auparavant considéré comme un merdeux pistonné, probablement choisi parce qu'il était le casse pied de service qui avait défié des gradés, en entendant maintenant ce qu'il avait à dire, il comprit qu'il parlait de son sujet en spécialiste.

Ted resuivit pas à pas le dispositif mis en place pour investir les lieux, proposant quelques petits ajustements au plan initial en fonction de ce qu'il avait observé sur le terrain. Ce qu'il disait était frappé au coin du bon sens et il le disait avec une telle autorité que personne, pas même Halliwell, ne l'interrompit ou ne chercha à remettre ses remarques en question.

— Bon, tout le monde, on démarre tôt demain, et rappelez-vous, si tout va bien, on devrait vous laisser rentrer retrouver ceux qui vous sont chers à une heure raisonnable, une fois les rapports rédigés. Et avec un bon résultat à la clé. Merci à tous.

Ted alla prendre un verre avec son équipe avant de rentrer. Il ne voulait pas partir trop tard, à cause de son père et parce qu'il subodorait qu'il y aurait quelques bonnes pintes à avaler le lendemain, si tout allait bien.

Le lendemain de l'opération il avait sa soirée judo et il avait plus envie que jamais d'y être. Il reverrait Trevor. Il ne savait toujours pas ce qu'il en était pour lui. En fait, il n'arrivait pas à lire en lui assez clairement : et s'il passait pour un vrai imbécile en faisant le premier pas ? Et il y avait un tel écart d'âge qu'il avait peur de se faire des illusions.

Après leur première rencontre, ils s'étaient entraînés ensemble presque toutes les semaines et ils avaient pris l'habitude de se joindre au groupe pour boire un verre ensemble. Mais ça n'était pas allé plus loin et Ted ne savait pas vraiment comment faire. Il se contentait de rester sur son siège, il avait les yeux rivés sur lui chaque fois que Trevor ne le regardait pas. Dès qu'il le faisait, le verre de Ted devenait soudain un centre d'intérêt absolument fascinant.

Une fois de plus, il dut faire la toilette de son père quand il rentra. Ça arrivait vraiment de plus en plus souvent, cette incontinence. Ça n'avait rien d'agréable, ni pour l'un, ni pour l'autre. Ted en avait discuté avec l'aide à domicile mais sa solution, porter des couches, était un sujet qu'il n'envisageait même pas d'aborder avec son père. Il pouvait parler de n'importe quoi avec lui, mais pas de ça.

Au moins, il n'était pas trop ivre cette fois, pensa Ted ; il le leva, lui mit des vêtements propres pour la nuit, et le ramena à la cuisine pour essayer de lui faire avaler quelque chose. Une bonne partie du problème, c'était qu'il ne mangeait vraiment pas assez, et c'était aggravé par sa forte consommation d'alcool.

— Je rentrerai peut-être tard demain soir, papa.

— Tu sors à nouveau avec la vieille bonne femme ?

— C'est fini avec Philip, tu te rappelles, je te l'ai déjà dit.

Les yeux injectés de sang de Joe Darling se mirent à briller en regardant son fils.

— Alors tu sors avec quelqu'un d'autre ?

— Non, Ted répondit patiemment tout en préparant le repas du soir pour tous les deux, mais j'ai pensé à ce que tu m'as dit et j'ai compris que tu avais sans doute raison. Nous n'avions pas tant de choses que ça en commun et il était donc sans doute mieux de s'arrêter là avant que l'un de nous soit trop investi dans la relation.

— Eh bien, j'espère juste que je vivrai assez pour te voir en couple avec M. Idéal, fiston. Tu mérites quelqu'un de vraiment bien, après tout ce que tu as fait pour moi.

Ce ne fut pas le cas. Joe Darling n'eut jamais la chance de voir son fils avec quelqu'un de son vivant. Quand Ted rentra, tard, après le succès fracassant de l'opération Attrape-mouches, suivi d'une tournée pour fêter ça, qui finit par en faire au moins trois, il découvrit son père étendu à terre, le corps rigide et froid, et il décida de noyer dans l'alcool la douleur, la culpabilité et le sentiment de perte insupportable qu'il éprouvait.

Assis là, à côté de son père, il se rendit compte qu'il pouvait s'ouvrir à lui. Ted avait passé une bonne partie de sa vie à se sentir coupable du départ de sa mère. Depuis son jeune âge, il avait toujours pensé que d'une manière ou d'une autre c'était à cause de lui qu'elle était partie. Toute sa vie, il avait mis son père sur un piédestal, il avait une reconnaissance sans bornes pour tout ce qu'il faisait pour lui.

— Je suis désolé, papa. Je suis désolé d'avoir été un fils minable. Tu as été un père super. Tu as toujours été là pour moi quand j'étais gamin. Après le départ de maman. Même avec tous tes propres problèmes. Tu ne m'as jamais laissé tomber. J'aurais dû mieux m'occuper de toi.

Il n'assista pas au briefing du matin parce qu'il était trop saoul pour émerger, sans parler d'être à l'heure. Il prit une remontée de bretelles de Matt Bryan quand celui-ci l'appela pour savoir où il était, mais obtint un peu de temps pour régler la situation, y compris dans sa tête. Il s'était réveillé avec une gueule de bois carabinée, qui, combinée avec la mise en garde de son chef, lui avait fait prendre la ferme décision de bannir la boisson à jamais et de repartir du bon pied.

Il y avait beaucoup de formalités à régler. La maison spécialement équipée d'Offerton était louée à son père par l'intermédiaire d'un fonds de secours aux mineurs et Ted n'avait aucun droit pour y rester locataire. Il lui faudrait se débrouiller pour emménager ailleurs dès que possible. Ils n'allaient pas vraiment le mettre dehors, mais ils espéraient récupérer les lieux au plus vite pour en faire bénéficier un autre accidenté de la vie, et pour Ted c'était normal, c'était bien ainsi.

S'installer là après le coup de grisou qui avait cassé la colonne vertébrale de Joe et l'avait rendu partiellement paralysé avait été un changement complet pour la famille. Quand on leur avait proposé une maison à Stockport, Joe et sa femme avait sauté sur l'occasion : la mère de Mme Darling vivait tout près et avec l'accident elle serait un appui et une aide inappréciables pour sa fille.

Quand les effets de l'alcool se furent un peu dissipés, Ted téléphona à quelques agences pour tenter de trouver quelque chose à louer jusqu'à ce qu'il déniche ce qu'il cherchait. Dans la mesure du possible, il avait envie de rester à Offerton. Il ne lui fallait qu'une demi-heure pour se rendre au travail et c'était près du dojo où il allait depuis qu'il était petit. Il appela aussi Bernard, du club de judo.

— Je ne viendrai pas demain, Bernard, désolé. Mon père est mort hier, j'ai des choses à régler. S'il te plaît, transmets mes excuses à Trevor, et dis-lui que j'espère le voir la semaine prochaine.

5

Rien d'étonnant à ce que le jour des funérailles de son père soit froid, humide et lugubre, pensa Ted. Ca reflétait bien son état d'esprit.

Il avait organisé une crémation à Stockport. Son père ne voulait pas entendre parler de tombe. D'après lui c'était un gaspillage scandaleux de terrain qui aurait pu servir à des logements sociaux. Il n'y aurait pas non plus de cérémonial religieux d'aucune sorte, Joe ayant tourné le dos à toute forme de foi depuis longtemps.

Ted avait fait de son mieux pour que tous ceux auxquels il pensait soient informés du jour et de l'heure des obsèques. Il avait fait paraître une annonce dans le journal local au cas où quelqu'un qu'il aurait oublié serait intéressé. Son père n'avait plus beaucoup d'amis les derniers temps. C'était compliqué. Après ses prêches enflammés sur l'injustice sociale et l'oppression de la classe ouvrière, il en venait invariablement à pleurer sur son sort, et finissait toujours par se faire pipi dessus. Ils ne pouvaient pas tous s'y faire, il fallait une amitié vraiment solide pour qu'elle y résiste.

Ted fut surpris et touché quand il vit que Matt

Bryan, son chef, était venu au crématorium. Bryan avait rencontré le père de Ted à l'occasion de quelques évènements sociaux, comme les compétitions de tir où Ted remportait systématiquement au moins un trophée à ajouter à sa collection. Il insistait pour qu'ils restent cachés dans des boîtes au grenier, mais son père était toujours si fier de son succès.

Arthur vint aussi, son ancien instructeur de tir à Claytonbrook. Ça faisait longtemps qu'Arthur était en retraite, mais il répondait toujours présent pour encourager les vieux amis dans tous les concours. C'est comme ça qu'il avait connu le père de Ted, puisque Ted essayait de l'emmener le voir en compétition chaque fois qu'il pouvait, aussi bien au tir qu'aux arts martiaux. Arthur était pratiquement devenu un ami proche de Joe et il avait demandé à prononcer quelques mots.

Quelques amis plus anciens, du temps où Joe était mineur, étaient venus de Wigan, de moins en moins nombreux maintenant, et la plupart des hommes brisés, comme Joe. Il y avait aussi quelques-unes des aides à domicile, venues lui rendre hommage. Ça ne faisait pas beaucoup de monde pour une vie entière, même si elle avait été relativement abrégée. Son père n'avait pas de famille encore en vie de son côté et il avait coupé les ponts avec celle de sa femme quand elle les avait quittés, son fils et lui.

Surtout pas de cantiques. Joe Darling se serait retourné dans sa tombe si quelqu'un s'était seulement avisé d'en parler. Ted fit passer l'un des airs favoris de son père, puis Arthur se leva pour lire son discours.

— Adieu, Joe, espèce de sale coco bolchévique,

commença-t-il et la tension se transforma instantanément en rire.

Ted sourit. Son père aurait adoré ça.

— Merci pour tous les débats politiques acharnés. Les heures passées à refaire le monde. Par-dessus tout, avoir permis à la grande maison de compter Ted dans ses rangs. C'est un petit con de bolchévique lui-même. Il tient ça de son père. Mais c'est un homme bon et un bon policier. Tu étais si fier de lui, et tu avais raison. Nous aussi. Alors, ne t'en fais pas. Nous prendrons soin de lui maintenant que tu n'es plus là pour l'avoir à l'œil.

Ted eut du mal à avaler tant il avait la gorge nouée. Ses amis dans le service seraient sa famille maintenant que son père n'était plus là. Il écouta le reste du discours d'Arthur sans bouger. Il était parfait. Il reprenait des anecdotes vécues avec Joe et éludait habilement les aspects les plus compliqués de son état les derniers temps, avec l'alcool qui avait pris le dessus. Il fit rire tout le monde, mais en même temps, Ted remarqua qu'il n'était pas le seul à avoir besoin d'un mouchoir pour essuyer une larme de temps en temps.

Après que le cercueil eut disparu derrière le rideau, Ted alla à l'entrée pour remercier les gens d'être venus. Dans l'allée, à travers la bruine, il aperçut une femme de dos, elle quittait les lieux d'un pas pressé. Sa manière de se déplacer avait quelque chose de vaguement familier. Il pensa que c'était sans doute une des aides à domicile. Ted savait que ses relations avec quelques-unes n'avaient pas été que professionnelles et ça lui faisait plaisir. Au moins Joe avait eu quelques bons moments après le départ de sa femme.

— Merci d'être venu, chef, dit Ted à Matt Bryan en lui serrant la main, j'apprécie vraiment.

— Votre père était un homme bien, mes condoléances, fit-il, et presque dans le même souffle, il reprit la casquette de chef de service. Bon, ça y est, vous avez trouvé à vous loger ? N'oubliez pas de mettre votre dossier à jour en précisant où on peut vous joindre dorénavant.

— Oui, chef. J'ai fait préparer des sandwiches et à boire au pub au coin de la rue, pourriez-vous vous joindre à nous ?

Matt Bryan fut surpris de voir Ted commander de la bière au gingembre sans alcool pour lui, alors qu'il prenait des boissons classiques pour les autres. Il savait que son sergent aimait bien prendre un verre avec le groupe, parfois à l'excès. Mais peut-être qu'il prenait le volant après.

— Vous ne buvez pas, Ted ?

Pour une fois, il laissait tomber le protocole. Dans cette situation il pouvait difficilement faire autrement.

— J'ai arrêté, chef. Pour de bon. Quand j'ai vu ce que ça a fait à mon père, je me suis dit que c'était le moment. En plus je conduis ce soir. Il y a un endroit où il faut que j'aille.

Ted avait mal, plus qu'il ne voulait le montrer. Et chaque fois qu'il avait un coup de mou, il n'y avait qu'une façon de le surmonter. Il se rendait à un dojo de l'autre côté des Pennines. Là-bas il pouvait se défoncer en pratiquant le plus extrême de ses quatre arts martiaux : le Krav Maga. Il prenait le risque de se donner tellement à fond qu'il serait totalement vidé, mais il savait qu'il se sentirait mieux après.

Il s'arrangea avec le bar pour que les gens puissent continuer à faire des adieux dignes de ce nom à son père en son absence et il s'éclipsa discrètement. Il prit l'autoroute M62 en direction de l'Est.

Après ça, le lendemain soir, s'il ne sortait pas trop tard du travail, il pourrait aller à son propre club pour l'entraînement de judo, et là-bas il verrait Trevor à nouveau.

Neuf ans plus tôt

— *Belle performance, vos tirs aujourd'hui.*

Ted Darling avait un demi de bière en main au comptoir du bar de l'hôtel. Il regarda l'homme plus âgé qui venait de s'installer sur le tabouret à côté du sien.

— Merci, répondit-il, sur la réserve.

— Vous êtes doué, continua l'homme. Vous pourriez être bien meilleur avec l'entraînement approprié.

Ca n'aurait pas été la première fois qu'il se faisait draguer par un homme plus âgé que lui dans un bar. Et ça n'aurait pas été la première fois qu'il partirait en sa compagnie, si la soirée prenait la tournure qu'il imaginait.

— En tout cas, assez doué pour gagner le premier prix, fit remarquer Ted d'un ton neutre.

Il était en déplacement pour participer à un concours de tir. Il avait gagné haut la main dans la catégorie moins de vingt-et-un ans. Son père ne l'avait pas accompagné cette fois-là. Il traversait une mauvaise passe et il ne voulait pas que ça rejaillisse sur les performances de son fils.

— *Je m'appelle Arthur, fit l'homme, en tendant la main à Ted, qui la prit avec réserve. Je suis instructeur dans la police, branche armée. D'où mes critiques constructives.*

— *Moi, c'est Ted. Et j'envisage de m'engager dans la police.*

— *Ah bon ? Branche armée ?*

— *Je n'ai pas encore fait mon choix.*

— *Pourquoi vous faites du tir ?*

— *Parce que je ne suis pas trop mauvais. Parce que ça me plaît.*

Ted se rappela la première fois qu'il avait découvert son petit talent. Il n'était qu'un enfant à ce moment-là. Son père l'avait emmené à Blackpool en cadeau d'anniversaire. Son père ne conduisait pas. Quand il était enfant, Ted avait toujours pensé que c'était à cause de sa colonne vertébrale brisée. En grandissant, il comprit que c'était à cause de l'alcool. Joe comptait sur des amis pour se déplacer, ou prenait un taxi. Il avait convenu avec un vieux camarade du temps de la mine, Meurig, de se faire emmener à Blackpool avec Ted.

Quand Ted vit les stands de tir et leurs lots, il voulut essayer. Son père tenta de lui expliquer que c'était truqué, que personne ne gagnait jamais rien. Mais Ted avait décidé de le faire. Il était aussi têtu que son père. Ses premières tentatives furent lamentables. La carabine avait l'air ridiculement grande dans les petites mains de Ted. Malgré ça, il était tellement déterminé qu'il continua, et son père, comme toujours, était trop heureux de mettre la main à la poche pour faire plaisir à son fils. Joe avait reçu une indemnité finan-

cière convenable pour son accident du travail. Tout ce qui n'était pas déboursé en aide à domicile passait en boisson pour lui ou était dépensé pour satisfaire les désirs de son fils.

Et Ted s'acharna jusqu'à ce qu'il gagne un lot. Puis un autre. Et encore un autre. Finalement le forain refusa de le laisser continuer, sous prétexte qu'il était en train de lui siphonner tous ses lots. Le trio alla voir plus loin, Joe et Meurig riant à gorge déployée, le fauteuil de Joe croulant sous les peluches.

Joe avait été si fier de son fils ce jour-là. Et encore plus fier quand Ted demanda s'ils pouvaient donner les jouets pour les enfants hospitalisés.

— Vous avez fini l'école ? lui demandait l'homme maintenant, le ramenant brusquement à la réalité.

Ted faisait beaucoup plus jeune que son âge. Les gens le prenaient sans arrêt pour un lycéen, alors qu'il était en deuxième année à l'université.

— Je suis à l'université. A Manchester.

— Recrutement sur titre alors ? Vous cherchez une promotion rapide ? Pourquoi vous avez choisi cette voie ?

— Quand mon père m'a emmené pour me renseigner sur la carrière, ils ont dit que c'était la meilleure solution.

— Et quelle filière vous suivez à la fac ?

— Politique et criminologie.

Arthur renversa la tête en arrière et éclata de rire à ces mots.

— Ça se tient. Je crois bien que la plupart des politicards sont des escrocs. Et vous ne savez pas encore quelle branche vous plaît ? Vu comme vous tirez,

vous auriez de belles opportunités dans la police armée. Et si vous restez à Manchester, il y a des chances que ce soit moi votre instructeur.

Mais il faut que je sois honnête avec vous, Ted. J'ai vu sur les panneaux que votre nom est Darling. Ça plus votre petit gabarit, ça ne vous rendra sans doute pas les choses faciles, même si j'aurais préféré pouvoir dire que la police n'est plus là-dedans de nos jours.

— Et en plus, je suis homo, fit Ted d'un air faussement naïf, mais il se trouve généralement que lorsque les gens apprennent que je suis ceinture noire dans trois arts martiaux et que j'en prépare une quatrième, ils ont tendance à me laisser assez tranquille.

Cette fois Arthur hurla carrément de rire et tapa dans le dos de Ted.

— Bon, alors ça devrait vous éviter pas mal d'ennuis. Plus sérieusement, Ted, avec les atouts que vous avez déjà, ceintures noires comprises, vous devriez envisager de devenir agent spécial dans la branche armée. Les trucs excitants, c'est pour eux. Est-ce que vous vous voyez tuer quelqu'un s'il le fallait et si on vous en donnait l'ordre ?

Ted but une gorgée de bière et prépara sa réponse avec attention avant de parler.

— Je ne vois pas comment on peut répondre à ça, avant que ça arrive pour la première fois.

— Bonne réponse ! Parfaite d'ailleurs. Ceux qui sont recalés sont ceux qui disent pouvoir tuer sans problème. Nous n'avons pas besoin de psychopathes de ce genre. Bon, voilà ma carte. Si jamais vous dé-

cidez que la branche armée est peut-être faite pour vous, ou si vous avez besoin d'un coup de main, n'hésitez pas à me contacter.

Oh, et au cas où ça vous aurait traversé l'esprit, je ne suis pas homo et je ne vous draguais pas. J'étais vraiment impressionné par votre précision au tir et je voulais juste vous le dire.

Après cette mise au point, il descendit de son tabouret, souhaita bonne nuit à Ted et monta dans sa chambre. Ted fit de même, il lui tardait de téléphoner à son père. Ils avaient prévu une personne pour la nuit pendant que Ted était absent. Joe pouvait se débrouiller, grosso modo, mais quand il avait trop bu, il ne pouvait même pas se mettre au lit sans aide.

— Papa ? Ça va ? Oui, j'ai gagné chez les moins de vingt-et-un ans. Je suis engagé dans une autre catégorie demain. Mais tu sais quoi. J'ai trouvé un gars au bar ... non pas pour ça, pas cette fois. Il se trouve qu'il est instructeur dans la branche armée de la police. Ça m'a donné des idées.

6

— Bon, si ce n'est pas toi qui demandes, alors c'est moi qui vais le faire. Est-ce que tu veux venir prendre un verre avec moi ?

Ted n'en revenait pas. Il en était encore à essayer de rassembler assez de courage pour inviter Trevor. Ça faisait déjà des semaines, et ça aurait pu durer encore longtemps. Maintenant les rôles étaient inversés, et voilà, c'était lui qui était invité.

Trevor avait respecté un délai raisonnable après les funérailles du père de Ted pour le faire. Ted n'arrivait toujours pas à savoir si c'était juste pour le remercier de son coaching ou pour autre chose. Les yeux de Trevor avaient toujours cette petite lueur espiègle qu'il n'arrivait pas à interpréter.

La première fois qu'ils s'étaient revus après que Trevor avait appris le décès, il lui avait posé la main sur l'avant-bras en faisant ses condoléances. Pour Ted, ça avait été comme une décharge électrique, il en avait eu presque le souffle coupé.

— On va aller prendre un verre tous ensemble, comme d'habitude, je suppose, dit Ted maladroitement.

— Je voulais dire rien que nous deux, précisa

Trevor sans se démonter, tu vois, comme un premier rendez-vous.

La soirée s'avéra un peu catastrophique.

Le fait que ce soit Trevor qui ait pris l'initiative avait déstabilisé Ted encore un peu plus et il n'arrivait pas à trouver autre chose que des banalités à dire. D'habitude il était le jeune qui sortait avec des partenaires plus âgés. Cette fois sa différence d'âge avec Trevor lui sautait au visage.

— Qu'est-ce que tu fais dans la vie, Ted ?

— Je suis dans la police.

— Ça alors, je ne m'attendais pas à ça.

— Parce que je suis de petite taille ? Tout le monde me le dit. Il n'y a plus de taille minimum requise de nos jours.

— Pas du tout. C'est juste que je m'étais fait une autre idée. Je crois que je te voyais bien prof. Ta manière de m'encadrer est sensas.

Ça n'aidait pas que Ted ne boive plus. Il aurait bien pris un peu de courage dans l'alcool, mais il s'était fait la promesse qu'il n'y toucherait plus et il était homme de parole.

— Et toi ? Tu fais des études ? Quelle filière ? demanda Ted quand son accès de toux se fut calmé. Il avait avalé sa bière au gingembre de travers tellement il était mal à l'aise.

— Je suis en formation mécanique moto. J'ai la chance d'avoir trouvé un apprentissage alors je fais tout pour être au niveau.

Cette réponse étonna Ted. Il croyait que quelqu'un comme Trev – c'est comme ça qu'il voulait qu'on l'appelle - était à l'université, dans un cursus plus intellectuel. Ted se rendit compte qu'il ne trouvait plus rien à dire et un silence gêné s'ensuivit jusqu'à ce qu'il puisse reprendre :

— Tu vois …. commença-t-il, et Trev le coupa.

— Oh, non, pas le terrible 'ce n'est pas toi, c'est moi' déjà ? C'était si bien jusque-là, dit-il avec un petit sourire.

— Non, ce n'est pas ça. C'est juste que … Je suis vraiment nul coincé sur cette chaise à parler de tout et de rien. J'aimerais vraiment apprendre à mieux te connaître, mais je préférerais le faire dehors, au grand air. Est-ce que tu aimes la rando ? On pourrait peut-être aller dans les Peaks un de ces jours ?

Trev n'était pas fan de marche à pied, même s'il courait parfois pour entretenir sa condition en arts martiaux, et pratiquait plusieurs sports de raquettes s'il en avait l'occasion.

Ses centres d'intérêt avaient toujours tourné autour des deux roues ou des chevaux auparavant. Mais il n'allait pas rater une occasion de passer plus de temps avec Ted dans un environnement où il se sentait plus décontracté, il accepta donc. Tant que Ted n'envisageait pas d'escalader une paroi ou une marche commando de trente kilomètres, il estimait qu'il était assez en forme pour le suivre.

Au moins, Ted eut le courage de lui faire une petite bise pendant le pique-nique. Mais cela n'alla pas plus loin, même s'ils commencèrent enfin à s'ouvrir et à se raconter des moments de leur vie.

La marche dans les collines fut la première sortie ensemble d'une longue série. Ted se débrouillait toujours pour que la question de passer la nuit quelque part ne se pose pas. Il n'aurait pas su comment gérer, que proposer comme type d'hébergement.

Ça commençait à jaser au travail, au club de judo et maintenant à celui de karaté aussi, puisque Trev s'était inscrit dans le même et prenait aussi des leçons avec lui. Les gens se rendaient bien compte d'un changement dans son attitude. Il repoussait les remarques d'un revers de main en affirmant que c'était parce qu'il avait arrêté de boire, mais personne n'était dupe.

Un jour, au poste, alors que plusieurs équipes étaient au garage en train de monter dans leurs véhicules, les trois hommes de l'unité de Ted arborèrent des lunettes noires et se mirent à chanter *Lovestruck* de Madness en en faisant des tonnes, un vrai morceau de bravoure qui fit rire tout le monde, sauf Ted, mortifié.

Ils étaient bons en plus. Ils ne mirent fin au numéro que lorsque Matt Bryan fit son apparition et leur lança vertement : « Qu'est-ce que c'est que ce foutoir, mettez-vous au boulot, le contribuable ne paie pas pour ça ».

Même si Ted remarqua qu'il avait un frémissement au coin des lèvres, comme une ébauche de sourire.

Ce fut encore pire le matin qui suivit la première fois où Ted et Trev couchèrent finalement ensemble. Là aussi, c'était Trevor qui avait pris l'initiative, pas Ted, même s'il en mourait d'envie. Trev n'était pas resté après. Comme Ted avait encore peur de précipiter les choses, il l'avait raccompagné jusqu'à l'antique et irascible Honda qu'il rafistolait.

De retour au poste le lendemain, Ted savait qu'avec des flics partout, dotés d'un bon sens de l'observation de surcroît, il n'avait aucune chance de préserver sa vie privée, à son grand dam.

Finalement, ce fut la vieille Honda qui précipita les évènements. Ted suivit Trevor jusqu'au trottoir au petit matin, comme d'habitude, mais la moto refusa catégoriquement de démarrer, en dépit des tentatives désespérées de Trev.

— Tu crois qu'elle essaie de nous dire quelque chose ? dit Trev en riant et en faisant mine de donner un coup de pied à son moyen de transport récalcitrant.

— Je ne voulais pas te pousser à t'engager trop vite, pas du tout, mais tu peux rester ici autant de fois que tu veux. Je vais te donner une clé. De toute façon, cet endroit n'est que temporaire. Je viens de prolonger la location pour un mois ou deux. Il fallait que je parte de la maison de mon père et c'était le meilleur appartement disponible. Je pensais chercher une maison à acheter. Peut-être … il hésita à nouveau, ce serait peut-être une erreur, bon, peut-être que tu pourrais m'aider à chercher.

C'était logique, Trev passait de plus en plus de temps dans l'appartement de Ted. Ses colocataires avaient presque oublié à quoi il ressemblait. Ted ne savait pas où cela les mènerait, ni si ça allait durer, mais peut-être que c'était un bon moyen de le savoir.

Trev s'était bien amusé à faire le tour du modeste appartement au fur et mesure qu'il y passait plus de temps. Il apprenait à mieux connaître Ted en parcourant sa collection de CD et de DVD, et en scrutant le contenu des pots de fleurs du minuscule patio auquel Ted avait le droit d'accéder en passant par les portes fenêtres.

— Des lys et Dolly Parton ? Sérieusement, Ted ? Plus tantouze tu meurs ! s'était écrié en riant Trev quand il avait fait cette découverte.

— Et toi, qu'est-ce que tu aimes en musique, alors, avait répondu Ted en essayant de ne pas avoir l'air trop sur la défensive.

— Queen, bien sûr, avait dit Trev avant de rejeter la tête en arrière et de chanter à tue-tête la fameuse intro : *'Each morning I get up I die a little, Can barely stand on my feet.'*

Ted savait maintenant que Trevor avait un sens de l'humour ravageur. Il pensa que ça en faisait sans doute partie. Il n'avait probablement jamais entendu quelqu'un chanter aussi faux. Il était surpris. Il savait déjà que Trev parlait bien plusieurs langues étrangères. Quand ils étaient allés manger en ville, il avait vu les serveurs de plusieurs restaurants ravis qu'il échange avec eux en français, italien et japonais. Il comprit soudain, horrifié : Trev ne se rendait tout simplement pas du tout compte qu'il chantait comme une casserole. Comment sortir de ce mauvais pas sans le vexer ?

— Tantouze, hein ? fit-il, prenant le bras de Trev et le tirant vers lui. Peut-être que je ferais mieux de tester si c'est également vrai au lit sans plus attendre.

— Bon, la ferme, ouvrez vos oreilles. On demande notre aide pour une autre de ces opérations comme on les aime. Avec les moeurs cette fois. Fabrication de film porno. La pire. Avec des gamins, dit Matt Bryan à son équipe au briefing du matin.

On intervient la semaine prochaine. Tout le site est

surveillé étroitement et sur écoute. Un gros bonnet qui tire les ficelles doit venir les voir. A l'évidence on veut coincer tout le gang, mais lui en particulier. Le théâtre d'opération est une tour, donc cette fois, sergent Darling il faudra nous faire une démonstration de vos talents de Spiderman.

D'après nos renseignements, ces gars risquent d'être armés, mais on pense que c'est pas des durs. Par contre ils s'y connaissent en informatique. A la seconde où on franchit la porte d'entrée, l'un d'entre eux appuie sur la touche qui lance l'effacement rapide de tout le contenu des ordis. Il va donc falloir les en empêcher en les prenant par surprise. Il faut qu'un de nos gars passe par la fenêtre, là où ils s'y attendent le moins, l'explose et déboule l'arme au poing. Il faut les empêcher d'appuyer sur cette touche. Par tous les moyens.

Et ça tombe à pic : si je ne m'abuse, sergent Darling, c'est ce week-end que vous allez vous entraîner à vos acrobaties au bout d'une corde avec votre ami des forces spéciales.

— C'est bien ça, chef. Remise à niveau pour descente en rappel et descentes rapides à la corde lisse, entre autres.

— Parfait. Tâchez de ne pas dévisser. On a besoin de vous en un seul morceau sur ce coup. Et pour tous ceux qui vont intervenir, attention. Ça ne sera pas très agréable pour ceux qui entreront en premier. Il y a une forte probabilité qu'il y ait des enfants à l'intérieur, des enfants abusés sexuellement. On va serrer ce gang, jusqu'au dernier. Mais on va être des pro. Irréprochables. En aucun cas, je répète, en aucun cas, vous me secouez les suspects. Zéro brutalité. Rien qui puisse nous revenir dans le nez quand il s'agira d'obtenir leur condamnation.

Je m'occuperai personnellement, avec une rigueur dont il se souviendra, croyez-moi, de quiconque ne sait pas se tenir et risque de bousiller l'opération. Est-ce que c'est bien clair pour tout le monde ?

Tous les présents répondirent d'une seule voix « Bien chef ». Ils savaient tous qu'on ne plaisante pas avec Matt Bryan quand il lance un pareil ultimatum.

— La petite épreuve d'aujourd'hui ne devrait pas poser de problèmes, même pour les trouffions parmi vous.

Le ton de M. Green était, comme toujours, cinglant, surtout quand il utilisait de l'argot militaire pour s'adresser aux agents. Lui-même était sous-officier à la retraite ayant servi dans les paras et les forces spéciales. Maintenant il gagnait sa vie en encadrant des stages de spécialisations, dont une que Ted préférait passer sous silence.

Ted s'était déjà entraîné avec lui plusieurs fois. Green n'accordait quasiment jamais son respect à quelqu'un, et encore du bout des lèvres. Ted était l'un des rares à l'avoir acquis. Lors de leur première rencontre, le stage comportait une formation de base aux arts martiaux. Ted prit un risque énorme en venant à la première séance dans son propre Kimono et sa ceinture noire de judo. Cela faisait clairement de lui le stagiaire le mieux classé. Green le dévisagea ouvertement avec mépris.

— Vous pensiez peut-être que vous alliez

m'impressionner en empruntant la tenue de papa ?

— Non, chef. C'est la mienne, pas celle de mon père. Papa est paraplégique et je ne crois pas qu'on ait déjà inventé les arts martiaux en fauteuil. Chef.

Des ricanements étouffés parcoururent les rangs autour de Ted, qui était planté, menton en avant en signe de défiance. Il ne pouvait pas voir la bouche de Green à cause de son épaisse moustache broussailleuse, mais il crut deviner une étincelle amusée dans ses yeux.

— La leçon du jour, c'est une initiation au Krav Maga. Ça s'inspire du judo et du karaté. Bon, alors, Darling, c'est forcément vous le cobaye pour les besoins de la démo. Et ne m'appelez pas chef, dites M. Green.

— Bien, monsieur Green.

Ted n'essayait pas de faire le malin. Il avait vraiment trois ceintures noires et il pratiquait déjà le Krav Maga. Après qu'il eut réussi à bloquer l'attaque de Green par simple réflexe, ce dernier se fit un devoir de lui faire faire une petite visite de chaque centimètre carré du tapis, pour bien montrer qui menait la danse. Mais à partir de ce moment-là, son attitude s'adoucit un peu et le surnom qu'il lui donna bientôt, Gayluron, était presque un terme d'affection en comparaison de ceux dont il affublait quelques unes des victimes de sa méthode. Ted ne faisait pas étalage de son homosexualité, mais il était difficile de préserver sa vie privée dans ces locaux exigus et avec tout ce temps de formation en commun.

A cet ultime entraînement, Ted n'eut aucun problème avec l'escalade. Il avait pratiqué très régulièrement et il s'en sortit bien mieux que certains. Il n'eut pas plus de difficultés à rester dans le peloton de tête sur le parcours épuisant qui les mena au point suivant à la course. Mais c'est là qu'il fut confronté à son pire cauchemar. Jusque-là il avait eu de la chance avec les modules d'entraînement. Mais c'était la première fois que ce scénario spécifique se présentait.

Green les avait rassemblés pas très loin du bout d'un lac et il indiquait la rive opposée.

— Votre objectif est là-bas, de l'autre côté. D'après les renseignements, vous savez qu'ils sont armés et sur leurs gardes, et qu'ils détiennent un otage. Votre mission c'est d'y aller et de désamorcer la situation. Il va sans dire que vous en gardez sous le pied pendant le déplacement. Allez, au boulot.

Les autres stagiaires ne se firent pas prier. Certains prirent le temps de quitter leurs rangers pour se les mettre autour du cou. Ils furent rapidement lancés, nageant à l'indienne, avec un bras libre pour garder leur arme au-dessus de l'eau.

Ted restait sur le bord, pétrifié. Il n'avait jamais appris à nager. De lourds souvenirs enfouis profondément, des flashbacks et des cauchemars liés à ce manque le hantaient encore, après toutes ces années. Il ne pouvait pas le faire.

— Qu'est-ce que tu attends, Gayluron? Un bristol ? Il y a un otage en danger là-bas.

— Je ne sais pas nager, M. Green.

Ted serra les dents en vue du torrent d'injures qui allait suivre. Ce ne fut pas le cas. Le ton de Green était bien méprisant, mais rien à voir avec ce à quoi Ted s'attendait.

— Qui a parlé de nager ? Je croyais que t'avais un cerveau. T'es bien du contingent des diplômés, non ? Eh ben, c'est le moment de t'en servir ! À qui est-ce que ces foutus crétins pourront bien être utiles quand la traversée à la nage les aura lessivés ? Un peu de jugeote, sacré bon dieu. Quelles sont tes options ?

Ted cherchait désespérément autour de lui.

— Il y a une embarcation…, fit-il, soulagé, en repérant la proue d'une barque qui dépassait de la rive.

— N'y pense même pas. Réservée pour moi, pour le moment où il faudra que j'aille récupérer à la rame les andouilles qui n'ont pas fait une analyse de risques avant de foncer tête baissée. Réfléchis, bordel !

Ted se creusait les méninges et continuait à regarder partout, de plus en plus désespéré. Et il l'aperçut. Pas si loin que ça. Le bout du lac était fermé par un talus. Une espèce de barrage, ou d'écluse. Et il semblait qu'un sentier passait dessus.

Comme il s'entraînait régulièrement pour rester en forme, il avait encore de l'énergie en réserve malgré la course exténuante juste avant. La peur d'être le seul à rater cette épreuve le portait. Il savait que s'il courait à fond, même avec le retard pris, il y avait de grandes chances que seuls les très bons nageurs puissent le devancer à l'arrivée. Et à condition qu'il n'y ait pas de mauvaise surprise sur le barrage.

En fait, n'ayant pas à lutter contre l'épuisement et le surpoids des vêtements mouillés, il arriva premier. Quand les autres commencèrent tant bien que mal à s'approcher du rivage, et que M. Green était en train de secourir ceux qui ne s'en sortaient pas avec sa barque, il était accroupi tranquillement au bord du lac, l'arme pointée sur ceux qui tentaient de poser un pied sur la berge.

Peu après, Green le prit à part. Évidemment, Ted ne s'attendait pas à des compliments de cet homme, aussi ne fut-il pas surpris que son seul commentaire soit « Ne t'avise jamais de te repointer à un de mes stages sans savoir nager ».

Allongé à côté de Trev sur son propre lit quelque temps après cet épisode, en attendant que ses rythmes respiratoire et cardiaque reviennent à la normale, Ted réfléchissait à la meilleure manière de poser la question. Bien qu'il ait déjà raconté à Trev quelques épisodes de son enfance, il avait honte de ne pas savoir nager et d'avoir peur de l'eau. Cela le mettait vraiment mal à l'aise.

— Si je te demande quelque chose, est-ce tu peux me promettre de ne pas te moquer de moi ?

Trev se mit sur un coude pour pouvoir regarder le visage de Ted. Les boucles brunes de ses tempes étaient humides de transpiration.

— Evidemment que je ne me moquerai pas. Mais si tu recherches des compliments pour ta performance au lit, je peux te dire que tu n'as pas à t'en faire sur ce chapitre.

— Non, ça n'a rien à voir, même si ça fait plaisir à entendre. Mais est-ce que tu crois que tu pourrais m'apprendre à nager ? S'il te plaît ?

7

Ted n'avait pas le vertige. Il n'aimait pas trop l'avion, mais c'était parce qu'il était un maniaque du contrôle. Pour lui, confier sa vie à quelqu'un qu'il ne connaissait pas, qui avait peut-être des soucis d'argent ou d'autres problèmes qui l'empêchaient d'être à ce qu'il faisait, ce n'était vraiment pas la manière idéale de voyager.

D'après lui, le bâtiment cible ne posait pas de problème pour un accès par la fenêtre, même au douzième étage. C'était un bâtiment ancien. Pas de double-vitrage ni de verre renforcé.

Dans la phase de préparation, il avait entre autres insisté pour avoir un échantillon des fenêtres en question. Si le succès de l'opération reposait sur sa capacité à créer l'élément de surprise, il n'y avait aucun intérêt à descendre en rappel le long des murs extérieurs pour finalement se rendre compte que la fenêtre ne cèderait pas.

Même Matt Bryan savait qu'il était inutile de discuter avec Ted quand il préparait une opération. S'il décidait de casser trois fenêtres pour trouver le meilleur moyen de pénétrer, alors il fallait que le budget suive. Ted était perfectionniste. Il ne laissait rien au

hasard et c'était pour ça que son bilan était exceptionnel.

Trev sentit le changement d'humeur de Ted dans cette phase préparatoire de l'opération. Ils passaient le plus clair de leur temps ensemble maintenant. Cepen-
dant, ils n'habitaient pas tout à fait ensemble. Trev avait bien précisé dès le début qu'il aimait prendre un verre de temps en temps, et un joint à l'occasion. Ted avait été aussi clair : ça ne le regardait pas, tant qu'il n'était pas là. Ainsi, de temps en temps Trev reprenait ses habitudes d'étudiant et passait la nuit à se soûler et se défoncer avec ses amis. Mais il revenait toujours.

Il avait commencé à s'occuper de la cuisine. Quand Ted eut compris quel excellent cuisinier son nouveau compagnon était, il fut embarrassé de ce qu'il lui avait parfois servi. Trev avait naturellement la fibre nourricière. Il adorait s'occuper de Ted, s'assurer qu'il y avait toujours un savoureux repas chaud prêt quand il rentrait à la maison.

— Est-ce que c'est dangereux, ce je-ne-sais quoi que tu vas faire ? lui demanda Trev un soir à table dans le minuscule appartement.

Ted n'aimait pas parler de son travail à la maison. Il avait seulement parlé de son activité en termes gé-
néraux, bien qu'il ait dû avancer une explication plau-
sible quand il était parti en stage chez M. Green.

— Pas vraiment, pas pour moi. Je fais juste ce que j'ai appris à faire. Mais je ne peux vraiment rien dire sur une opération comme ça avant qu'elle ait eu lieu. Ce n'est pas que je n'ai pas confiance en toi. C'est juste que c'est formellement interdit. En plus, je suis superstitieux comme tout. Si je t'en parle, ça va nous porter la poisse.

Il essayait de prendre ça à la légère, mais il voyait bien que ça angoissait Trev.

— Est-ce qu'il y aura des coups de feu ? Est-ce que tu devras tirer sur des gens ?

Ted lui avait dit qu'il était dans la branche armée mais il était resté vague sur son rôle exact.

— Pas cette fois. Je suis essentiellement chargé de la manière de pénétrer dans le bâtiment. Je n'utilise pas mon arme tous les jours, tu sais. C'est rare.

Trev était sérieux pour une fois.

— Mais tu l'as fait, hein ? Et tu pourrais avoir à le refaire.

Ted lui avait un peu parlé de la fois où il avait dû tirer un coup mortel. Trev lui avait demandé carrément s'il avait déjà tué quelqu'un et il ne voulait pas gâcher leur relation par des mensonges. Il avait expliqué qu'il n'avait plus eu sa licence jusqu'à la fin de l'enquête. Ce qu'il n'avait pas dit c'était combien il avait été ébranlé quand il avait appris que l'homme qu'il avait abattu n'avait jamais rien fait de mal auparavant, qu'il en était arrivé là pour financer un traitement médical non remboursé pour sa petite amie.

Ted était debout à point d'heure le matin du raid. Il avait découvert que Trevor avait un sommeil de plomb les matins, il n'eut donc pas besoin de faire trop attention au bruit quand il se leva. Il avait aussi découvert que Trevor dormait les bras écartés, monopolisant presque toute la place, et la couette. S'ils devaient continuer à dormir ensemble, Ted devrait envisager de prendre un lit plus grand pour sa nouvelle maison, quand il l'aurait trouvée, et une couette encore plus grande.

Il arriva au poste avant le reste de l'équipe pour se donner le temps de vérifier tout son équipement lui-même. Prendre soin de ses cordes et baudriers, en être responsable personnellement, avant une telle opération c'était une consigne que M. Green avait assez serinée pour lui et les autres membres des stages de formation.

Le rôle de Ted était essentiel au succès de toute l'opération. S'il foirait son entrée et signalait la présence policière, les gens à l'intérieur risquaient d'avoir le temps d'effacer les ordinateurs et de détruire d'autres preuves cruciales. Une entrée ratée risquait aussi de mettre en danger les enfants présents dans l'appartement.

Les trois membres de son groupe, Scott Hardwick, Declan Murphy et Jimmy Briggs, n'arrivèrent pas longtemps après lui. Ce seraient eux les premiers à entrer après que leur chef aurait brisé la fenêtre. Ils se chambrèrent un peu, comme d'habitude, mais au-delà de cette attitude ils étaient complètement concentrés, équipement personnel vérifié, excités et prêts à l'action.

— J'espère que vous avez eu une bonne nuit de sommeil, patron. J'veux pas que vous vous endormiez pendant la descente parce que votre petit ami vous a épuisé.

Ted ne réagit pas. Ça n'était pas bien méchant. Il savait qu'ils repasseraient tous en mode pro, comme si on avait appuyé sur un bouton, dès l'arrivée sur site et le début du briefing, quel que soit le haut gradé responsable. Ted espérait juste qu'il ne s'agirait pas d'un de ceux avec lesquels il avait déjà eu maille à partir. Ce dont ils avaient le moins besoin aujourd'hui, c'était une querelle intestine avant même le début de l'opération.

Ensuite, ils se tassèrent dans le fourgon noir, en faisant moins de bruit maintenant, plus concentrés. Matt Bryan monta dans le véhicule aussi, les hommes ne dirent plus un mot. Ils étaient la seule équipe requise cette fois. Le risque avait été estimé bas. Même si la bande risquait de paniquer quand ils seraient coincés, il était peu probable qu'ils se serviraient de leurs armes si l'élément de surprise jouait pour les équipes d'intervention.

Ils allaient frapper tôt, à l'aube, quand tout est calme et tranquille. Les dernières informations faisaient état de deux jeunes enfants présents dans l'appartement depuis la veille. Cet élément déstabilisa un peu Ted. Il essaya de se préparer à ce qu'il allait trouver, et aussi à baser sa gestion des risques sur l'extraction des enfants en toute sécurité, quoi qu'il se passe par ailleurs.

Matt Bryan serait avec l'officier supérieur au PC, en contact permanent avec tous les agents déployés. Il regarderait la descente de Ted pour s'assurer que l'appartement visé était bien le bon. On pouvait facilement confondre, en rappel sur la façade comme ça.

Du point de vue de Ted, le bâtiment était parfait. Pas de balcons où on risquait de s'accrocher. Murs pleins entre les fenêtres, ce qui signifiait que les gens qui étaient à l'intérieur ne pourraient pas le voir jusqu'à la dernière seconde.

Une fois sur le toit, il procéda à une dernière véri-fication de son équipement et prit position au bord, dans l'attente de l'ordre de Matt Bryan. Il allait de-scendre vite, en espérant que personne n'ait le temps de le voir et de donner l'alarme. Il n'était pas impossi-ble que la bande du porno ait des guetteurs dehors, même si personne n'en avait repérés pendant des jours de surveillance rapprochée.

Bryan coordonnerait l'arrivée de Ted à la fenêtre avec son équipe sur le palier de l'appartement avec un bélier, prêts à enfoncer la porte.

Ted jeta négligemment un œil par-dessus le bord du toit vers les premiers travailleurs du matin qui par-taient au travail, tels des fourmis de toutes les couleurs.

Et puis il reçut l'ordre habituel dans son oreillette et se lança dans le vide, glissant vite le long de la corde, puis bloquant une fraction de seconde pour av-oir confirmation qu'il était devant la bonne fenêtre et que ses gars étaient aussi en position.

Ted se décrivait souvent comme un gringalet mai-grichon. Mais chaque parcelle de son corps était du muscle, puissant, surtout ses jambes. Il se félicitait de sa préparation sans faille et de n'avoir rien laissé au hasard. Il prit son élan sur le mur, l'effet de balancier le ramena vers la fenêtre les pieds en avant et le pro-pulsa à l'intérieur, il passa à travers la vitre comme une fleur, ça avait été aussi facile qu'à l'entraînement. Dans le même mouvement, le Heckler déjà en posi-tion, il hurla :

— Police, je suis armé. Pas un geste.

Ses trois gars s'engouffrèrent par la porte d'entrée

en parfaite coordination, hurlant en écho. Juste sur leurs talons venaient les deux cyber-experts, prêts à saisir tout l'équipement informatique avant que qui que ce soit ait le temps de tenter de le neutraliser.

Scott et Dec parcouraient l'appartement comme des démons, enfonçant les portes d'un coup de pied, rassemblant tous les suspects. Ted assurait la couverture avec son arme et Jimmy passait les menottes à tous ceux qu'ils trouvaient. A ce moment-là seulement on donna l'autorisation à deux policières des Mœurs, spécialement formées à s'occuper des enfants victimes d'abus sexuels, d'entrer pour prendre en charge deux jeunes enfants qui s'étaient recroquevillés dans un coin dans une des chambres. Ted essaya de ne pas trop penser à ce qui avait pu leur arriver.

Ted entendit son chef arriver, toussant et sifflant, bien avant qu'il rejoigne l'appartement. D'autres agents en civil emmenaient les suspects. C'était bien la chance de Bryan d'avoir l'ascenseur en panne. Il entra à la suite d'un superintendant en uniforme. Ted avait vu Eric Haslam aux briefings préparatoires. C'était le commissaire responsable de toute l'opération et il avait un sourire jusqu'aux oreilles du succès obtenu.

— Bon travail, tout le monde. Vraiment du bon travail. Ça c'est du résultat ou je ne m'y connais pas. Il semble bien que nous ayons arrêté tous ceux que nous voulions arrêter, et au moins les gamins sont en sécurité maintenant. Intervention impressionnante, sergent Darling. Tous mes remerciements.

— Merci, se contenta de répondre Ted. Il avait horreur qu'on en fasse trop. Pour lui, il avait juste fait son boulot.

Le superintendant Haslam quitta les lieux et Matt Bryan se tourna vers ses hommes, encore hors d'haleine d'avoir monté douze étages.

— Bon, avant que vous vous tapiez dans le dos, rentrez au poste et rédigez vos rapports. Si vous arrivez à le faire sans trop de fautes d'orthographe – son regard désignait Jimmy Briggs en le disant – et si rien de nouveau se produit, vous pouvez manger plus tôt et quitter le service pour aujourd'hui. Et tâchez de ne pas trop vous soûler. Maintenant il faut débriefer ici et on me ramènera au poste.

— Oui, chef, merci, chef, firent les membres de l'unité à l'unisson.

Ils n'allaient pas laisser passer une occasion pareille. Il n'y en avait pas tant que ça.

Pour une fois Ted rentra tôt, bien avant le retour de Trev. Il décida de prendre quelque chose à manger pour eux en chemin, pour éviter à Trev de faire la cuisine. Quelque chose de sympathique, un peu spécial. Maintenant qu'il avait goûté à la cuisine de Trev, il savait qu'il ne lui arrivait pas à la cheville.

Il s'arrêta chez un traiteur et prit un repas pour deux, avec une bouteille de vin pour Trev. Dans le feu de l'action, il choisit quelques fleurs pour agrémenter l'appartement et créer une ambiance plus propice à un dîner en tête à tête. Il faillit changer d'avis à la caisse, se demandant si ça n'était pas trop, trop tôt.

Il eut amplement le temps de ranger et briquer l'appartement avant l'arrivée de Trev. Il avait déjà compris que partager son lieu de vie avec Ted impliquait un sacré tas de choses à ramasser derrière lui. Trev sortait à peine de l'adolescence, après tout, et en plus il n'avait pas fini ses études.

Sur un coup de tête, il appela un des agents immobiliers qu'il avait déjà contactés pour acheter un logement à son goût, et prit rendez-vous pour une visite de maison à son prochain jour de congé. Il était temps qu'il s'installe dans quelque chose d'un peu plus chaleureux que cet appartement.

— Oh, mince, c'est super. Je crois que je prendrais bien pour habitude d'être gâté comme ça, dit Trev, ravi, en entrant dans l'appartement.

Il quitta son casque et sa combinaison en cuir dans la minuscule entrée, les flanqua par terre en tas, comme d'habitude, les fleurs sur la table et les arômes émanant de la petite cuisine lui donnaient un grand sourire.

— Il y a quelque chose de spécial à fêter ?

— Pas vraiment, non. Mais l'opération de ce matin a bien marché et le chef nous a laissé rentrer tôt, alors je me suis dit que ce serait sympa de faire comme si on était de sortie. Il y a du vin si ça te dit.

— Mmmm, volontiers. Ça m'a l'air parfait.

Trev le prit dans ses bras et se pencha pour l'embrasser.

— Est-ce que le dîner va brûler si on n'est pas prêts tout de suite ?

— Je vais baisser le four.

Ensuite ils prirent leur repas ensemble et s'installèrent pour regarder la télévision, rassasiés et heureux d'être l'un avec l'autre. Et puis ce furent les informations régionales. Ted fut horrifié de voir un reportage le montrant glissant le long d'une corde sur la façade d'un immeuble et pénétrant dans l'appartement cible par la fenêtre, les pieds en premiers.

Trev se rassit correctement d'un bond et se pencha en avant, les yeux rivés sur l'écran.

— Oh, mon dieu ! C'est toi, hein ? Ted ? Est-ce que c'est bien toi ?

— Ça pourrait être n'importe qui, fit Ted de manière évasive.

— Non, sûrement pas. Regarde les proportions. A moins que cette fenêtre soit gigantesque, et je ne vois pas pourquoi elle le serait, la silhouette est de petite taille. Plus petite que la moyenne.

Il se tourna vers Ted avec un regard interrogateur.

— Quelqu'un qui est à peu près de la même taille et même carrure que mon petit agent de police à moi. C'est toi, hein ?

Ted était mal à l'aise et se tortillait sur son siège. Il ne voulait pas mentir, mais il aurait préféré que Trev ne sache pas quel genre de travail il faisait.

— Oui, c'était moi. Mais pas de quoi s'inquiéter. Que de la routine. Pas de coups de feu.

Il essayait de minimiser, pour que Trev ne s'inquiète pas. Il tenta maladroitement de changer de sujet.

— J'ai pris un rendez-vous pour visiter une maison samedi prochain, s'il n'y a pas d'urgence au boulot. Tu aimerais peut-être venir avec moi ?

Trev prit un air sérieux. Ted ne l'avait jamais vu comme ça.

— Est-ce que tu me proposes d'emménager avec

toi ? Je veux dire, vraiment emménager ? Pas comme tout de suite.

— Ça me ferait plaisir. J'aimerais ça. Je pense qu'on serait bien ensemble.

Trev redressa le dos et prit les deux mains de Ted dans les siennes. Ted crut que son estomac allait exploser. Il était fou d'amour. S'il n'avait pas craint que ce soit bien trop tôt et que ça gâche tout, il aurait demandé sa main à Trev, pour un PACS. Mais allait-il prendre un râteau ?

— Ted, écoute. Je suis sûr que maintenant tu sais que je t'ai dans la peau. Je t'aime. Tu es l'homme le plus gentil, le plus doux que je connaisse. Ce qui fait que tu es une énigme encore plus impénétrable, vu ce que tu dois faire dans ton boulot. Tu es un amant plein de prévenances. Je me sens en sécurité avec toi. Je sais que tu ne ferais jamais, jamais quelque chose qui me blesse. C'était formidable que tu rompes avec Phil avant même d'avoir eu le courage de me demander de sortir avec toi.

— Il y un 'mais' qui suit, n'est-ce pas ? demanda Ted, très abattu, et je ne vais pas aimer ce 'mais'.

— C'est juste que je ne suis pas sûr de pouvoir vivre avec quelqu'un dont le boulot peut l'amener à tuer des gens.

— Ça n'arrive pas souvent. Ça n'a pas été le cas aujourd'hui. Juste une arrestation nette et sans bavures et sans usage de nos armes. Dans toute ma carrière, j'ai tué une seule personne. Je t'en ai parlé, c'est la stricte vérité.

— Je sais. Je vois bien. J'essaie juste d'être honnête avec toi, parce que je sais que tu as toujours été honnête avec moi. Tu pourrais devoir tuer à nouveau, vu ton métier. J'essaie juste de me figurer ce que ça ferait d'aller au lit avec un partenaire qui vient de tuer quelqu'un comme si de rien n'était.

— Est-ce que tu me demandes de choisir entre toi et mon boulot ?

— Non, Ted, non, je ne ferais jamais ça. J'essaie juste d'être clair. Si tu étais prof, comme je croyais, je viendrais vivre avec toi demain. Mais avec ce que je découvre, avec cette autre facette, je ne suis pas sûr que ce soit possible.

8

— Espèce de foutu connard.

Ted savait que son chef ne serait pas tendre. Et il savait qu'il ne pouvait rien y faire, à part se tenir devant son bureau comme un abruti et s'en prendre plein la tête.

— Vous rigolez ? Vous flinguez une belle carrière dans la branche armée pour vous occuper de vieilles qui signalent la disparition de leur minou chéri ? Et pour quoi ? Pour un jeunot que vous connaissez depuis cinq minutes ? Est-ce que c'est votre bite qui vous tient lieu de cerveau, sergent ?

Si encore vous aviez engrossé une gamine et que vous essayiez d'être un gentleman. A la limite, je pourrais comprendre. Mais pourquoi est-ce que vous voudriez vous maquer avec un type qui vous demande juste de foutre votre carrière en l'air pour lui ?

— Ce n'est pas le cas, chef. Il ne m'a pas demandé de le faire. Il ne sait même pas que je l'envisage. C'est moi qui ai choisi. Je veux être avec lui et il ne pense pas qu'il puisse vivre avec moi tant que je suis dans la branche armée.

Ted détestait parler de sa vie privée. Mais il estimait au moins devoir une explication à son patron.

— Oh, pitié ! Vous vous êtes entendu ? Ça me donne envie de gerber.

Matt Bryan se renfonça dans son fauteuil et leva les yeux vers Ted.

— Écoutez, asseyez-vous, bon dieu. Faisons appel à notre bon sens. Comme des adultes. Vous êtes peut-être sur le point de massacrer votre carrière et je veux être bien sûr que vous comprenez toutes les implications de votre acte. Et arrêtez de me regarder avec ce putain d'air buté. On dirait une putain de mule avec les oreilles basses. Arthur avait raison. Vous êtes un putain de rouge de merde. Assis.

Dans tout le temps où il avait servi avec Matt Bryan, c'était la première fois qu'il était invité à s'asseoir en sa présence. Peut-être que son patron allait essayer la méthode douce. Ted était presque impatient de voir ça. S'il avait une once de douceur en lui, il ne l'avait jamais montrée, à part quand il était venu à l'enterrement de son père, à la grande surprise de Ted. Et encore, c'était peut-être parce qu'il pensait que c'était ce qu'un chef se devait de faire.

— Bon, ce que je vous dis maintenant ne sort pas de cette pièce. C'est clair ?

— Oui, chef.

— Ma foutue toux du fumeur ? C'est un cancer du poumon. Phase terminale. Typique d'un foutu flic, toujours au boulot, alors j'ai attendu trop longtemps pour consulter et tenter un traitement. Et maintenant, il n'y a plus rien à faire.

Ted s'apprêtait à compatir mais Bryan l'arrêta d'un geste impatient.

— La ferme, écoutez-moi. C'est pas grave. Les

merdes, ça arrive tout le temps. L'important, c'est que j'ai parlé aux autorités de mon remplacement, de quelqu'un pour diriger la brigade. Je vais bientôt prendre un congé longue maladie et je ne reviendrai pas. J'ai avancé votre nom.

Vous avez passé vos examens d'inspecteur maintenant, vous avez de bons résultats. Vous avez assez d'ancienneté, il est temps que vous preniez du galon. Il faudrait bien sûr qu'une commission valide votre candidature, mais cela devrait être une formalité avec votre bilan. Vous avez l'expérience requise. Et où vont-ils trouver un autre agent spécialisé prêt à prendre cette fonction alors qu'il pourrait avoir un poste autrement excitant ? Rien n'est garanti dans les grandes tractations des promotions, vous le savez, mais le poste vous est quasiment acquis si vous le demandez. Plus la promotion et l'augmentation de salaire qui va avec, bien sûr.

Mais vous aurez quoi sinon? Un cambriolage de temps en temps ? Un vol à l'étalage par ci par là ? Vous aurez peut-être la chance de traiter quelques états d'ébriété sur la voie publique, si vous ne mourez pas d'émotions fortes avant. Bon dieu, mon gars, pensez à ce que vous êtes en train de faire.

Vous pourriez vous tirer une balle dans le pied, jeu de mots volontaire, bordel. Vous êtes sûr que ça en vaut la peine ? Et avant que vous disiez quoi que ce soit, croyez-le ou non, j'en suis passé par là aussi, le foutu premier grand amour. J'étais comme ça avec Jeanie quand on s'est rencontrés. Mais ça ne dure pas, Ted. Une passion comme ça. Ça fond comme neige au soleil. Vous finissez par vous installer dans un ronron confortable, si tout se passe bien. Vous croyez que le jeu en vaut la chandelle ?

— Il est temps pour moi de changer, chef. Il est temps que je me pose.

— Où vous voulez aller?

— Un poste de sergent va se libérer à Longsight. Je me suis renseigné.

— Longsight? Bon dieu ! Et vous avez déjà fait des démarches ? Sans m'en parler d'abord?

— Je voulais juste avoir une idée de ce qui était disponible, chef. Je n'en ai même pas encore parlé à la DRH. Rien d'officiel. Juste pour me faire une idée.

— Eh ben, c'est trop aimable de votre part. Écoutez, si vous avez vraiment pris votre décision, je ne vais pas vous supplier. Je vais vous faire une bonne appréciation, bien sûr, même si je pense que vous êtes un foutu crétin. Mais promettez-moi de vraiment bien réfléchir avant de vous lancer trop vite, parce qu'y a pas de retour en arrière possible, si vous vous gourez maintenant.

Vous finirez par tourner en rond à jouer les mères poules pour des fournées de jeunes recrues pleines d'avenir le restant de vos jours, si vous laissez aller les choses, et vous n'êtes pas un gratte-papier, Ted. Ce n'est pas dans votre nature. Vous aimez trop les trucs d'Action Man. Ben oui, vous allez partir en patrouille, mais sérieusement ? Ça sera pas comme ce que vous faites ici, ni comme ce que vous avez appris. Allez boire une pinte avec votre équipe. Il faut leur parler. Ils vous diront sans doute la même chose que moi. Nom de Dieu, pesez bien le pour et le contre avant de commettre une grave erreur.

Et n'oubliez pas, ce que je vous ai dit est confidentiel. Ça ne sort pas d'ici. Personne d'autre dans cette taule n'est au courant, alors si ça s'ébruite, je saurai d'où ça vient et ça va pas le faire.

— Tu es bien silencieux ce soir. Tu n'as pas aimé la maison?

Ted et Trev rentraient à l'appartement en location de Ted après la visite. Ce n'était pas loin et ils préféraient marcher quand c'était possible. C'était une autre façon de se maintenir en forme pour leur entraînement en arts martiaux, qu'ils prenaient très au sérieux tous les deux.

— C'est très bien. Il a du potentiel. Tu pourrais en faire quelque chose de sympa.

— Pourquoi pas ? Je suis un peu nul en décoration. Je n'ai pas de goût. Je comptais sur toi pour un coup de main.

— Tu veux vraiment rester à Offerton?

— J'aime bien par ici. C'est facile d'aller au dojo et au club de karaté. Pas loin pour aller aux Peaks quand je veux me décrasser. En plus, c'est pratique pour Longsight. Un trajet facile.

— Longsight? Je croyais que tu travaillais dans la zone d'Openshaw?

— Openshaw, c'est pour la branche armée. Quand je réintègrerai la police en uniforme, je pourrais travailler à Longsight. Il y a bientôt un poste de sergent vacant. Pas tout de suite, mais dans quelque temps.

Trev s'arrêta net et se tourna pour le regarder dans les yeux.

— Tu quittes la police armée ?

— Eh bien, si c'est ce que tu désires. Si c'est ce qu'il faut pour que tu crois que je prends ça au sérieux. À propos de nous.

— Sérieux ? Tu ferais vraiment ça pour moi?

— Bien sûr que je suis sérieux. J'essaie de te montrer que je veux qu'on soit ensemble. Si c'est ce que tu veux ?

— Ce que je veux, dit Trev, un sourire parcourant tout son visage, c'est filer à l'appartement, arracher tous tes vêtements et de te montrer à quel point ça compte pour moi. Et je te promets que tu ne regretteras jamais ta décision à cause de moi.

— Trois pintes et une bière au gingembre pour moi, s'il vous plaît, Sue.

Ted s'occupait des boissons pour ses gars et lui à leur pub habituel. Ils étaient bien connus là-bas, de bons clients. Sue, au bar, commençait juste à prendre l'habitude à ne pas servir de snakebite pour Ted, son mélange bière forte et cidre corsé préféré, maintenant qu'il était au régime sec. Il essayait toutes sortes de boissons sans alcool pour en trouver une qu'il lui aille à peu près.

— Voulez-vous que je vous mette une goutte de citron vert, Ted? Ça donnerait un peu de peps.

— Je préférerais que vous changiez pour un snakebite, mais j'ai dit que j'arrêtais, alors j'arrête. Allez, un peu de citron vert et un peu de glace.

— Allez vous asseoir, je vais vous les apporter pendant qu'il n'y a pas trop de monde.

Sue aimait bien Ted. Avant, même avec un verre dans le nez, il était toujours resté le parfait gentleman, jamais aucun problème. Elle avait essayé de flirter avec lui au début, jusqu'à ce qu'elle réalise qu'elle perdait son temps.

Une fois que Ted et les gars eurent leur verre devant eux et que Ted eut pris une bonne gorgée du sien – le citron vert améliorait un peu, mais sans plus– il regarda un à un les membres de son équipe, Scott, Declan, Jimmy. Il ne voyait pas comment cette conversation pourrait mieux se passer que celle avec le chef.

— Je voulais qu'on se voit au calme, loin du poste, parce que j'ai une info et je voulais que vous l'appreniez de ma bouche, avant que les rumeurs ne se répandent.

— Vous êtes devenu hétéro et vous allez épouser une femme, patron ?

Scott, le comique de l'équipe, avait ouvert le feu le premier.

— Pas tout à fait, mais ma vie prend une nouvelle direction. Je vais bientôt quitter la police armée et retourner à la police en uniforme. J'ai l'opportunité d'avoir un poste de sergent à Longsight.

Scott fut tellement surpris qu'il avala sa bière de travers.

— Hé, je suis censé être le rigolo de cette équipe, et ce n'est même pas drôle.

— Ce n'est pas une blague. Je suis sérieux. J'ai aimé travailler avec vous, vous le savez, mais il est temps de changer. Je raccroche mes revolvers et ma selle, je retourne poser mes fesses derrière un bureau.

Ted essayait de prendre ça avec humour mais il en avait gros sur le cœur. Il n'arrêtait pas de se répéter le pourquoi de sa décision. Ça allait en valoir la peine. C'était ce qu'il espérait.

Il y eut un silence stupéfait des trois autres, puis Declan déclara.

— Eh bien, bonne chance, sergent. J'espère que vous serez heureux dans votre nouveau poste.

Sergent. Dans leur esprit, il n'était plus l'un d'eux. Fini le « patron », il ne méritait plus le titre. Les laisser comme ça, ça leur paraissait clairement être une trahison.

Ted avait le moral dans les chaussettes quand il rentra chez lui. Il était soudain confronté à la réalité et n'était pas du tout certain de faire le bon choix.

En entrant, il entendit un de ses CD, un de ceux de Kenny Rogers, et sentit une odeur délicieuse flotter de la petite cuisine. Trev vint l'accueillir, un torchon noué autour de la taille en guise de tablier, il le prit affectueusement dans ses bras et lui donna un long baiser. Et tout d'un coup, tout allait bien à nouveau.

— Eh bien, je dois dire que votre CV est extrêmement impressionnant, sergent Darling.

Le superintendant-principal Greg Pilling était un homme de belle taille, puissant, avec des mains massives. Il avait aussi un malencontreux zézaiement qui n'allait pas tout à fait avec son physique. Il serait le nouveau commissaire divisionnaire de Ted s'il était confirmé sur le futur poste à Longsight.

Pilling avait demandé à le rencontrer en personne, ayant visiblement du mal à croire qu'il allait avoir un agent au tel profil. Diplômé avec mention, un avenir tout tracé et une série impressionnante d'arrestations réussies. Il n'avait pas tellement l'habitude de toucher des gens comme Ted. Mais il était sceptique de nature. Il croyait en l'expression « si quelque chose semble trop beau pour être vrai, en règle générale c'est que c'est trop beau. »

Il devait y avoir un piège quelque part.

— Très impressionnant, vraiment. On pourrait en conclure que vous êtes surqualifié pour le poste que vous briguez. Qu'est-ce que vous répondez à ça, sergent?

Ted avait immédiatement apprécié son nouveau chef de service potentiel. Il l'admirait de ne pas essayer d'éviter le redoutable son S dans ses phrases, comme d'autres l'auraient fait. Il savait aussi qu'il était un bon flic doté lui-même d'un dossier impressionnant. Et il savait tout autant d'instinct qu'il ne s'agirait pas de raconter des cracks à cet homme. Il comprit que son discours soigneusement préparé sur la nécessité de revenir à la police de terrain ne sonnait peut-être pas assez vrai. Il opta pour la franchise.

— Ma situation familiale a un peu changé, commissaire. J'ai un nouveau partenaire, nous sommes en train d'acheter une maison ensemble, et il n'a pas trop envie que je sois dans un truc comme une unité armée.

— Je vois. Ce n'est pas à moi de m'immiscer dans votre vie privée, il faut juste que je vous pose la question. Est-ce que vous comptez tout le temps la laisser déterminer vos choix professionnels, vos perspectives de carrière ?

— Non, commissaire, ce n'est pas le cas. Ce serait la première et dernière fois. Je pense que je peux être aussi utile à notre institution dans la police en uniforme que dans la police armée. Je me suis engagé parce que je voulais que la façon dont on gère le crime change. Je pense avoir beaucoup à apporter dans ce nouveau poste et j'ai hâte de relever le défi.

Pilling consultait à nouveau le CV de Ted.

— Je vois que vous avez suivi un cursus en Sciences politiques et que vous avez été reçu avec mention. Je pense que vous auriez fait un bon politicien, si j'en juge par votre capacité à raconter une histoire pareille et à la rendre convaincante. Mais je suis impressionné par votre CV et j'aime bien le peu que j'ai pu voir de vous jusqu'à présent.

Il tendit une de ses grandes mains par-dessus le bureau.

— Bienvenue dans notre humble division. J'espère que vous apprécierez votre nouveau poste et que vous le trouverez assez à la hauteur de vos attentes.

9

Juin 1984

— Coucou, papa, je suis revenu.

Ted accrocha soigneusement son cartable et rangea son sac de sports pour les arts martiaux. Il savait qu'il valait mieux ne rien laisser traîner par terre. C'était assez difficile comme ça pour son père de se déplacer avec son fauteuil roulant sans qu'il transforme les lieux en champ de bataille.

Son père lui payait des leçons d'arts martiaux toutes les semaines. Il apprenait le judo, le karaté et le jiu-jitsu. Ted était petit et maigre, c'était la victime idéale pour les petits durs au début de sa scolarité, surtout avec un nom comme le sien, Darling ! Joe avait juré que personne ne lèverait le petit doigt sur son fiston. Il ne pouvait pas lui apprendre lui-même à se défendre, mais tout ce qu'il pouvait mettre de côté était utilisé pour s'assurer que des experts s'en chargent. La confiance en lui que cela avait apportée à son fils justifiait chaque penny investi, plus qu' amplement.

Ted alla dans le salon où son père regardait la télévision. C'était le journal télévisé.

— *Sois gentil, viens t'asseoir et attends tranquillement pendant que je regarde la fin des info, Ted.*

Ted s'assit sagement sur le canapé près de son père et regarda l'écran.

Il ne comprenait pas vraiment ce qui se passait. On aurait dit une espèce d'émeute. Des tas de policiers et de civils se battaient corps à corps, la police montée poursuivait des gens à pied, les coups de matraques volaient. Des chiens policiers aboyaient sauvagement et essayaient de mordre tout ce qui passait à leur portée.

Son père grommelait, quelques jurons fusaient de temps en temps. Joe Darling ne jurait pratiquement jamais devant son fils et ne l'autorisait surtout pas à parler mal. Joe avait son sempiternel verre de whisky à la main et Ted voyait que le niveau dans la bouteille avait pas mal baissé depuis la veille.

Quand ce reportage fut fini et suivi par un qui n'intéressait aucun d'eux, Joe prit la télécommande pour éteindre la télévision et se tourna vers son fils.

— Comment c'était à l'école aujourd'hui, mon p'tit. Judo ou karaté aujourd'hui ?

— A l'école, ça allait. Au karaté, super. Papa, pourquoi les policiers à la télé agressaient les gens et les frappaient comme ça ? Ça devait faire drôlement peur de les voir charger sur leurs grands chevaux.

— Parce que c'est des salauds, Ted. Des valets de la bourgeoisie.

Ted fut surpris par la véhémence de son père, et des gros mots qu'il employait.

— Ce gouvernement veut casser les syndicats, mon p'tit, prendre le pouvoir aux travailleurs. Regarde-

moi, cloué dans ce foutu machin. Mon syndicat, le syndicat des mineurs, négociait depuis des mois avec la direction de la mine pour leur dire que c'était dangereux et qu'il fallait revoir complètement les mesures de sécurité.

Mais il n'y avait que le profit qui les intéressait. Rien à battre des hommes là-dessous, ceux qui risquaient leur vie. Ces mines du Lancashire sont pleines de grisou. Tout le monde le sait. Les plus dangereuses à exploiter. Et puis il y a eu l'explosion. On pourrait dire que j'ai eu de la chance, j'ai pu sortir. Certains de mes amis y sont restés.

— Mais je ne comprends pas pourquoi la police se comportait comme ça. Je croyais qu'ils n'étaient pas censés taper sur les gens comme on l'a vu.

— Ils diront que c'est les piquets de grève qui ont commencé, mon p'tit, mais moi c'est pas comme ça que je vois les choses.

Joe passa du temps à expliquer patiemment à Ted les raisons de la grève, le recours aux piquets de grève massifs, la réaction de la police et tout ce que Ted voulait savoir. Il essayait de garder un point de vue équilibré, en évitant de se laisser emporter par son opinion personnelle. Il était fier de son fils, qui absorbait tout ce qu'il disait comme une éponge. Mais la réaction de Ted quand il eut fini fut un choc violent.

— Papa, je crois que je veux devenir policier quand je serai grand.

Joe avala une gorgée de whisky avant de répondre.

— Et pourquoi ça mon p'tit ?

— Et ben, il doit y avoir des bons policiers. Ils ne

peuvent pas tous être comme ceux qu'on vient de voir à la télé. Alors peut-être que s'il y avait plus de bons policiers des choses comme ça n'arriveraient pas. En tout cas pas aussi souvent.

Joe posa son verre sur la table basse à côté de son fauteuil et tendit la main à son fils.

— Viens là, Ted, mon p'tit.

L'espace d'un instant, il pensa que son père était peut-être en colère. Il avait peut-être dit ce qu'il ne fallait pas. Peut-être que son père ne voulait pas qu'il devienne un valet de la bourgeoisie, même s'il n'était pas sûr d'avoir bien compris ce que cela voulait dire. Normalement, son père n'était jamais en colère contre lui. Il était toujours patient et bienveillant.

— Tu es un bon petit, Ted. Je suis fier de toi. Tu ferais un très bon policier parce que tu es intelligent et juste. Et si c'est ce que tu veux faire, je te soutiendrai jusqu'au bout. Et nous allons commencer par trouver ce qu'il faut faire précisément pour entrer dans la police.

La dame derrière le bureau d'entrée se pencha vers Ted, qui se tenait devant elle de l'autre côté, et dépassait à peine.

— Qu'est-ce que je peux faire pour toi ? demanda-t-elle plutôt gentiment.

— Mon papa est dehors. Il veut parler à quelqu'un de mon projet de m'engager dans la police. C'est juste qu'il est en fauteuil, alors il ne peut pas rentrer. Est-ce que quelqu'un pourrait lui parler s'il vous plaît ?

— Tu veux devenir policier ? Il te faudra peut-être manger pas mal de porridge pour être assez grand.

Là, Ted n'aima pas le ton qu'elle avait. Il n'aimait pas qu'on se moque de sa petite taille.

— Je n'ai que neuf ans, je n'ai pas encore fini de grandir, lui dit-il, restant poli, car c'est ainsi que son père l'avait élevé. Alors est-ce que quelqu'un pourrait lui parler, s'il vous plaît ?

Un policier en uniforme passait justement. Il s'arrêta, le regard posé sur Ted.

— Pouvez-vous aider ce petit garçon, sergent ? lui demanda la femme. Il dit que son père est dehors et veut des renseignements pour lui sur le recrutement dans la police.

— Est-ce que ton père n'a pas voulu rentrer lui-même, fiston ? demanda le sergent.

Il avait un ton un peu plus engageant. Ted n'avait pas aimé que la femme le traite de petit garçon.

— Mon père est en fauteuil. Il n'a pas pu rentrer.

— Je peux le faire entrer par la porte de côté. Allez, on va le chercher ? Comment tu t'appelles ?

— Ted, Ted Darling.

— Ah, Ted, avec un nom comme ça, tu vas subir quelques moqueries, mais je suppose que tu es déjà habitué.

— On ne se moque pas trop de mon nom. Pas depuis que j'ai commencé les leçons d'arts martiaux.

— Un point pour toi, dit le sergent en riant, et en voyant le père de Ted assis dans son fauteuil qui attendait patiemment, il poursuivit :

— Monsieur Darling ? Désolé de vous avoir fait attendre. Je vais vous faire entrer avec Ted maintenant et vous expliquer tout ce que je sais sur les recrutements. Je crois que le mieux sera de prendre con-

tact avec Chester House, notre QG, la section recrutement. Mais je serais heureux de vous offrir une tasse de thé et je peux au moins répondre aux questions concernant le métier en première ligne sur les piquets de grève.

— Merci de votre proposition, mais ça ne sera pas nécessaire, fit Joe sèchement, tout en gardant le sourire. Il sentait que le sergent voulait bien faire. J'étais mineur avant que ça me tombe dessus.

— Comment s'est passé ton premier jour ? s'inquiéta Trev dès que Ted passa le pas de la porte à la fin de sa première journée de police en uniforme. Tu t'es ennuyé comme un rat mort ?

— Pas le temps de m'ennuyer. Je fais des patrouilles, comme tout policier qui se respecte. Et à la section armée, il n'y a pas de l'action tous les jours, tu sais. On attendait souvent un bon moment avant qu'il se passe quelque chose qui sorte de l'ordinaire. Ma nouvelle inspectrice à l'air OK. En tout cas, elle est moins grincheuse que Matt Bryan. J'ai quelques nouveaux stagiaires à materner. Une des filles était si nerveuse dans la voiture avec moi - je me demande pourquoi - qu'elle a pris une rue à sens unique à contresens.

Trev mit une main sur son bras, l'air inquiet.

— Tu as détesté ça, hein, sois honnête. Je sais que tu seras un tuteur hors pair, mais c'est si différent de ce dont tu as l'habitude.

— Ça va, je t'assure, ne t'en fais pas. C'est un sacré changement, mais c'est exactement ce qu'il me faut. On a eu un peu d'action aujourd'hui, quand même. Un jeune délinquant en VTT, vol à l'arraché. Mais on l'a eu, la fille nerveuse au volant et moi. Un bon début, non ?

Il essayait de rendre tout ça excitant. Il ne voulait pas que Trev se fasse de souci à cause de la décision qu'il avait prise.

— Oh, et j'ai eu une bonne nouvelle aujourd'hui aussi. L'agent immobilier a téléphoné. Mon offre pour la maison a été acceptée, le dossier peut être monté.

C'était son tour d'avoir l'air inquiet quand il demanda :

— Si tu es toujours partant ? Emménager avec moi pour de bon ? Dans notre propre chez-nous. Je ne veux pas te mettre la pression, si tu n'es pas prêt.

— C'est ce que j'aimerais vraiment faire. Je ne pourrais rêver mieux. C'est juste que je ne veux pas que tu penses que je t'ai poussé à changer de carrière alors que tu ne le souhaitais pas.

— Ça va bien se passer. Je me suis engagé parce que je voulais que les choses changent. Maintenant je vais travailler avec de jeunes policiers à leur entrée dans la police. Si je ne peux pas faire changer les choses par ce biais, ce n'est pas la peine.

Je vais m'occuper du prêt. Ça devrait aller. J'ai mis un peu de côté pour la somme de départ. Et je vais trouver un notaire pour la vente. Je vais mettre la maison à nos deux noms. Comme ça, tu auras au moins une maison si quoi que ce soit m'arrivait.

Trev se mit à rire :

— C'est un peu morbide. Et est-ce que c'est juste un moyen pour connaître mon nom entier ? C'est Trevor Patrick Costello Armstrong, puisqu'on y est.

— C'est un peu snob, ce nom à rallonge. Tentative de sonner aristo ?

Trev lui sourit.

— Pas de ça chez nous! Juste deux noms de familles accolés. Bon, et toi ? Est-ce que c'est juste Edward Darling ?

— Ce n'est même pas Edward, c'est Edwin.

— Edwin ? Ça me plaît. C'est inhabituel. Ça te va bien.

— Clark ? Cette agression sur une jeune femme que vous avez prise en charge hier.

Ted parlait à un jeune policier, un grand gars un peu maigrelet qui avait une mèche de cheveux roux. Il se demanda ce qui avait bien pu passer par la tête de M. et Mme Kent d'affubler leur enfant d'un prénom pareil, la garantie d'être surnommé Superman pour le restant de ses jours.

— Oui, sergent ? s'enquit PC Kent.

— Vous ne l'avez pas signalé comme cas suspect.

Ted était à Longsight depuis plusieurs mois maintenant, assez longtemps pour connaître les forces et les faiblesses des hommes de son équipe. Tout ce qui se passait pendant son service atterrissait sur son bureau. Son rôle était de repérer tout ce qui sortait de l'ordinaire. Et c'était bien ainsi, car bien que le jeune Kent fasse de gros efforts, il ne remarquait jamais rien, même ce qui se voyait comme le nez au milieu de la figure.

— Je n'ai pas pensé que ça le justifiait. Juste une pute qui se faisait taper par son mac.

Il vit l'expression que prenait le visage de Ted et

commença essayer de faire machine arrière. Lui et les autres avaient rapidement compris que Ted attachait beaucoup d'importance à ce qu'on traite tout le monde avec respect, quelle que soit leur source de revenu.

— Enfin, c'est moche, hein, bien sûr. C'est juste que ça n'est pas si rare, alors je n'y ai pas prêté attention plus que ça.

— C'est le troisième cas cette semaine, Clark, et la semaine n'est pas finie. Je crois que ça mérite d'être approfondi, pas vous ? Juste pour nous assurer qu'il ne se passe pas quelque chose que nous devrions savoir. Le témoignage que vous avez recueilli est plutôt mince.

— Elle répétait sans arrêt que ça allait et qu'elle ne voulait pas qu'il y ait de poursuites.

— Clark, dit Ted patiemment, vous devriez savoir maintenant que ce n'est pas à la victime de décider s'il y aura des poursuites ou non. Il faut que nous menions une enquête plus sérieuse, essayez de savoir qui est derrière tout ça, cherchez des liens avec d'autres affaires, ça fera un bon point de départ.

— Alors on passe le dossier à la police judiciaire, sergent ? demanda Kent plein d'espoir. Cela commençait à lui paraître vraiment beaucoup de travail pour lui.

Ted brandit le rapport que le jeune policier avait rédigé.

— Il n'y a pas assez là-dedans pour transmettre à qui que ce soit. Venez avec moi, nous allons essayer de trouver cette jeune femme et lui poser quelques questions supplémentaires. Et pendant qu'on y sera, on cherchera les deux autres victimes et on verra ce qu'elles ont à nous dire.

Ted savait parler aux gens. C'était un de ses meilleurs atouts. Comme il était de petite taille, poli et qu'il s'exprimait calmement, il ne faisait pas peur aux gens. Et il était patient. Il posait beaucoup de questions, souvent la même qu'il réitérait plusieurs fois, mais formulée différemment, jusqu'à ce qu'il commence à obtenir des réponses.

Lorsqu'il revint au poste pour mettre en forme ses propres notes à la fin de la journée, il commençait à voir un schéma clair se dessiner.

Il n'avait pas de preuves, juste une intuition, qu'au moins une des filles auxquelles ils avaient parlé avait peut-être été introduite illégalement dans le pays et était contrainte à se prostituer malgré elle. Elle était maintenant visiblement toxico, ce qui la mettait à la merci de son souteneur pour se fournir. Avec beaucoup de persuasion et la garantie de la protéger, Ted avait finalement obtenu un nom pour le souteneur. C'était évidemment un pseudonyme et il ne disait rien à Ted, mais c'était un début.

Il lui semblait qu'il fallait maintenant passer le dossier à la section judiciaire. Il ne voyait pas l'intérêt de le soumettre à son inspectrice auparavant. Il allait juste jeter un œil pour voir s'il y avait quelqu'un dans le bureau de la section judiciaire et au moins leur demander de se renseigner sur le nom du souteneur, il pourrait bien être derrière le trafic de femmes et même leur pourvoyeur de drogue.

Il y avait deux détectives assis à leurs bureaux quand Ted entra dans la pièce. Il n'avait pas encore eu beaucoup à faire avec la police en civil de ce commissariat. La majorité d'entre eux se croyaient au-dessus des humbles policiers en uniforme et d'après la manière dont ils le regardaient, il était clair qu'ils étaient de ceux-là.

Il leur exposa brièvement ce qui l'amenait chez eux. Dès qu'il commença, il vit bien que cela ne les intéressait pas, ils se contentaient de faire comme si, afin de respecter un semblant de politesse.

— Ca n'a pas l'air d'être grand-chose, sergent, fit l'un d'eux, le DC Grieves, avec morgue, les filles se font sans arrêt corriger par leur mac. Ça ne devrait pas arriver, bien sûr, mais c'est un des risques du métier. Je crois pas qu'on puisse y faire grand-chose.

— Voilà ce qu'on va faire, sergent, dit l'autre, DC McGowan, en faisant un clin d'œil à son collègue, si vous vous inquiétez pour cette fille, vous devriez en référer au DCI Baker, l'inspecteur divisionnaire du service judiciaire à Greenheys. Il chapeaute tous les dossiers relevant de la Crim' comme celui-ci pour la totalité de la région sud de Manchester, ça m'a l'air de relever de sa compétence. Ça pourrait même être bon pour votre dossier si vous avez mis au jour un réseau de trafic humain et de stups dont il n'avait pas encore eu vent.

— Bonne idée, merci.

Ted n'était pas dupe. On lui tendait sans doute un piège, mais il voulait que quelqu'un se préoccupe de ce qui arrivait à ces jeunes femmes. Et le DCI de la Crim' pouvait bien être la bonne personne.

— Quel couillon, dit McGowan après le départ de Ted. Big Jim va le dévorer tout cru.

10

— Inspecteur-principal Baker ? Sergent Darling à l'appareil, à Longsight.

Le DCI n'était pas sur place la veille quand Ted avait essayé de le joindre après sa discussion plus qu'infructueuse avec les détectives de son propre commissariat. Il avait décidé que la première chose qu'il ferait en prenant son service serait de l'appeler et il l'avait eu à son bureau.

— Que puis-je faire pour vous, sergent ? Mais soyez bref, je suis sur le point de partir à une réunion.

Ted ne connaissait pas le DCI, mais on lui en avait dit du bien. Il exposa aussi succinctement que possible les éléments qu'il avait retenus des rapports et la raison pour laquelle il lui semblait qu'il fallait aller un peu plus loin.

— La vie est malheureusement ainsi faite, sergent, ce genre de chose est courant, et j'ai des ressources limitées que je ne peux pas engager sur votre simple intuition, même s'il se peut qu'elle s'avère excellente.

Ted sentait venir une autre rebuffade et c'était hors de question. Il était convaincu que cette affaire était plus compliquée qu'il y paraissait. Il fallait qu'il en convainque le DCI.

— Inspecteur-principal, avec tout le respect que je vous dois …..

Son supérieur bougonna, presque menaçant, quand il coupa Ted.

— Je vous arrête tout de suite, sergent. Vous savez comme moi que quand on dit ça, on veut dire tout le contraire. En ce moment je n'ai ni le temps ni les ressources pour intervenir. Il va simplement falloir que vous essayiez d'être plus persuasif avec votre propre service judiciaire.

— Eh bien, avec ou sans respect, je crois que c'est un plus gros morceau que ça.

Il y eut un blanc pendant lequel Ted pensa qu'il avait sans doute dépassé les limites envers un supérieur qu'il ne connaissait même pas.

— Sergent Darling, j'ai entendu les rumeurs vous concernant. Votre propension à vous prendre pour ce que vous n'êtes pas et ne pas être impressionné par la hiérarchie. Mais vous en avez, je vous le concède. Alors voilà ce que je vais faire pour vous.

Vous avez jusqu'à demain matin même heure pour monter un rapport détaillé qui me convaincra que vous avez raison et que votre propre service judiciaire a tort. Et pourquoi je devrais instruire cette affaire et la suivre. Vous établissez le rapport et vous venez me le soumettre en personne. Est-ce clair, sergent ?

— Oui, inspecteur-principal, merci inspecteur-principal.

Ted ne l'aurait pas juré, mais il lui sembla qu'il avait perçu un léger petit rire à la fin de l'appel.

Ted passa un autre coup de fil rapide avant de rejoindre son équipe à l'habituel briefing du matin avec l'inspectrice.

— Je rentrerai tard ce soir, désolé. Je dois rédiger un rapport supplémentaire pour le présenter à un DCI demain à la première heure.

A l'autre bout de la ligne, Trev se mit à rire.

— Les grands esprits se rencontrent, on dirait. J'étais sur le point de t'appeler pour te dire la même chose. Cette foutue bécane a rendu l'âme sur mon trajet ce matin et pour l'instant, ça a l'air irrémédiable. Il a fallu que je la pousse jusqu'à l'atelier, pas loin de huit cents mètres. Encore heureux que je travaille dans une concession Honda, non ? Geoff m'a gentiment proposé de rester après la fermeture pour voir si je peux la remettre en route.

La formation de Trev était sur des motos hi-tech dont on assure l'entretien grâce à un ordinateur bien plus qu'avec une clé et un chiffon plein de graisse. Pourtant, il adorait continuer à s'occuper des modèles anciens, c'était pourquoi il prenait plaisir à ce corps à corps avec la vieille Honda. Si jamais il arrivait à la remettre en service, comme c'était un modèle de collection, il devrait pouvoir en tirer assez pour acheter une moto plus récente.

— Est-ce que tu veux que je passe te prendre, si tu n'arrives pas à la démarrer ?

— C'est sympa, mais ne t'en fais pas. Geoff a une moto ou deux pour les pièces et il a dit que je peux en emprunter une si j'ai besoin. Et pour le repas ?

— Je me débrouillerai au bureau. Aucune idée de l'heure qu'il sera. Je veux soigner ce rapport.

Le DCI Baker commença à lire en diagonale le rapport

que Ted avait préparé avec tant de mal la veille, puis il leva la tête vers Ted, debout devant son bureau. Même si le DCI était assis, Ted voyait bien que c'était un homme carré, massif, aussi grand qu'un frigo américain. Pas étonnant qu'on le surnomme Big Jim, Jim le Grand.

— Vous avez établi ce rapport vous-même, ou vous avez demandé de l'aide ?

— Non, inspecteur-principal, c'est bien moi qui l'ai fait.

Le DCI pencha la tête à nouveau et commença à lire attentivement sans sauter une ligne. Quand il arriva au compte-rendu des interrogatoires de Ted avec les trois victimes des agressions, il leva à nouveau la tête.

— Et vous avez réussi à leur soutirer tout ça rien qu'en bavardant avec elles, c'est bien ça ?

— Oui, les gens me parlent. Je n'ai pas l'air d'un policier, même en uniforme, alors ils ont tendance à me faire confiance et à parler librement.

Baker grommela et continua sa lecture. Quand il eut fini, il observa Ted et son expression avait changé.

— C'est du bon travail, sergent Darling. J'ai des OPJ expérimentés qui auraient beaucoup de mal à établir un rapport de cette qualité à si brève échéance. Pour moi, il est bien possible que vous ayez mis le doigt sur quelque chose. Et je crois que vous aviez raison. Il faut regarder ça de plus près.

— Je vais transmettre à mon équipe et leur demander de s'en occuper sans délai. Et comme vous avez visiblement créé un lien avec ces jeunes victimes, je vais en dire un mot à votre chef à Longsight pour voir si on pourrait éventuellement faire appel à vous, en cas de besoin, pour que vous leur parliez à nouveau.

Ça me plaît : vous vous préoccupez visiblement de ces filles, elles ne sont pas juste une statistique judiciaire pour vous. Vous avez des enfants, sergent ?

— Non, inspecteur-principal.

— Eh bien moi si. J'ai une fille adolescente. Elle est à la fois l'amour et le poison de ma vie. Elle est pile à cet âge-là. Mais si jamais quelque chose comme ça – il brandit le rapport dans ses grosses mains – lui arrivait, j'aimerais savoir que quelque part, un policier bienveillant s'occuperait de l'affaire.

Le service judiciaire de votre commissariat aurait dû vous écouter et ils auraient dû reprendre le dossier. Je vais leur parler. Mais, bravo d'avoir pris l'initiative, et le courage de venir me voir directement. Sinon, ça aurait pu continuer et d'autres jeunes filles auraient pu finir comme ça.

Bon travail, sergent. Je sens que nous aurons l'occasion de retravailler ensemble sans trop tarder.

Ted avait dit à son inspectrice qu'il serait absent au briefing du matin, puisqu'il était convoqué par le DCI. Il ne rentra pas dans les détails du motif de convocation, il se contenta de dire qu'un cas sur lequel il avait travaillé avec le jeune agent Kent avait semblé digne d'intérêt à l'équipe de Jim Baker et qu'on lui avait donc demandé d'y aller pour soumettre son rapport en personne.

Il était à la fois surpris et content de la manière dont cela s'était passé le matin. En revenant, il avait mis un de ses CD de Willie Nelson dans le lecteur de la voiture, le Red Headed Stranger, et il chantait en conduisant. Il chantait bien, même s'il n'en faisait profiter personne, sauf Trev de temps en temps.

Il garda sa bonne humeur toute la journée quand il reprit son service. Les choses avaient l'air de bien se passer et contre toute attente, il se rendit compte qu'il aimait son nouveau poste.

De retour au commissariat après une patrouille en ville, il alla aux toilettes avant d'entamer le travail administratif de fin de journée. Il venait de commencer à uriner quand la porte s'ouvrit si violemment qu'elle faillit sortir de ses gonds, et fut refermée tout aussi violemment. Les DCs Grieves et McGowan se tenaient là, et ils n'avaient pas l'air contents.

— Espèce de salaud ! éructa McGowan, on vient de se faire remonter les bretelles à cause de toi.

Ted n'avait pas le temps de réfléchir. Ils allaient peut-être juste en rester là. Mais comme ils étaient deux, ils risquaient de s'en prendre à lui physiquement. Ils savaient que Ted venait d'une unité armée. Il était peu probable qu'ils soient au courant de sa formation d'agent spécial. Il avait le choix : finir ce qu'il était en train de faire, se rendre plus présentable et essayer de les convaincre, ou faire ce que feraient la plupart des pratiquants du krav maga confrontés à une menace avérée.

Et puis la décision fut prise pour lui. McGowan se jetait sur lui de front, à grand renfort de moulinets avec ses poings. Ted le mit au sol d'un coup de pied bien ajusté qui lui coupa net la respiration sans causer de blessure. Privé d'oxygène, il ne serait plus une menace pour un moment.

La mise hors de combat de son équipier sembla rendre Grieves enragé. Il poussa un énorme meuglement tel un taureau en furie et se jeta sur le mètre soixante de Ted, un bras en l'air pour lui asséner un coup de poing.

Ted esquiva d'un pas de côté bien exécuté, se saisit du bras de Grieves et lui fit une clé. Alors de son autre bras, il pesa sur les épaules de Grieves tout en se glissant derrière lui, l'obligeant à se pencher dans une position où il ne pouvait utiliser ni ses bras ni ses jambes pour reprendre le combat.

Le mouvement amena le visage de Grieves si près de l'urinoir que la puanteur de l'urine mêlée à l'odeur doucereuse et écœurante du bloc de désodorisant au citron le firent suffoquer. Grieves était humilié et incapable de bouger, mais il compensait en faisant un boucan de tous les diables.

«Je vous lâcherai quand vous promettrez de retourner gentiment à votre bureau et de faire comme si rien de tout ceci ne s'était passé» était en train d'expliquer Ted patiemment, quand, après le plus discret des toc-tocs, la porte s'ouvrit à nouveau. La cheffe de Ted, l'inspectrice Michelle Williams, se tenait dans l'encadrement, affichant une moue de dégoût à la vue du tableau.

Ted lâcha immédiatement le bras de Grieves et recula d'un pas, les mains levées à hauteur d'épaule pour montrer que c'était fini. McGowan reprenait juste son souffle, assez pour prendre la parole et se plaindre :

— C'est les toilettes hommes ici. Vous n'avez pas

le droit de rentrer comme ça, sans prévenir.

— Je crois que ce que vous vouliez dire c'est « vous n'avez pas le droit d'entrer sans prévenir, inspectrice ». Bon, maintenant, est-ce que l'un d'entre vous va me dire ce que c'est que ce foutoir ? Et vous, sergent Darling, je vous suggère de remonter votre braguette, en vitesse. On vous entendait dans tout le commissariat, c'est pour ça que je suis venue voir. Et je répète, qu'est-ce qui se passe exactement ?

McGowan et Grieves fusillaient Ted du regard, à l'évidence, ils le défiaient de dire quoi que ce soit qui leur causerait d'autres ennuis.

— Sergent Darling, vous êtes le plus ancien de vous trois dans le grade. J'attends toujours une explication. Et il vaudrait mieux qu'elle soit bonne.

— Désolé, inspectrice, c'était juste une démonstration improvisée de self-défense qui a un peu dérapé, répondit Ted sur un ton enjoué.

Normalement, il ne lui donnait pas du « inspectrice ». Sa chef n'était pas à cheval sur l'étiquette, en général elle utilisait les prénoms et ils s'entendaient bien. Il avait calqué son attitude sur la sienne devant les deux APJ.

— Et cela impliquait de fourrer la tête du détective dans la pissotière, sans doute ? Alors, laissez-moi vous rappeler que nous sommes dans un commissariat, pas dans la cour de récréation. Ce genre de comportement n'est pas celui que j'attends de mes hommes. Retournez au travail, vous deux, et vous, sergent Darling, dans mon bureau, tout de suite. Mais par pitié, lavez-vous les mains avant.

Michelle Williams était petite, guère plus grande

que Ted en fait, et un peu forte. Mais elle sut avoir l'air imposante quand elle retourna à son bureau d'un pas solennel, regard droit devant.

— On n'en a pas fini avec toi, fit Grieves à Ted qui était en train de réajuster son uniforme et de se laver les mains, tu nous as mis dans une belle merde. Le DCI a appelé le chef pour se plaindre.

— Oh, j'en suis désolé les gars. J'ai bien pris la peine de m'adresser à votre bureau en premier, mais vous m'avez snobbé, vous vous rappelez. D'ailleurs, c'était votre idée que j'aille directement chez le DCI Baker, si je me souviens bien. A mon avis, vous deviez penser que je serais reçu d'une autre manière.

Et vous ne vous êtes sûrement pas assez intéressé à un plouc de la police en uniforme comme moi pour faire un petit travail d'enquête, vous savez, ce que font les détectives, sur mon passé. J'étais agent spécial, pas seulement agent du service armé, et j'ai des ceintures noires dans quatre arts martiaux. Ce que je viens de vous montrer était un aperçu de krav maga, mais si vous le souhaitez, je me ferai un plaisir de vous donner un échantillon de judo, de karaté ou de jiu-jitsu.

Maintenant, si vous voulez bien m'excuser, je ferais mieux d'aller voir ce que mon inspectrice me veut.

Il savait qu'il venait de se faire deux ennemis tenaces. Ce ne serait pas la première fois. Il n'avait guère de doute, il saurait comment traiter le duo, les deux en même temps si nécessaire.

— Bon sang de bonsoir, de quoi il retourne vraiment ? Michelle Williams exigea de savoir dès que Ted passa sa porte et prit un siège, comme il venait d'en avoir l'ordre, et ne me servez pas ces conneries de démonstration de self-défense ou de je ne sais quelle fumisterie qui vous est passée par la tête.

— Désolé, Chelle, répondit Ted, revenant à une attitude décontractée maintenant qu'ils étaient à nouveau seuls tous les deux. Ces deux clowns ont essayé de me piéger. J'étais supposé me ridiculiser devant le DCI, et vu que ça n'a pas fonctionné comme ils l'espéraient, ils ont voulu prendre leur revanche.

— Si vous n'aviez pas fait un tel raffut, je ne serais pas intervenue. Je ne doute pas que vous étiez capable de venir à bout de ces deux balais de chiotte sans moi. Mais ça aurait pu remonter plus haut et déraper.

Ted appréciait sa nouvelle cheffe. Elle avait autant de gueule qu'une poissonnière, elle appelait un chat un chat, mais c'était une bonne flic et il était agréable de travailler sous ses ordres.

— Ah, au fait, d'ailleurs le DCI m'a appelée, il ne tarissait pas d'éloges sur vous. Faites-moi passer une copie de ce rapport que vous lui avez communiqué. Il devait être de première. On dirait qu'il vous prend pour le messie maintenant. On ne vous a pas ici depuis très longtemps, mais on vous aime bien, vous et vos petites manies. Alors s'il pense nous piquer notre sergent sous notre nez comme ça, il peut se brosser.

11

Ça faisait bizarre d'être parmi ses amis et anciens collègues de la voie armée plusieurs mois déjà après son départ. Encore plus bizarre de voir son ancienne équipe, avec Scott Hardwick maintenant promu sergent et à la tête du groupe. Ted était content pour lui. Il avait toujours été un bon second et il était temps pour lui d'avoir une promotion.

Il y avait une nouvelle sur le quatrième poste pour que l'équipe retrouve l'effectif complet. Scott la présenta comme Lara. C'était encore plus bizarre de l'entendre, comme les autres, s'adresser à Scott comme « patron ». Ted était juste « sergent » pour eux maintenant, sauf pour Scott qui passa facilement au prénom maintenant qu'ils avaient le même grade.

— Le chef n'est pas là ? demanda Ted en cherchant Matt Bryan du regard au bar de l'hôtel.

— Vous n'avez pas su, Ted ? Il est hospitalisé. On dit qu'il n'en sortira que les pieds devant. Certains d'entre nous astiquent leur uniforme, au cas où.

Il le prenait sur le ton de la plaisanterie, mais Ted sentait bien que l'équipe était inquiète pour son chef. Ted aurait aimé le revoir mais l'adieu de Bryan quand il avait quitté la section armée avait été glacial, pour ne pas dire plus. Il était vraiment convaincu que Ted faisait une erreur.

C'était une rencontre avec d'autres membres de la branche armée dans le cadre d'une compétition de tir et cela impliquait que Ted ne rentre pas à la maison. Il n'avait pas caché à Trev que sa présence serait bienvenue, mais Trev avait été aussi catégorique. Il n'appréciait pas tout ce qui tournait autour de la police armée, même si Ted ne tirait que sur des cibles.

Pour quelqu'un qui avait un jour accusé Ted d'être « tantouze », c'est à Trev que ce rôle allait comme un gant de temps en temps et Ted ne savait jamais s'il en jouait ou non. Ils avaient emménagé dans la nouvelle maison ensemble et la première fois qu'ils avaient eu un jour de congé commun, Ted avait suggéré un tour au magasin de bricolage pour chercher de la peinture et commencer à refaire la déco, qui datait un peu. Trev l'avait regardé avec horreur.

— Quand tu as suggéré que je t'aide à refaire les pièces, je me voyais plutôt allongé nonchalamment sur une chaise longue dans le patio, un verre de Pimm's dans une main et un magazine d'aménagement intérieur dans l'autre. Pas un pinceau à la main, me fourrant de la peinture partout sur les mains et les vêtements.

Ils allèrent bien au magasin de bricolage mais tout ce qu'ils rapportèrent furent deux chaises pliantes en bois exotique, avec des coussins à rayures. Il faisait un peu frais quand ils revinrent et les installèrent, mais Trev avait la ferme intention qu'ils contemplent leur nouveau cadre de vie assis sur ces chaises. Le jardin était de taille très modeste, mais il offrait beaucoup plus d'espace que le minuscule patio de l'appartement de Ted. Trev sirotait du vin et Ted savourait un mug de thé.

Tandis qu'ils étaient installés ainsi, un petit chat qui avait l'air tout jeune sortit de la haie épaisse au bout du jardin et s'approcha d'eux à travers l'herbe déjà haute de la pelouse, la queue en l'air. Il avait l'air très à son aise.

— Oh, regarde, Ted, n'est-elle pas magnifique ? Je me demande à qui elle appartient ?

— Comment sais-tu que c'est une femelle ?

— Ecaille de tortue. Presque toujours femelle. Elle a l'air d'avoir faim, la pauvre. Elle est bien maigre. On devrait peut-être lui donner à manger ?

— Je ferais mieux d'être un policier digne de ce nom et d'essayer de trouver si elle appartient à quelqu'un. Je vais faire un tour du quartier et demander aux voisins s'ils savent quelque chose. Si je reviens bredouille, nous devrions l'amener chez le vétérinaire pour voir si elle est équipée d'une puce. Si elle nous laisse la prendre. Peut-être qu'elle manque à quelqu'un. Peut-être même qu'elle a été laissée par les anciens propriétaires.

Ted avait eu de la chance avec la maison. Elle avait été récupérée par l'organisme de prêt à cause d'arriérés conséquents. Sans contraintes financières de son côté, la vente avait été réglée rapidement et en douceur.

Après avoir flairé Trev, la petite chatte prit la décision pour eux en sautant sur lui et s'installant sur son ventre après plusieurs tours sur elle-même, les pattes repliées sous elle, ronronnant à tout va.

Elle devait devenir le troisième membre de leur maisonnée, baptisée Queen, cela va de soi. Les voisins ne savaient pas à qui elle appartenait et elle n'avait pas de puce d'identification. Il n'y eut pas plus de retours avec les affiches qu'ils apposèrent dans les environs. Il était clair qu'elle avait élu domicile chez eux.

— Salut, Ted, alors ils te laissent encore prendre part à la compétition? Même en les ayant trahis et en ayant déserté le navire ?

Arthur accueillit Ted à l'hôtel d'une grosse bourrade dans le dos, mais son sourire amical en disait long. Il ne prétendait pas bien comprendre pourquoi Ted avait pris une telle décision en changeant de carrière, mais il était disposé à la respecter.

— Et oui, on ne se débarrasse pas de moi aussi facilement. Il y a une catégorie spéciale pour les lâcheurs.

— J'espère que tu continues à t'entraîner ?

— Chaque fois que je peux. Je vais à mon ancien club de tir de temps en temps aussi.

Arthur émit un sifflement de mépris.

— Ho, ho, des rigolos avec des carabines de foire. Enfin, après tout, ça fait un petit entraînement, c'est toujours mieux que rien. Nous comptons sur toi pour défendre notre honneur. D'après la liste des autres participants, tu n'as pas trop de souci à te faire. Tu as déjà battu la plupart d'entre eux, des tas de fois.

Il sortit une feuille de papier de sa poche et pointa son doigt sur un des noms qui figurait dans les listes de quelques catégories où Ted était en lice.

— Attention à celle-là quand même. Elle vient

d'arriver dans la région. Elle vient du sud. Une espèce de prodige, de l'avis général. Grade d'inspectrice. Ne regarde pas tout de suite, mais c'est elle là-bas au bar, celle qui parle avec le type.

Ted commença par regarder la liste pour voir s'il reconnaissait son nom. « Caldwell, D. » et sa division d'affectation. Ça ne lui disait rien ; pas quelqu'un qu'il avait déjà croisé. Il jeta un coup d'œil dans sa direction, l'air de rien. Elle n'avait pas l'air bien plus âgée que Ted, elle avait donc les dents longues. Elle était perchée sur un tabouret de bar, mais même si elle n'était pas debout, il vit qu'elle était grande et mince, cheveux bruns tirés en arrière à la va-vite dans une queue de cheval.

— Elle est impressionnante au pistolet, mais tu devrais la surclasser au tir à longue distance. Et sur l'ensemble, à condition que tu n'aies pas bu.

Ted prit son verre et le montra à Arthur.

— Bière au gingembre et citron vert. Voilà sur quoi je me suis rabattu maintenant. Je me suis promis d'arrêter définitivement quand mon père est mort et je m'y suis tenu jusqu'à présent.

— Et ça se passe bien pour toi ? Le nouveau boulot ? Avec le gamin ?

— Trevor, fit Ted sans s'énerver.

Il savait qu'Arthur avait du mal avec l'idée que Ted s'installe si vite avec un homme nettement plus jeune que lui, même s'il le connaissait depuis assez longtemps pour admettre sa sexualité.

— Et, oui, merci, ça marche bien. On est bien ensemble.

— Epargne moi les détails, st'p ? Mais je sais que

ton père aurait été heureux pour toi. Il voulait que tu trouves quelqu'un avec qui faire ta vie. Il a toujours voulu le meilleur pour toi.

Arthur prit une gorgée de bière avant de continuer.

— Tu es au courant pour Matt Bryan, je suppose. On dirait qu'un autre enterrement se prépare. J'espère que tu seras là.

— Si j'obtiens un congé, dit Ted d'un ton embarrassé, ça risque de ne pas être si facile que ça maintenant que j'ai muté. Mais ma nouvelle cheffe est bien. Si elle peut se passer de moi, elle m'autorisera.

— Débrouille-toi pour nous faire honneur demain, Ted. Je sais que tu en es capable, et que tu le feras. Et je m'assurerai que le chef en soit informé. Il avait mis de grands espoirs en toi. Il a été déçu que tu partes. Si tu gagnes une coupe pour l'équipe demain, il appréciera vraiment.

Le lendemain, ce ne fut pas tant une compétition ouverte qu'un duel mano a mano entre Ted et l'inspectrice Caldwell. Ils auraient pu concourir seuls dans leur catégorie tant ils surclassaient les autres.

Comme Arthur l'avait prédit à Ted, elle le battit à plate couture dans la catégorie tir sportif au pistolet. Ted eut cependant l'occasion de se venger au tir au fusil à longue portée, gagné avec un score exceptionnel qui le plaça largement en tête devant elle.

Elle sut perdre avec élégance. Lorsqu'ils montèrent sur l'estrade pour recevoir leurs prix, elle lui tendit la main et dit :

— Félicitations, sergent. Voilà ce que j'appelle du tir ou je ne m'y connais pas.

Ils n'étaient pas en service, presque tout le monde

était assez décontracté pour utiliser les prénoms. Apparemment ce n'était pas le cas de l'inspectrice. Ted décida de ne pas prendre de risque.

— Merci, inspectrice. Mais vous m'avez battu à plate couture en catégorie tir au pistolet.

— Un jour, nous aurons peut-être l'occasion de nous rencontrer à nouveau, et nous verrons si nous pouvons améliorer ce classement, vous comme moi.

Elle se retira et Arthur vint taper dans le dos de son protégé, tout sourire, et lui offrir un verre.

— Nom de Dieu, EXTRA, Ted, t'as ramassé la mise. Ton père aurait été si fier. Il l'a toujours été, que tu perdes ou que tu gagnes. Tu dors sur place ? Il y aura une petite fête ce soir, sans doute jusqu'aux pâles lueurs de l'aube.

— C'est ce que j'avais prévu, j'avais réservé une chambre. Mais je crois que je vais me contenter de rentrer.

— Ah, les jeunes couples ! Ton jeune mec te manque ?

Ted lui sourit.

— Il y a de ça. Mais tu sais ce qui se passe dans ces soirées. Et maintenant que je ne bois plus, c'est un peu dur d'être avec des gens qui consomment. Je ne sais pas trop jusqu'où je peux tenir pour le moment, tant que je ne me suis pas habitué à ce nouveau mode de vie.

Arthur était allé chercher les consommations et ils avaient trouvé une petite table dans un coin tranquille.

— Ted, écoute, il n'était pas question que je t'en parle plus tôt dans la journée. Je ne voulais pas te perturber, mais j'ai eu un appel ce matin qui m'a informé que Matt Bryan est mort à l'hôpital. Dès que je sais quand est l'enterrement, je te le dirai et j'espère bien que tu pourras être là pour lui.

Pendant le trajet de retour, à la nuit tombante, à vive allure, mais sans dépasser la limitation, le cerveau analytique de Ted se demandait s'il ne surveillait pas inconsciemment son nouveau partenaire. Ce n'était pas la première fois qu'ils n'étaient pas ensemble, mais d'habitude c'était Trev qui partait et il savait que jamais Ted ne le tromperait. Alors, il se convainquit que c'était un geste romantique d'arriver à la maison beaucoup plus tôt que prévu, et que Trev le verrait comme ça.

C'était Kenny Rogers qui accompagnait Ted cette fois, il chantait en chœur avec lui quelques-unes de ses chansons country préférées. Quand il arriva aux paroles « Nous avons ce soir, peu importe demain. » il se demanda, comme souvent, si ce qu'ils avaient, Trev et lui, allait durer.

A son arrivée, il mit la voiture au garage et entra sans faire de bruit. Il entendait la télévision allumée dans le séjour et c'est donc là qu'il se rendit en premier.

Trev était affalé sur le canapé, ses longues jambes repliées sur le repose-pied, un verre de vin à portée de main. Queen était installée sur sa poitrine, la tête fourrée sous son menton, elle ronronnait assez fort pour qu'on l'entende plus que le vieux film en noir et blanc qui passait.

— Hé, toi, dit-il en penchant la tête en arrière quand Ted se s'avança au-dessus du dos du canapé pour l'embrasser.

— Tu rentres tôt. Est-ce que je suis sous surveillance ? Si c'est le cas monsieur l'agent, je l'avoue, j'ai dormi avec quelqu'un la nuit dernière, fit-il en montrant la petite chatte. Cette petite peste s'est glissée sous les draps avec moi, et elle a bien fait, parce que tu me manquais.

— Est-ce que tu as gagné ? Tu as faim ? Tu veux que je te prépare quelque chose ?

Ted s'affala à côté de lui et gratta nonchalamment la chatte derrière les oreilles, elle ronronna de plus belle.

— J'ai pris un sandwich vite fait en route, merci. J'ai été écrasé en catégorie tir au pistolet par une inspectrice que je n'avais jamais vue avant. Mais je l'ai battue au tir longue portée. Je suis plutôt tireur d'élite.

Trev se tourna vers lui et esquissa un sourire coquin.

— Aller au lit avec un tireur d'élite ? Je dirais que ça a l'air terriblement sexy, non ?

— Je croyais que tu n'appréciais pas tout ce qui tournait autour des armes et de la voie armée ?

— Depuis le temps, tu devrais savoir que je peux changer d'avis comme de chemise. Je crois que tu devrais m'emmener à l'étage pour m'en dire plus sur ton maniement des armes.

Ted se mit à rire.

— Tu es vraiment impossible, dit-il, mais il n'offrit aucune résistance quand Trev éteignit la télévision et se leva en le prenant par la main.

Un autre cimetière. Un autre après-midi humide et froid. Les obsèques de Matt Bryan étaient aussi une crémation, mais cette fois il y avait des chants religieux et des discours. Ted fut surpris. Il n'avait jamais pensé que son chef précédent était croyant. C'était peut-être plutôt le choix de sa femme, Jeanie, au premier rang avec un grand adolescent, leur fils sans doute.

Il se rendit compte qu'il connaissait à peine l'homme sous lequel il avait servi pendant des années. Bryan ne se livrait pas et, à part un verre ou deux après le service quand la journée avait été faste, il ne s'était pas beaucoup mêlé à son équipe.

C'était encore Arthur qui allait prononcer quelques mots. Cette fois, il n'y aurait pas de blague, pas de rires. C'était un discours sérieux, respectueux.

Tous les membres disponibles de l'équipe étaient là pour rendre le dernier hommage, en grand uniforme. Scott Hardwick était l'un des porteurs en gants blancs qui officièrent du corbillard à la chapelle du crématorium.

Il y avait une assistance nombreuse, beaucoup de collègues de Matt Bryan encore en service et quelques-uns à la retraite, arborant des médailles. Il n'avait pas été le chef le plus facile, mais il était très respecté. Ils étaient là en son honneur.

Dans la file à la sortie de la chapelle après la cérémonie, quand Ted s'arrêta pour serrer la main de Mme Bryan, et lui faire ses condoléances, il eut la surprise de voir qu'elle ne lâchait pas sa main tout de suite.

— C'est vous, Ted, n'est-ce pas ? Matt parlait souvent de vous. Il pensait beaucoup de bien de vous,

vous savez. Est-ce que vous avez gagné le trophée l'autre semaine ? Il a dit qu'il pensait que ce serait le cas.

Il ne savait pas vraiment quoi répondre à ça. Il ne s'attendait pas à ces mots, il bredouilla :

— Oui, Mme Bryan, j'ai gagné. Si je peux faire quoi que ce soit….

— Merci, c'est gentil de votre part. Vous venez avec nous prendre un verre et manger quelque chose, hein ? Je sais que vous n'êtes plus dans l'équipe, et Matt en était bien déçu. Mais pour lui ce serait important que vous vous joigniez à nous, je le sais. Et merci d'être venu.

Lorsque Jeanie Bryan revint apporter des fleurs dans le coin du jardin du souvenir où reposait son mari, elle eut la surprise de trouver un petit trophée gravé posé contre la pierre derrière laquelle était l'urne des cendres. Elle en fut très touchée.

« Tir sur cible. Tir à longue portée. Champion : T. Darling"

12

— Alors, Clark, est-ce que vous avez eu un peu plus de chance avec les filles quand vous leur avez reparlé ? Mais, c'est ennuyeux, je n'ai aucun compte-rendu de votre part.

— J'ai essayé, sergent, je vous jure. Mais elles refusent de me parler comme elles vous parlent.

L'agent assis à côté de Clark Kent lui donna un coup de coude dans les côtes en plaisantant :

— Pas surprenant, sergent. Est-ce que vous avez déjà entendu ce que Superman croit être un bon plan drague? C'est carrément nul !

Tous les agents de l'équipe se mirent à rire, mais Ted y mit un terme :

— Allez, ça va, n'oublions pas qu'il s'agit d'agressions violentes sur des jeunes femmes, certaines encore des gamines, ce qui donne moins envie de faire de l'humour. Clark, je viendrai avec vous aujourd'hui et on verra ensemble si on peut en savoir un peu plus.

Il faut que les gens d'ici sachent que nous ferons une enquête systématiquement et que nous ne sommes pas là pour mettre les victimes en cause. Il y a beaucoup de couches de la population qui ne nous croient

115

pas encore capables de le faire, et qui du coup ne nous signalent pas les crimes et délits. C'est à nous de changer cette image.

— Ben oui, mais sergent, des fois on n'ose pas s'attaquer à des trucs parce que sinon on nous traite de racistes et tout le bazar, fit remarquer un autre agent.

— C'est bien la raison pour laquelle il faut que nous montrions à la société que nous enquêtons sur tous les sujets de la même façon, sans se laisser influencer par des *a priori* favorables ou défavorables envers telle ou telle minorité ethnique, profession ou autre. On va donc montrer à ces filles les mêmes égards qu'à n'importe qui d'autre.

— Oui, mais certaines sont des clandestines, sergent, alors est-ce qu'elles ne vont pas finir par être extradées, quoi que nous fassions ?

— Alors, est-ce que le fait qu'elles soient sans papiers donne le droit de les tabasser ? Je ne crois pas, non. De plus, nous ne connaîtrons pas leur statut tant que nous n'enquêterons pas. Voilà ce qu'on va faire : nous allons enquêter sur chaque crime ou délit qui nous est signalé sans préjugés et laisser qui de droit décider des suites à donner.

— Nous sommes des policiers, en uniforme, nous ne pouvons pas essayer de nous faire passer pour autre chose, expliqua Ted à l'agent Kent qui était au volant. Ils se rendaient dans le secteur où il y avait de bonnes chances de trouver des prostituées. Rares dans la rue à cette heure de la journée, sauf si elles avaient un besoin urgent d'argent pour s'acheter à boire, ou leur dose, ou parce que leur mac en réclamait toujours plus.

— Mais ce qu'on peut faire, c'est leur montrer de l'intérêt, leur montrer qu'on les considère comme des vraies personnes, pas juste comme des statistiques de criminalité.

— Oui, mais on nous dit tout le temps de ne pas être trop proches, sergent. Pour ne pas être trop impliqués émotionnellement.

— Il y a une différence entre montrer de la compassion et être émotionnellement impliqué. Si tout va bien, je vais vous montrer comment garder le bon équilibre.

Ils localisèrent des filles dans une gargote au fond d'une ruelle, dont celle avec laquelle ils avaient déjà parlé. La couche de maquillage ne suffisait pas à cacher l'hématome à la couleur indéfinissable sur son visage. Ted se rappelait qu'elle s'appelait Ecaterina, mais qu'elle lui avait dit préférer Cati. — Est-ce que nous pourrions nous joindre à vous, mesdames ? demanda Ted poliment. Nous prenons une pause pour le thé. Clark, allez m'en chercher une tasse, s'il vous plaît, et prenez ce que vous voulez pour vous et pour les autres.

Il lui tendit un billet et l'agent Kent alla au bar chercher les consommations. Quand il revint, Ted discutait avec les filles de tout et de rien, c'était plutôt décontracté. Kent rendit le billet à Ted.

— Le type au bar dit que c'est pour lui, sergent, parce que vous aidez les filles.

— Veuillez y retourner, remerciez-le de son geste, mais dites-lui en mettant les formes qu'il y a trop de paperasse à remplir pour déclarer un don. C'est une bonne occasion de bien lui dire qu'on en fait autant pour toutes les victimes.

Kent s'exécuta. Quand il revint, il observa Ted avec attention, pour essayer de découvrir son secret. De découvrir pourquoi il était si à l'aise avec les filles, et vice-versa, que la conversation allait bon train. Elles acceptaient même de répondre à ses questions sans hésiter.

— Un don ? demanda Cati, ça veut dire quelque chose pour rien, M. Ted ? Alors on ne peut pas vous donner quelque chose, comme un cadeau, si on veut vous montrer qu'on est reconnaissantes ?

A la manière dont elle souriait, les deux policiers n'avaient aucun doute sur le cadeau qu'elle proposait. Kent rougit jusqu'aux oreilles, Ted se contenta de sourire poliment.

— Rien du tout, mesdames. Nous ne faisons que notre travail. De toute façon, vous perdriez votre temps avec moi. Mais regardez, voici ma carte, avec mes coordonnées. Si je peux un jour vous aider à quoi que ce soit, n'hésitez pas à m'appeler. Et faites bien attention dehors.

Ils reprirent le chemin de la voiture et Ted se tourna vers le jeune agent.

— Vous voyez ? Il suffit de leur parler, comme à des êtres humains. Ce n'est pas compliqué. Soyez poli, écoutez-les, et elles vous parleront.

Ted était à nouveau à l'extérieur avec l'agent Kent, en enquête sur une série de cambriolages, quand leur radio transmit un appel à toutes les unités près de Devonshire Street, au carrefour avec Lauderdale Crescent, où on avait signalé une agression en cours. C'était proche de l'endroit où les autres agressions sur lesquelles ils avaient enquêté avaient eu lieu, et à proximité du café où ils avaient parlé aux filles deux jours plus tôt.

— Signalez que nous nous rendons sur place, s'il vous plaît. Il y a peut-être un lien avec ce qui nous intéresse. Est-ce que quelqu'un a appelé une ambulance ?

— Rien de disponible tout de suite, mais si on peut faire le point sur place, ils essaieront de vous réserver quelque chose si nécessaire.

C'était de plus en plus le cas. Tous les services étaient sous pression. Et ça n'arrangeait rien qu'ils soient souvent appelés pour des fausses alertes et des exercices d'entraînement totalement inutiles.

— Je mets le deux-tons et le gyro, sergent ? suggéra Kent, toujours à l'affût de jouer les as du volant.

— Contentez-vous de ne pas renverser quelqu'un en route, Clark, vu que les ambulances sont rares.

En s'engageant dans la rue, ils virent une poignée de gens qui assistaient à la scène et restaient prudemment en retrait : un homme semblait s'acharner sur la femme qu'il avait coincée contre le mur. Ted vit tout de suite pourquoi personne n'essayait de s'interposer. Bien que l'agresseur joue du poing, il avait un couteau dans l'autre main et il ne s'en était apparemment pas encore servi.

Kent s'arrêta dans un crissement de pneus près de la scène et s'apprêtait à sortir d'un bond.

— Evaluation des risques, Clark, lui rappela Ted.

Ne vous précipitez pas sur place pour être la prochaine victime. Bombe anti-agression et matraque prêtes, et ne jouez pas au héros.

Il sortit du côté du trottoir.

« Police, pas un geste. »

Il lui fallait encore un effort de réflexion pour ne pas utiliser l'injonction de son ancienne unité armée.

Quelques-uns des spectateurs de la scène venaient de se rappeler un rendez-vous urgent et quittaient les lieux à grands pas. Un homme s'approcha de la voiture de police et dit : « C'est moi qui vous ai appelé. Je n'ai rien pu faire, il a un couteau. Mais je l'ai filmé. »

Apparemment, l'agresseur venait seulement de remarquer leur arrivée. Il arrêta son déluge de coups de poings pour jeter un coup d'œil vers eux et évaluer le risque qu'ils représentaient. Il détecta quelque chose de potentiellement dangereux dans la manière dont Ted se rapprochait. Il lâcha la femme, fit volte-face et partit en courant.

Kent fit mine de le poursuivre, mais Ted l'arrêta et ordonna :

— Appelez les renforts. Vérifiez qu'ils savent qu'il est armé. Regardez dans quelle direction il se dirige et transmettez. Ne le poursuivez pas, vous risqueriez de vous faire poignarder. Ensuite, prenez les témoignages de toutes les personnes présentes. Et assurez-vous de récupérer la vidéo de l'assaillant pour qu'on puisse l'identifier.

Ted rangea sa matraque et partit au pas de course vers la femme qui venait de tomber au sol et ne bougeait plus. Son visage était dans un sale état, et elle était à peine consciente, mais au moins, elle respirait encore. Ted enfila ses gants avant de donner les premiers soins, conscient du risque avec une victime inconnue.

— Je suis policier. Comment vous appelez-vous ?

Un œil tuméfié fit de son mieux pour s'ouvrir. Pas question pour l'autre, il était bien trop enflé pour en avoir la possibilité. Les lèvres fendues et pleines de sang essayaient de prononcer quelques mots. Ted dut approcher son oreille pour entendre ce qu'elle essayait de dire.

« M. Ted ... »

C'était Cati, la fille avec laquelle ils avaient parlé récemment.

Elle lui avait donné ce surnom lors de leur première conversation, après la première agression. Cette fois-ci, les blessures semblaient bien plus graves.

— Ça va aller, Cati, lui dit-il, vous allez vous en sortir, j'appelle une ambulance tout de suite. Ils vont vous emmener à l'hôpital et tout ira bien.

Clark Kent avait passé les appels conformément aux consignes. Maintenant, il s'avançait vers l'endroit où Ted faisait de son mieux pour mettre Cati dans une position plus confortable et garder ses voies aériennes dégagées jusqu'à l'arrivée de l'ambulance. Kent avait perdu des couleurs en la voyant.

— Merde alors, sergent. Est-ce que c'est arrivé parce que nous lui avons parlé ? Est-ce que nous avons fait plus de mal que de bien ?

— On n'en sait rien pour le moment. Ça peut n'avoir aucun rapport. Et comment on va arrêter ce genre de choses si on ne parle pas aux victimes et si on n'essaie pas de faire quelque chose ?

Ils escortèrent l'ambulance jusqu'à l'hôpital, puis Ted suivit le chariot jusqu'aux urgences pendant que l'agent Kent garait le véhicule. La fin de leur service approchait et Ted n'en était que trop conscient. Il lui faudrait se battre pour obtenir des heures supplémentaires pour cette affaire, mais il lui tardait de savoir si Cati s'en sortirait avant de décrocher pour ce soir.

Ils eurent la chance qu'elle soit prise en charge assez rapidement et emmenée dans un box pour être examinée. Peu après un interne vint les trouver pour faire le point. C'est Ted qui put leur donner son nom, étant donné qu'elle n'avait pas voulu, ou pas pu leur dire quoi que ce soit. Elle était encore dans leur fichier depuis sa dernière agression.

— Vous avez accompagné cette jeune femme, si je comprends bien, monsieur l'agent ?

— Nous avons été appelés sur les lieux de l'agression, alors nous avons suivi l'ambulance. Est-ce qu'elle va s'en sortir ?

— Elle a subi une agression en règle cette fois, donc nous craignons des dégâts internes. On a programmé des scanners et des examens complémentaires. L'autre problème, qu'on avait déjà eu la dernière fois, c'est sa dépendance. Il va donc falloir lui donner quelque chose pour éviter de graves symptômes de manque, c'est vraiment la dernière chose qu'il lui faut dans son état.

C'est tout ce que je peux vous dire à ce stade. Vous êtes M. Ted ? Elle a prononcé ce nom plusieurs fois, mais rien d'autre.

— J'ai parlé avec elle deux ou trois fois. C'est un

surnom qu'elle m'a donné. Tenez, je vais vous donner mes coordonnées. Est-ce que vous pourriez avoir l'obligeance de demander qu'on me tienne au courant dès que vous aurez des résultats ? Et si possible, faites-lui savoir que je suis prêt à venir lui parler à nouveau quand elle le souhaite.

Les DCs Grieves et McGowan étaient à nouveau à leurs bureaux quand Ted se rendit dans les locaux de la section judiciaire le lendemain matin. Leur sergent, un homme du nom de McArdle, était présent aussi.

Dès que Ted entra, le sergent commença à chanter « *Everybody was kung fu fighting* » en faisant les gestes, et suffisamment fort pour qu'il l'entende, avec un sourire entendu pour ses deux collègues, qui se contentèrent de fusiller Ted du regard. Il fit comme si de rien n'était.

—Une autre agression sur une des filles hier. Elle est à l'hôpital. Elle est mal en point, mais elle va s'en sortir.

— Et vous souhaitez que nous lui envoyions quelques fruits ? Ou des fleurs peut-être ? demanda McArdle d'un air goguenard. S'il n'était pas de notoriété publique que vous jouez dans l'autre camp, je m'inquièterais de votre fascination pour ces filles, Ted.

— Elle a déclaré qu'elle était prête à parler, continua Ted sans prêter attention à la pique, prête à donner des noms. Il est évident qu'il faut la mettre en lieu sûr si elle parle. J'ai pensé vous en parler en priorité.

— Au lieu de bavasser auprès de votre nouveau copain le DCI ? demanda Grieves, visiblement toujours piqué au vif par l'accrochage dans les toilettes.

— Ecoutez, à vous de voir, mais dans un esprit de coopération, j'en réfère à vous en premier. Nous avons fait le travail de terrain. Je vous en laisse volontiers le bénéfice. C'est un sacré bonus pour vous avec un minimum d'efforts. Alors, vous prenez ou pas ? Je mets en place un garde devant sa porte pendant son séjour à l'hôpital, mais je suis persuadé que nous devrions envisager un endroit sûr pour elle dès qu'elle sera remise sur pied.

— « Nous » maintenant, alors ? McGowan demanda. Quel esprit de camaraderie !

— Nous sommes supposés être dans le même camp, après tout. Et le DCI doit être mis au courant. Vous le faites, ou je m'en occupe ?

— Oh, je crois que c'est dans nos cordes, sergent. En même temps, ça n'a pas l'air d'être le crime du siècle, hein, une pute qui se fait corriger. On ne peut quand même pas se précipiter chez le DCI chaque fois qu'il se passe un évènement de ce genre.

Ted n'était pas sûr que le trio prenait la mesure de l'affaire comme il l'aurait souhaité. Il voulait qu'ils s'y mettent, qu'ils fassent quelque chose, mais il craignait vraiment que ça soit fourré sous le dessous de la pile, peut-être même enterré pour le moment.

Le sergent et McGowan étaient sûrement un peu désinvoltes dans leur approche du travail en général, ça n'allait pas plus loin. Mais Ted comprit que l'épisode des toilettes avait fait de Grieves un ennemi. McGowan faisait le malin, mais Grieves semblait vouloir chercher tous les prétextes pour lui empoisonner la vie.

— Sauf qu'il a bien insisté pour être tenu informé de cas similaires dans notre zone, puisque c'est dans le cadre de l'enquête en cours qu'il a diligentée.

— Ah, alors – Grieves prit son téléphone, sans appeler, et mima une conversation- je vous en supplie, inspecteur-principal, ce méchant sergent Darling nous en fait voir à nouveau parce que nous ne voulons pas le laisser jouer dans le bac à sable des grands.

Ils riaient tous les trois maintenant. Ted prenait énormément sur lui pour ne pas se mettre en colère.

— Bon, eh bien si ça ne vous intéresse pas, je vais envoyer un rapport au DCI et nous nous en tiendrons-là.

Il tourna les talons et sortit, faisant comme s'il n'avait pas entendu le 'Oooh' dans les aigus émis dans son dos par Grieves.

De retour à son bureau, Ted prit son téléphone.

— Inspecteur-principal Baker ? Désolé de vous déranger, mais nous avons une nouvelle agression sur une des filles déjà molestées. Cette fois-ci nous avons une vidéo de l'agresseur sur un téléphone mobile. Est-ce que vous souhaitez que je vous fasse un rapport complet en même temps qu'à notre service judiciaire ici ?

13

— Bon, sergent, aujourd'hui, vous êtes soustrait à nos services par nul autre que le DCI, dit l'inspectrice Michelle Williams à Ted au début du briefing, il veut voir lui-même votre fille des rues devenue informatrice, pour vérifier si c'est un témoin digne de foi. Et comme il semblerait que vous ayez établi une espèce de relation avec elle ….

Elle monta légèrement la voix aux petits ricanements amusés des autres agents présents.

— Fermez-là, bande d'obsédés, ce n'était pas du tout ce que je voulais dire. Comme je le disais avant que les gamins m'interrompent, vous avez établi un contact avec elle et il veut donc que vous y alliez avec lui. Il sera ici dans une demi-heure environ, avec un chauffeur, et vous pourrez partir avec eux pour parler à la fille dans le lieu sécurisé. Nous essaierons de nous débrouiller sans vous.

Ted fut surpris. Il pensait que maintenant qu'il avait transmis ses notes au DCI, il n'était plus concerné par le dossier. Au fond de lui-même, il était content de savoir qu'il aurait un rôle, au moins, dans ce qui promettait d'être une grosse opération. Il appréciait vraiment son nouveau poste dans la police en tenue, mais jusqu'à présent, il n'avait rien eu de conséquent à se mettre sous la dent si l'on considérait les standards de ce qu'il avait à traiter dans son poste précédent en tant qu'agent spécial.

— Contentez-vous de rester à votre place quand vous fraierez avec cette caste à part qu'est la police judiciaire. Surtout l'équipe du DCI Baker.

Ted attendait devant le commissariat quand une Ford noire s'arrêta devant l'entrée. Un agent en civil qu'il ne connaissait pas était au volant et le DCI était assis à l'arrière. Baker pencha son imposante carcasse pour ouvrir une porte arrière à Ted, qui se glissa sur le siège à côté de lui.

— Voici le DC Robbie Hughes, fit le DCI en désignant de la tête le conducteur qui démarrait en douceur, et voici le sergent Darling.

Le chauffeur se contenta d'opiner en retour, restant concentré sur la conduite.

— Bon, l'Opération Chantelle a l'air d'être bien lancée, tant que votre fille … comment elle s'appelle déjà, Ecaterina, quelque chose comme ça ?

Le nom sonnait bizarrement dans sa bouche, prononcé avec un fort accent de Manchester et un « e » allongé au début du mot.

— Elle préfère qu'on l'appelle Cati.

— Tant mieux, c'est drôlement plus facile. Si tant est que cette Cati soit un témoin digne de foi, on dirait qu'on va pouvoir démanteler un gros réseau de pourris. On a déjà remonté une partie de la filière depuis quelque temps et ce serait vraiment la cerise sur le gâteau si elle acceptait de parler et si le procureur estimait qu'elle voudra bien témoigner au procès. Ce n'est pas une clandestine, vous me dites, comme certaines autres ?

— Non, elle est entrée légalement pour travailler dans un Ehpad mais ses contacts étaient véreux et ils l'ont rendue accro.

Le visage du DCI s'embrunit.

— Quand je pense que ça pourrait arriver à ma fille…, gronda-t-il, une bonne raison pour que je veuille nettoyer les rues de cette vermine et les mettre derrière les barreaux pour qu'ils arrêtent de nuire.

Le «lieu sécurisé» était en fait un appartement miteux au rez-de-chaussée dans un quartier peu reluisant du Grand Manchester. Cati était maintenant sortie de l'hôpital, même si elle n'était pas complètement remise, et une policière en tenue s'occupait d'elle, pendant qu'un agent armé assurait sa protection vingt-quatre heures sur vingt-quatre. Il était clair que le DCI avait fait tout son possible pour sa sécurité.

Jim Baker demanda à l'agent de rester dans le véhicule. Il n'était visiblement pas sûr qu'il aurait toujours ses quatre roues si on le laissait dans la rue sans surveillance.

Cati était assise sur un canapé douteux, emmitouflée dans une grosse couette, les genoux repliés contre sa poitrine, sur la défensive. Elle serrait entre ses mains un mug d'une espèce de lavasse chaude. Elle avait le regard méfiant à l'entrée du DCI, il semblait remplir la petite pièce de son imposante stature.

— Vous voulez quelque chose de chaud, inspecteur-principal ? demanda la policière.

— Allons-y, pourquoi pas. Café pour moi, serré si vous pouvez. Sergent ?

— Du thé s'il vous plaît, avec du lait et deux sucres.

Le DCI avait déjà briefé Ted en chemin, ce serait lui qui assurerait l'essentiel de la conversation avec Cati. Il commença par les présentations.

— Cati, voici l'inspecteur-principal Baker. C'est lui qui dirige l'opération qui va nous permettre de coincer ceux qui vous ont fait ça. Est-ce que vous permettez qu'on s'assoit un moment et qu'on parle avec vous ?

Elle regardait toujours le DCI d'un air soupçonneux.

— Est-ce que c'est un homme bien, comme vous, M. Ted ?

— Oui, et il a une fille.

Elle donna son accord d'un signe de tête. Jim Baker s'assit avec précaution dans un vieux fauteuil défraîchi dont les ressorts grincèrent sous son poids en signe de protestation. On aurait dit qu'il y avait moins de monde dans la pièce. Ted tira une chaise de sous la table adossée au mur et prit place entre Baker et Cati. C'était lui qui menait la conversation et passait en revue les points abordés dans la voiture en venant.

Quand il eut fini, Cati le regarda droit dans les yeux et demanda :

— Et est-ce que je serai en sécurité ? Si je fais ça, si je vais témoigner contre les types qui m'ont fait ça, est-ce qu'ils s'en prendront à moi ? Me tueront peut-être ?

Ted soutint son regard et répondit :

— Nous ferons tout ce qui est en notre pouvoir pour vous protéger. On vous mettra dans un programme de protection de témoin, vous aurez une nou-velle identité, vous serez logée dans un lieu secret. Ça veut dire que vous ne pourrez pas rester en contact avec ceux que vous avez connus pendant votre séjour ici.

— Même pas vous, M. Ted ?

Elle avait un sourire malicieux.

— Surtout pas moi. Ce qui compte avant tout, c'est votre sécurité.

Bien qu'ils aient déjà pris une boisson chaude, au retour, le DCI demanda à DC Hughes de s'arrêter dans une cafeteria, il lui dit d'aller leur en chercher une autre, et de prendre son temps. Quand il fut sorti de la voiture, Jim Baker se tourna vers Ted.

— Vous savez y faire avec les gens. J'ai pris mes renseignements sur vous. Tout le monde le dit, et je viens d'en être le témoin privilégié. On dit aussi que vous avez tendance à la ramener avec vos supérieurs, mais sans que ça ait valu un blâme officiel. Qu'est-ce que vous avez à dire là-dessus ?

— Inspecteur-principal, si on me dit comment faire mon boulot quand on n'a pas la formation adéquate, je donne mon avis. C'est une question de sécurité. Pas seulement la mienne ou celle de mes hommes, mais aussi de toute personne à proximité. Seul un membre de la branche armée plus gradé que moi est habilité à me dire comment traiter cet aspect des choses. A part ces cas-là, je sais obéir aux ordres.

— Nom d'un chien, j'espère bien. Parce que ce que j'ai vu pour l'instant m'a plu, et j'aimerais vous avoir dans l'opération Chantelle. Phase finale. Là où ça devient intéressant. Vous êtes agent spécial dans les unités armées, d'après ce que je sais ? Toujours au point ?

Ted acquiesça et Baker reprit :

— Parfait, parfait, je vais parler à votre chef de service de mon souhait de faire appel à vous pour quelque temps dans mon service. Vous viendriez sans porter l'uniforme et vous seriez doté d'un pistolet. Derrière les agents armés de première ligne. Nous devrons aller dans des lieux où il pourrait bien y avoir d'autres filles comme Cati et vous pourriez être le plus qualifié dans cette mission, surtout en tant qu'agent avec une arme. Mais pas avec toute la panoplie, il ne faut pas les terroriser. Est-ce que vous êtes partant ?

Ted n'en croyait pas ses oreilles. On aurait dit du sur mesure pour lui, et dire qu'il s'était fait à l'idée à ne plus vivre ces moments d'excitation. Un court instant, il pensa qu'il faudrait qu'il négocie avec Trev s'il devait porter une arme dans une situation potentiellement dangereuse. Mais il était impatient de retrouver le genre de travail pour lequel il était formé.

— Je suis votre homme, inspecteur-principal.

— Bon sang, on dirait un de ces agents du Mossad, mais je suppose qu'il faut faire avec.

Le DCI Jim Baker regarda Ted de travers le matin du raid qui devait être le point d'orgue de l'opération Chantelle si tout allait bien.

Ted avait l'habitude d'être en uniforme pour les raids. Il ne portait aucun intérêt à sa tenue, malgré les efforts répétés de Trev pour le traîner faire des achats et changer de look. Et il aurait été difficile de lui demander conseil sur sa tenue pour cette opération en particulier. Il avait volontairement minimisé son rôle et passé sous silence le fait qu'il serait armé à nouveau. Si la religion établit que l'omission est un péché aussi grave que le mensonge, Ted n'en avait cure. Il avait juste estimé que Trev se porterait mieux s'il ne connaissait pas les risques qu'il courait. Il lui en dirait plus quand tout serait terminé sans casse.

Livré à lui-même pour le choix de sa tenue, il avait opté pour son jean noir, un polo sombre, sa vieille veste en cuir tabac et ses Doc Martens. Elles ressemblaient à ses rangers de service et il pouvait se mouvoir silencieusement et confortablement avec.

— C'est ma tenue de camouflage, répondit Ted sans broncher, personne ne me prend pour un policier en temps normal, alors aucun risque habillé comme ça.

Il crut voir une ébauche de sourire au coin des lèvres de son chef, mais il jugea qu'il valait mieux ne pas en rajouter. C'était une opération bien trop importante pour risquer le moindre incident. Sans trop savoir pourquoi, Ted comprit qu'il avait vraiment envie de faire bonne impression. Même si ça n'allait pas plus loin, ça étofferait son CV s'il participait à des arrestations dans cette affaire.

Ted fit le trajet avec la section armée vers un des lieux ciblés, celui que l'on pensait utilisé comme maison de passe pour une partie des filles. Toute l'opération était synchronisée de façon à ce qu'un certain nombre d'endroits soient frappés en même temps.

Aucun des anciens membres de l'équipe de Ted n'en faisait partie, mais Ted connaissait les policiers du véhicule. Ils le dévisageaient avec curiosité, ils se demandaient pourquoi il avait choisi un poste relativement banal de police en tenue alors qu'il pouvait être dans ce type de mission tous les jours.

Et puis la porte d'entrée fut défoncée, Ted bondissant à l'intérieur à la suite des agents du service armé, pistolet au poing. Mêlant sa voix au concert de « Police, je suis armé, pas un geste ! ». Passant de pièce en pièce pour sécuriser les lieux, ressentant une fois de plus le flux l'adrénaline l'inonder.

Quelques membres du gang étaient sur place. Ils furent maîtrisés et menottés en deux temps, trois mouvements, avant même que l'un d'eux ait le temps de penser à sortir une seule arme de sa cachette. Cet arsenal était maintenant confisqué. Ils n'avaient visiblement pas eu vent de l'assaut prévu.

Quelques clients des filles, l'air embarrassé et le regard fuyant, furent assemblés et amenés au poste le plus proche pour prendre leurs dépositions. Il était possible qu'ils ne soient que les citoyens lambda pris dans le coup de filet, mais il faudrait vérifier attentivement.

Ted remit son arme dans son étui et s'approcha des filles pour leur parler. Certaines planaient complètement sous l'effet de la drogue. Les autres semblèrent accepter son calme et sa voix douce. Une fois que tout le monde eut quitté les lieux et qu'ils furent sécurisés, ce fut le retour au commissariat du DCI pour le débriefing. Tout s'était passé comme sur des roulettes, toutes les descentes avaient été couronnées de succès et s'étaient déroulées sans incident.

Quand ils en eurent fini avec la paperasse d'usage, Ted eut la surprise d'être invité comme tout le monde à prendre une pinte au pub du coin avec le DCI et le reste de son équipe. Il ne savait plus qui il était, lui le membre de la police en tenue intervenant en civil en compagnie de ceux qui dans d'autres circonstances ne lui auraient peut-être même pas adressé la parole.

Le DCI prit la première commande, Ted demandant sa maintenant habituelle bière au gingembre avec du citron vert. Quand Jim Baker lui fit signe de la tête de le suivre discrètement dans un coin, Ted eut un moment d'inquiétude : avait-il raté quelque chose, bien qu'il ne voie pas quoi.

— Bonne op aujourd'hui, Ted, au pub le DCI était passé au ton informel. Ted ne voulait pas prendre le risque de faire de même avec un supérieur qu'il connaissait à peine. Vous avez aimé ?

— Je ne suis pas sûr qu'on puisse parler d'aimer, mais c'était un peu comme au bon vieux temps.

— Et vous avez quitté la voie armée pour des raisons personnelles, d'après ce que je sais ?

— Oui, j'emménageais avec un nouveau compagnon et il n'aimait pas trop que je sois agent spécial.

— Eh bien, je ne me targue pas de comprendre votre style de vie et ça ne me regarde pas. Si vous venez travailler pour moi, vous verrez vite que je suis un foutu vieux dinosaure qui connait à peine l'expression 'politiquement correct', et d'ailleurs je ne suis même pas sûr de connaître le sens exact du mot « correct ».

Ted avala de travers à ces mots, qui ne provoquèrent rien moins qu'une quinte de toux carabinée Le DCI lui tapa dans le dos avec une efficacité redoutable.

— J'aime ce que je vous ai vu faire et ce qu'on m'a dit de vous jusqu'à présent, Ted. On vient de me demander de prendre le commandement d'une équipe basée à Stockport. Ils ont dépensé pas mal sur la dernière réorganisation et ils veulent que ça paie.

Ce sera une brigade de la Crim', composée de détectives en charge de la répression des violences aux personnes, meurtres, agressions violentes, ce genre de chose. On m'a attribué quelques éléments que je ne peux pas refuser et qui ne sont peut-être pas taillés pour ce job, et c'est moi qui ai choisi pour quelques autres. L'inspecteur principal actuel, « DI » chez nous, ne fait pas partie de ceux-là, mais par chance je ne serai pas encombré trop longtemps. Il arrive à l'âge de la retraite et il passe pas mal de temps en congé maladie.

J'ai choisi un sergent pas mal, le DS Jack Gregson, qui fera très bien l'affaire. Mais ce n'est pas le même calibre que vous et il n'a pas passé l'examen d'inspecteur. Si vous entrez comme sergent, je crois que vous serez rapidement à même de prendre le poste, une fois que l'inspecteur aura rendu son tablier pour bichonner son jardin, ou peigner la girafe si ça lui chante, je n'en ai rien à secouer.

Voilà, je voulais voir ce que vous pensiez de mon idée avant de commencer les démarches officielles. J'ai besoin de quelqu'un qui a le contact facile, parce que ce n'est pas mon cas. Vous avez fait vos preuves comme meneur d'hommes à la section armée et j'ai vu ce que vous saviez faire avec les filles. Ça m'a impressionné, et on ne m'impressionne pas facilement.

Alors, qu'est-ce que vous en dites ? Ça vous intéresse ?

— Chef, je suis flatté, mais je n'ai jamais travaillé comme détective.

— Et alors ? Vous avez des cellules grises, nom de Dieu ? Diplômé : vous devez bien en avoir, et qui turbinent. Et vous m'avez l'air d'être un policier de première, vu votre bilan d'arrestations et votre réputation. Ça vous intéresse ou pas ? Ou est-ce qu'il faut que vous demandiez la permission à votre petit copain d'abord ?

— Partenaire, Trevor est mon partenaire, pas mon petit copain.

Il y avait juste ce qu'il fallait de reproche dans la voix de Ted.

Jim Baker rejeta la tête en arrière et partit d'un grand rire.

— Juste comme on m'avait dit, la ramène avec ses supérieurs. Correction bien retenue, Ted. Est-ce que vous devez demander à votre partenaire ou est-ce qu'on peut se serrer la main dès maintenant pour que je lance la mécanique ?

Sans hésiter, Ted tendit sa main pour serrer la grande pogne de Baker et sceller le marché. Il espérait ne pas se tromper en pensant que Trev serait heureux et fier de la nouvelle.

14

Personne ne pouvait entrer au poste de police de Stockport sans être repéré par l'œil vigilant du sergent Bill Baxter. Bill avait perdu de la mobilité. Mais comme la blessure qui en était la cause lui avait valu la médaille de la bravoure, ça n'aurait pas été de bonne politique de le mettre sur la touche. Ainsi donc les autorités avaient tablé sur ses qualités et l'avaient affecté au bureau des poursuites judiciaires. De là il tâtait aussi le pouls de tout ce qui se passait dans le commissariat.

Rien de ce qui arrivait dans Stockport et ses environs, et dans l'enceinte du poste, cela va sans dire, n'échappait à Bill. Il savait très bien que sous peu un sergent fraîchement nommé au SRPJ allait rejoindre le commissariat, subtilisé il y a peu au service en tenue, et il ouvrait l'œil pour ne pas le rater. Il avait entendu dire du bien du sergent, maintenant officiellement « inspecteur-chef», DS Ted Darling. Il supposait qu'il serait en avance, et ce fut le cas. Bill savait aussi que la civile qui était à l'accueil serait en retard, comme d'habitude, et ce fut le cas. Bill prit l'initiative d'attendre le nouvel arrivant.

Celui qui entra avec un badge de la police autour

du cou ne correspondait pas à ce que Bill avait imaginé. D'une part, il était encore plus petit que ce qu'il croyait. En plus on aurait quasiment dit un jeunot. Et qui se la jouait avec ça. Ou peut-être Bill se faisait vieux.

Trev avait bataillé ferme avec Ted la nuit précédente pour déterminer ce qu'il devrait porter pour son premier jour de policier en civil. Ted avait carrément refusé de porter un costume-cravate, disant que ça lui donnait l'air ridicule. Il avait finalement fait des concessions et accepté une chemise élégante sans cravate et son pantalon kaki assez présentable, mais il n'avait pas pu se résoudre à renoncer à son blouson cuir.

Ted s'avança vers la réception. Il se rappelait que la dernière fois qu'il était venu dans ce poste de police, il avait neuf ans et était à peine assez grand pour voir par-dessus le vieux bureau, changé maintenant, sans doute dans le mouvement du récent réaménagement.

— Sergent - DS Darling, prise de poste dans ce SRPJ, Brigade Criminelle, aujourd'hui, dit-il au sergent derrière le bureau en montrant son badge.

Bill lui adressa un regard à l'ancienne. Il savait jauger les gens. Il pouvait imaginer combien ça avait été difficile dans la carrière du nouveau DS avec un nom et une taille pareils, sans parler de son homosexualité. Bill avait fait ses recherches sur le nouveau collègue.

— Et jusqu'à ce jour, vous étiez un humble sergent de la police en tenue comme moi, avec moins d'ancienneté. Alors commençons par mettre les formes, d'accord ? Disons que vous pourriez vous adresser à moi en disant 'Bonjour, sergent' et on verra après, ça marche ?

Le sourire gêné de Ted le fit paraître encore plus jeune, comme un collégien pris en faute par le professeur pour avoir enfreint les règles.

— Désolé, sergent, je suis un peu nerveux. Premier jour à la PJ et je cherche mes marques.

— Je suis le sergent Baxter. Quand vous me connaîtrez mieux, vous pourrez m'appeler Bill. Si vous avez besoin de savoir quoi que ce soit sur ce qui se passe dans ce poste, faites appel à moi. Si je ne suis pas au courant, personne ne le sera.

— Première chose, pourriez-vous m'indiquer où je vais travailler, s'il vous plaît ? Je n'ai jamais dépassé ce bureau et je ne veux pas déambuler dans les locaux en ayant l'air perdu.

— J'ai des instructions formelles du grand patron de faire venir quelqu'un pour vous chercher. On l'appelle le Big Boss ici, vous verrez pourquoi. Peut-être bien qu'il ne vous connaît pas encore assez pour être sûr que vous pourriez vous débrouiller tout seul.

Le sergent décrocha le téléphone interne et appela le service judiciaire, conformément à ses ordres, pour les informer de l'arrivée du nouveau DS. Cela fit Ted se sentir encore plus comme un écolier qui arrive en cours de trimestre, quand tous les autres savent se repérer et ce qu'il faut faire, mais pas lui.

Ce fut DC Robbie Hughes qui vint le chercher. À nouveau Ted eut à peine un signe du menton et un « Ça va, sergent ? » avant que Hughes fasse demi-tour et prenne l'escalier. Visiblement, il n'était pas convaincu à l'idée d'un nouveau DS sans expérience préalable en tant que détective. Ted le suivit vers le secteur de la Crim' et passa la porte d'entrée du bureau principal. Il y avait deux bureaux plus petits dont les cloisons avaient été montées dans la pièce même. Il en déduisit qu'il y en avait un pour l'inspecteur et un pour l'inspecteur-principal.

Comme s'il lisait dans ses pensées, Hughes lui dit :

— Le bureau de l'inspecteur-principal est là. Il ne va pas tarder. L'autre est celui de l'inspecteur, mais il est encore en arrêt maladie. Et voici le DS Gregson.

Un homme se leva de son bureau et vint vers Ted, la main tendue pour le saluer.

— Jack Gregson. Bienvenue dans l'équipe.

Ted était soulagé, ces mots de bienvenue semblaient sincères. Gregson était celui qu'il appréhendait de rencontrer. Après tout, Ted arrivait sans expérience dans ce secteur et comme il avait été recruté sur diplôme, il risquait de passer devant Gregson pour le nouveau poste de DI. En admettant qu'il ne se ridiculise pas complètement le premier jour.

— Ted Darling, répondit-il en lui serrant la main.

— L'inspecteur est absent, nous pouvons donc utiliser son bureau pour l'instant. J'ai pensé que vous aimeriez avoir un aperçu des affaires en cours avant de vous jeter dans le grand bain.

Ted aurait préféré qu'il n'utilise pas la métaphore du grand bain. Il faisait des progrès dans l'eau, grâce à la prise en main patiente de Trev, mais il coulerait encore beaucoup d'eau sous les ponts avant qu'il vainque la terreur viscérale de nager qu'il ressentait depuis qu'il était petit.

— On dit 'bureaux', mais il y a des placards à balais qui sont plus grands, fit Gregson avec un sourire en lui ouvrant la porte pour qu'il entre premier.

— Bon, ça n'a rien de secret, je n'ai jamais fait ce boulot avant, alors excusez-moi par avance si je pose des questions stupides, jusqu'à ce que je sois au point, en tout cas, dit Ted en prenant une chaise pour s'asseoir.

Ils étaient en plein conciliabule quand la porte s'ouvrit et le DCI entra, ce qui donnait à cette petite pièce encore plus l'aspect d'un placard à balais. Ted commença à se lever en voyant son nouveau patron arriver, ne sachant pas quels étaient les usages, mais Baker le fit rasseoir.

— Merci de l'avoir mis au parfum, Jack. Ted, nous allons vous plonger dans le grand bain dès le départ. Nous avons un sale type en détention pour agression violente. Pas à son coup d'essai, loin s'en faut. Jack va l'interroger maintenant, et vous allez observer sur le moniteur, prenez des notes. Je crois que la victime pourrait nous en dire plus. Alors, quand vous aurez vu ce que ce petit caïd a à dire, je vous demande d'aller chez elle lui parler. S'il y a quelqu'un à qui elle voudra bien parler, c'est vous. Oh, il vaut mieux que je vous le dise, l'agresseur est son neveu. Sa seule famille.

— Et alors, est-il envisageable qu'elle témoigne contre un parent, chef ?

— J'en doute fort, non, admit le DCI, jovial, c'est pourquoi il faut qu'une personne qui a le contact facile tente le coup. Mission Impossible dès le premier jour. Montrez-nous de quoi vous êtes capable, Ted. Son neveu, Craig Moss, est une belle racaille et il faut le mettre hors d'état de nuire. Il a tabassé sa tante pour récupérer ses allocations et acheter de la dope, et il y a fort à parier qu'il recommencera, en pire, dans l'avenir si nous le bouclons pas.

— Pas de pression alors, chef ?

— Aucune. Faites de votre mieux. Et, une autre mission pour vous, je veux que vous évaluiez les membres de l'équipe qu'on m'a fourgués, et que vous me disiez si on peut les amener au niveau requis pour une unité comme ça. Je vous assigne le DC Maurice Brown pour commencer. Je vois qu'il n'est même pas arrivé, Jack. Une idée de la raison ?

— Encore des problèmes avec les gosses ou Madame, je suppose, chef. Je vais lui parler à nouveau.

— Oui, et flanquez un bon coup de pied dans le cul de ce gros lard du temps que vous y êtes. Il est à la traîne même quand il est présent. Mais s'il ne se donne pas la peine de venir, il nous est à peu près aussi utile qu'un emplâtre sur une jambe de bois. Il se tourna vers Ted pour ajouter :

— Maintenant vous voyez pourquoi il me faut une évaluation impartiale par un membre nouveau de l'équipe.

Maurice Brown, l'absent, avait visiblement fait son apparition pendant que tous les trois étaient dans le petit bureau. Quand ils en sortirent, il y avait une nouvelle tête, en pleine activité à son bureau, essayant d'avoir l'air d'être là depuis un bon moment.

Le DCI fila droit dans son bureau et Jack Gregson fit venir Ted pour le présenter.

— Quel est le prétexte, cette fois, Maurice ? Et le

Big Boss a bien vu que vous n'étiez pas là aujourd'hui, alors j'espère pour vous que c'est pour une bonne raison.

L'agent Brown baillait à se décrocher la mâchoire, et il essayait de le cacher.

— Désolé, sergent, les jumelles sont malades et elles ont été grognons toute la nuit. Barbara était HS, elle avait dû subir ça toute la journée, alors c'est moi qui suis resté debout pour essayer de les calmer. Après je n'ai pas entendu le réveil.

— Ça devient une habitude, d'être en retard, Maurice. Réglez le problème. Voici le DS Darling, et il pourrait bien ne pas être aussi coulant que moi.

Brown étouffa un autre bâillement et dit :

— Ted, je crois ? Il avait un fort accent du nordest.

— C'est 'sergent Darling', et le sergent Gregson a raison. Je n'aime pas les retards. Vous venez avec moi parler à la victime de l'agression dès que le sergent Gregson aura interrogé le suspect, je vous conseille un bon café bien fort pour vous réveiller avant de partir.

— Bien reçu, à vos ordres, sergent, fit Brown non sans une bonne louche d'ironie.

Ted savait qu'il lui faudrait affirmer son autorité dès le début face à une équipe qui était dans la police judiciaire depuis pas mal de temps et qui savait pertinemment que ce n'était pas son cas.

Ce fut Maurice Brown qui prit le volant pour leur déplacement. Il ne conduisait pas mal, même si ses bâillements permanents avaient de quoi inquiéter. Ted essayait de ne pas avoir d'opinion préconçue mais il se demandait ce qu'il fallait penser du fait que sa visite guidée du quartier soit axée sur les bars et les pubs, et l'endroit où trouver la meilleure bière.

Leur destination était un appartement miteux en rez-de-chaussée qui donnait sur un carré de ce qui avait dû être de la pelouse, mais qui avait été tellement piétiné qu'il ne restait que de la boue et des mégots.

Ted se demandait à nouveau quelle mouche pouvait bien piquer certains parents pour qu'ils affublent leurs enfants de noms qui en feraient la cible permanente de moqueries. La victime chez qui ils se rendaient s'appelait Elizabeth – ou plus couramment Betty - Moss et Ted imaginait bien les problèmes toute sa vie quand elle se présentait sous le nom de Miss Moss, comme c'était le cas d'après le document qu'ils avaient.

Maurice frappa et ils entendirent des pas traînants en réponse, puis une voix méfiante demanda :

— Qui est là ?

— C'est la police, Miss Moss, DS Darling et DC Brown. Est-ce que nous pourrions nous entretenir avec vous, s'il vous plaît ? demanda Ted poliment.

Il y eut un bruit métallique et la porte s'entrouvrit autant que la chaîne de sécurité le permettait. L'œil soupçonneux qui scrutait par l'entrebâillement était injecté de sang, la chair autour très enflée et de couleur indéterminée. Ça devait être très douloureux.

Ted approcha sa carte de police pour qu'elle la voie bien et répéta, de sa voix calme et posée :

— Je suis le sergent Darling, police judiciaire de Stockport, Miss Moss. Pourriez-vous nous laisser entrer pour nous entretenir avec vous, s'il vous plaît ?

— Si c'est à propos de Craig, j'ai déjà dit à vos collègues tout ce que j'avais à dire.

— Je viens d'arriver à Stockport. C'est mon premier jour, en fait. Si ça ne vous ennuie pas, est-ce qu'il serait possible que vous repreniez votre déposition avec moi ?

En grommelant toute seule, elle bricola tant bien que mal la chaîne de sécurité pour ouvrir la porte et les laisser entrer, puis les précéda le long d'un couloir étroit et sombre jusqu'à une minuscule cuisine au fond à droite. La vitre de la porte de derrière, qui donnait sur un jardinet, avait été cassée et un morceau d'aggloméré mal ajusté la remplaçait.

En voyant ce qu'ils regardaient, elle leur expliqua :

— C'est mon Craig qui a fait ça, comme je ne voulais pas lui ouvrir devant. Au moins les policiers du quartier me l'ont réparée, et c'est eux qui ont fait mettre la chaîne de sécurité sur la porte d'entrée. Ça ne l'empêchera pas de rentrer, de toute façon. Rien ne l'arrête quand il a besoin de sa dose.

— Est-ce que je peux mettre la bouilloire en route, Miss Moss ? On pourrait en parler autour d'une tasse de thé, suggéra Maurice en espérant que ça allait marcher.

— Vous pouvez l'allumer, mais je n'ai rien pour faire le thé. Mon Craig a tout raflé, et tous mes sous avec. J'ai plus rien jusqu'au prochain versement de mes allocations.

— Et si j'allais à l'épicerie du coin en vitesse pour chercher ce qu'il faut ? suggéra Maurice en demandant du regard l'approbation de Ted.

— Je vous ai déjà dit, j'ai plus un radis.

— Je peux vous offrir un petit thé, grand-mère. Je le ferai passer sur ma note de frais, dit Maurice en faisant un clin d'œil à Ted. Bon, est-ce que vous prenez du lait et du sucre avec ?

Ted prit place à la table pendant que Maurice allait au magasin. Il voyait déjà un aspect de sa personnalité qu'il n'avait pas soupçonné. C'était bon signe.

Ted commença à parler avec elle, de tout et de rien jusqu'à ce que Maurice revienne et prépare le thé juste comme Betty le souhaitait. Il ajouta une goutte d'eau froide pour qu'elle puisse le boire tout de suite, et tendit doucement la main pour l'aider à bien tenir le mug quand il vit qu'elle tremblait beaucoup.

— Miss Moss, vous êtes bien consciente du fait que Craig va refaire la même chose, encore et encore, si vous ne nous aidez pas à le faire passer en justice.

— Appelez-moi Betty. Je ne peux pas faire ça. C'est le petit de mon Georges. C'est la seule famille qui me reste. J'ai jamais eu d'enfants à moi.

— Il a besoin d'aide, Betty. Il a besoin qu'on le prenne en main maintenant, avant qu'il fasse une grosse bêtise. Si personne ne fait rien, ça va être de pire en pire.

— Quelqu'un, vous voulez dire moi, hein ? Dénoncer mon propre neveu. Je ne pourrais plus me regarder dans une glace.

— Et s'il vous amoche encore plus la prochaine fois, Betty ? dit Maurice, ou s'il s'en prend à l'un de vos voisins ? Peut-être quelqu'un de plus vieux, de fragile. Il pourrait finir par tuer quelqu'un.

Betty, elle, avait la cinquantaine, mais avec les coups que son neveu lui avait donnés, elle en paraissait plus, elle avait l'air fragile.

Son regard allait de l'un à l'autre pendant qu'elle buvait son thé à petites gorgées. Ils auraient presque pu entendre les rouages dans sa tête tournant et retournant le problème.

Ted continua à lui parler, avec son ton le plus persuasif, sans la brusquer, mais en essayant simplement de la convaincre que c'était ce qu'il y avait de mieux pour sa propre sécurité.

— OK, c'est d'accord. Qu'est-ce qu'il faut que je fasse ? Ce pauvre petit, il a besoin d'aide.

— Et elle a accepté, comme ça ? Jim Baker avait l'air surpris.

— Il a fallu être un peu persuasif, chef. Mais une fois que Maurice lui a eu préparé son thé et que je lui ai eu expliqué que c'était la seule manière de s'occuper de lui, elle a donné son accord. Elle nous a fait une déposition détaillée, ce qui devrait le pousser à plaider coupable et éviter à Miss Moss de venir témoigner. Mais elle a dit qu'elle le ferait le cas échéant.

Le regard du DCI allait de l'un à l'autre.

— Eh bien, c'est un sacré résultat pour votre premier jour. Un sacré bon point pour vous et une autre petite frappe mise hors circuit. Bravo, tous les deux. Tout ce que vous avez à faire maintenant, c'est rentrer chez vous. Et vous, Maurice, dormez un peu et faites en sorte d'être à l'heure demain matin.

Au moment où Ted descendait l'escalier, il vit que le sergent Baxter sortait probablement du bureau des poursuites judiciaires, enfilant sa veste et se préparant à débrayer. L'idée le prit de s'arrêter pour lui parler.

— Je me demandais si je pourrais vous offrir un verre, sergent ? Pour me faire pardonner d'avoir fait le fier en arrivant. Il y a sûrement un pub potable dans le coin, non ?

— Est-ce que vous avez déjà vu un poste de police sans un pub pas loin ? Si vous m'offrez une bière, vous avez gagné le droit de m'appeler Bill. Bienvenue à Stockport, Ted. Je sens que ça va le faire pour vous ici.

15

— Coucou, désolé d'arriver un peu plus tard que prévu, lança Ted depuis le hall en accrochant sa veste.

Il entendit Trev dans la cuisine, alors il le rejoignit pour l'embrasser.

— Comment s'est passé ton premier jour ? J'ai fait un gâteau à la mélasse. Je sais que c'est ce que tu préfères, alors j'ai pensé que ça serait soit pour fêter l'évènement, soit pour te consoler, selon le cas.

— Tu me gâtes. Et ce sera pour fêter l'évènement. C'était bien. Ça m'a plu. Et j'ai participé à la résolution d'un dossier, donc un bon début.

En entendant la voix de Ted, Queen, la chatte, vint dans la cuisine pour se frotter contre ses jambes et demander qu'on s'occupe d'elle. Il la prit dans ses bras, tout de suite remercié par un ronronnement de bonheur.

— Comment est ton nouveau chef ?

— A mon avis, il vaut mieux le prendre dans le sens du poil. Il me fait penser à un gros ours qui sortirait d'hibernation, ça ôte l'envie de le mettre en colère. Mais je crois que je peux travailler avec lui. Je suis allé prendre un verre avec le sergent chargé des poursuites, Bill, après le service, c'est pour ça que je suis en retard. C'était pour m'excuser. J'étais entré en roulant les mécaniques avec arrogance et il m'avait remis à ma place. C'est un chic type. Un peu solitaire. Il a perdu sa femme jeune, il habite seul, alors il était content de pouvoir prendre un verre avec quelqu'un.

— Je n'en reviens pas que tu te sois comporté comme ça.

— J'étais un peu nerveux, je voulais montrer de l'assurance.

— Je connais bien cette astuce, un peu trop bien, répondit Trev sur un ton plus sérieux.

Les deux hommes avaient subi du harcèlement d'une manière ou d'une autre dans leur enfance. Ted avait réagi en pratiquant les arts martiaux. Trev n'avait commencé le judo et le karaté qu'à la fin de son adolescence. Il avait résisté plus jeune en faisant comme s'il n'avait peur de rien et en ayant l'air sûr de lui.

— En parlant de ça, continua Trev, j'avais l'intention de proposer à Bernard que nous montions un groupe de self-défense pour les enfants au dojo. Leur enseigner le B-A-BA, en particulier comment avoir l'air sûr de soi pour ne plus être la cible de moqueries. Qu'est-ce que tu en penses ?

— Je pense que c'est une idée géniale. Mon planning risque d'être compliqué avec mon nouveau poste, mais je suis partant chaque fois que je serai disponible.

Trev retourna surveiller la cuisson et déclara, sans regarder Ted,

— Tu crois que Queen se sent trop seule ? Est-ce qu'elle apprécierait de la compagnie quand nous sommes au boulot toute la journée ?

Ted regarda la chatte qui était dans ses bras et continuait à ronronner, les yeux mi-clos.

— Je ne crois pas qu'elle se sente seule. Je ne crois pas que les chats soient faits pour vivre en groupe, si ? Pas comme les chiens en tout cas.

— Tu connais ce refuge pour animaux près de l'endroit où je travaille ? La direction de la moto a donné des signes de faiblesse en passant devant. Elle est partie dans le décor sans que je puisse réagir et je me suis retrouvé flânant à l'intérieur, hypnotisé par des petits chats.

Ted eut un sourire indulgent.

— Si tu partages la vie d'un flic, il va falloir que tu trouves mieux que ça pour être crédible.

— Il se pourrait juste que j'aie accidentellement réservé deux chatons. Ils sont à nous, après l'inspection de notre lieu d'habitation, ce qui ne devrait être qu'une formalité. Queen pourra témoigner que nous sommes des parents adoptifs hors pairs.

— Plus sérieusement, si nous avons une inspection, il faudrait faire quelque chose pour rendre le jardin plus sûr, avec la route si proche et ma culture de lys en pot. Queen est assez raisonnable, mais il faudrait peut-être qu'on pense à installer un grillage plus haut pour empêcher les chats de se sauver, à cause de la circulation. Et je risque de ne pas avoir autant de temps libre que quand je travaillais par roulement à la police en tenue.

— Je peux t'aider.

Ted sourit à nouveau. Pour ce qui était du bricolage, ce que Trev appelait 'aider' voulait plutôt dire être là comme une potiche, lui passer les outils et faire du thé sans arrêt.

— Bon, si tu es décidé à prendre des chatons, je ferais mieux de commencer à prendre les mesures.

Trev posa ses ustensiles de cuisine et étreignit Ted très fort.

— Merci ! Je vais tout faire pour que tu ne le regrettes pas.

Trois mois plus tard

— Tu es en beauté, et tu sens divinement bon, mais si tu ne te bouges pas, on va être en retard , dit Ted à son compagnon, et vu l'insistance que je mets sur la ponctualité avec l'équipe, surtout Maurice, on va me mettre en boîte si je suis en retard à l'arrosage du patron.

— Je veux être au top pour toi. Je ne veux pas te décevoir. Est-ce que Maurice sera là ?

— Non, c'est les sergents et au-dessus. Maintenant, est-ce qu'on peut y aller ?

— Il faut juste que je dise un mot aux chats, répondit Trev en se dirigeant vers la cuisine. Queen tu seras la responsable. Et vous deux, les mal élevés, fit-il en fusillant du regard les deux nouveaux arrivants, Freddie et Mercury, les rideaux ne sont pas un mur d'escalade, alors ne l'oubliez pas, je vous prie.

Ted réussit finalement à pousser son compagnon hors de la maison et à le fourrer dans la voiture. Il avait horreur d'être en retard pour quoi que ce soit, même pour une rencontre entre amis. Il espérait juste qu'il n'y aurait pas d'embouteillages ou de travaux sur la route jusqu'à Didsbury, chez Jim Baker. L'idée qu'il puisse arriver le dernier le faisait stresser, mais il essayait de ne pas le laisser paraître.

Noël approchait et Jim Baker avait lancé une invitation à quelques-uns de ses hommes, avec leur conjoints, à venir chez lui prendre un verre devant un buffet. Ted était impatient d'avoir l'occasion de pouvoir discuter de façon informelle et de mieux connaître ses collègues. Le commissariat avait un nouvel inspecteur en tenue, Kevin Turner, qui viendrait avec sa femme. Ted et lui avaient déjà parlé ensemble dans le cadre du travail et ils semblaient bien s'entendre.

— Eh bien, tu vois, on n'est pas en retard finalement, dit Trev dans l'allée d'entrée, alors que Ted le pressait pour aller plus vite. Le Big Boss lui-même vint leur ouvrir la porte.

— Désolé d'arriver à la dernière minute, chef, s'excusa Ted en tendant la bonne bouteille de vin que Trev avait choisie. Ted ne buvait pas de vin.

— Tout va bien, Ted, vous n'êtes pas le dernier et c'est sans chichis. D'ailleurs, ce sera 'Jim' ce soir, on est chez moi et pas en service. Et voilà Trevor, je suppose.

Trev était le charme incarné. Ted savait que son chef ne serait pas très à l'aise, il avait admis être un dinosaure en ce qui concerne les relations homosexuelles, mais dès que Trev lui tendit la main pour le saluer et déclara :

— Je suis très heureux de vous rencontrer, inspecteur-principal. Ted m'a beaucoup parlé de vous, toujours en bien, il se détendit.

— Jim, si vous voulez bien, pour tout le monde ce soir. Allez, venez que je vous présente mon épouse, Margery.

La femme vers laquelle il les conduisit était mince, elle portait des vêtements de prix et n'était visiblement pas blonde naturelle. Ted se demanda si sa peau parfaite, sans l'ombre d'une ride était plus naturelle. Elle regarda à peine Ted, mais elle fut attirée par Trev comme un missile thermo-guidé.

— Permettez-moi de vous emmener au buffet, Trevor, j'ai fait venir des traiteurs. Je n'ai tout simplement pas le temps de m'occuper de tout ça, et ils sont vraiment très bien.

Elle lui avait passé le bras autour de la taille en chemin. Trev lança un regard suppliant à Ted par-dessus son épaule et ses lèvres dessinèrent un « Au secours », mais son compagnon était en pleine discussion avec le Big Boss et n'était donc pas en mesure d'intervenir.

— Je vais vous présenter ma fille tout à l'heure, Ted. Elle est quelque part dans la maison, dieu seul sait où. Ah, dès qu'on commence à manger, plus question de parler boutique. Mais en attendant, dites-moi comment ça se passe avec l'équipe.

Trev finit par réussir à fausser compagnie à son hôte et revint vers Ted avec une assiette garnie pour chacun. Ted pria le DCI de l'excuser et il entraîna Trev à la recherche d'un coin tranquille dans la véranda à l'arrière de la maison.

— Ouh là là, Ted, ça fait peur, j'ai cru qu'elle allait essayer de me violer, comme ça, devant le buffet. C'est une sacrée croqueuse d'hommes et je n'aurais pas voulu que ton patron croie que c'était moi qui la draguais. Elle est toujours comme ça ?

— J'avais entendu des rumeurs au poste, mais je

pensais que c'était du vent. Elle était vraiment aussi entreprenante que ça ?

— Je ne savais plus où me mettre.

L'inspecteur-fantôme, Lennie Grimshaw, avait fait une apparition avec sa femme et ils étaient en train de se servir copieusement au buffet. Trev partit chercher à boire au moment où Kevin Turner s'approcha de Ted.

— Regardez-le, qu'est-ce qu'il fout là ? Quel miracle ! Toujours en bonne santé quand il n'y a pas de travail à l'horizon. Plus vite il prendra sa retraite et laissera sa place à quelqu'un qui est motivé, et mieux ça sera. En attendant, c'est toi qui t'y colle, Ted.

Ils étaient déjà suffisamment proches pour se laisser aller à plaisanter.

— Qu'est-ce qui est supposé ne pas tourner rond chez lui ? Visiblement pas l'appétit.

— Dieu seul le sait. Ça va, ça vient, selon son humeur. Sérieusement, Ted, essayer d'établir une coopération avec lui est une perte de temps. Si nous joignions nos forces un peu mieux, nous pourrions faire baisser le taux de criminalité de manière significative, à nos deux services. Prends toutes ces disparitions de jeunes qui nous tombent dessus dans le secteur.

— Mais c'est de la compétence de la police en tenue, il me semble ?

— Parti depuis cinq minutes et tu as déjà oublié que c'est bien nous qui faisons le travail et vous qui avez les honneurs. Mais ce qui ne va pas, c'est qu'il y a souvent quelque chose qui se cache derrière une simple disparition. Il y a des jeunes qui finissent accro et qui volent pour se fournir, ou sur le trottoir. Si on travaillait ensemble, on pourrait peut-être les empêcher de basculer dans la délinquance et la criminalité, et ça serait bon pour nos stats.

Ted regardait qui était venu.

— Bill n'est pas là ce soir ? J'ai vu le sergent Wheeler, mais pas Bill.

— Il évite ces trucs. Il a horreur de venir tout seul. Il finit par trop boire, il se met à chialer et ça se finit mal.

Le Big Boss leur fondit dessus à ce moment-là.

— Oh là, les gars, la règle c'était qu'on ne parle pas boulot pendant qu'on mange. N'hésitez pas à vous resservir, il y en a assez. Je crois que ma femme a cru que nous étions une armée. Un autre verre ? Kevin ? Ted, il y a d'autres trucs au gingembre pur si vous en voulez.

Ce n'était pas tout à fait la boisson que Ted aimait prendre, mais au moins il avait fait un effort.

— Ca va, merci.

Il avait laissé tomber le « chef », mais il ne se sentait pas encore assez à l'aise pour l'appeler par son prénom, même en dehors du travail.

Il vit que Trev était au buffet, en conversation animée avec deux femmes, mais ayant échappé aux griffes de l'épouse du Big Boss. Les boissons sans alcool avaient tendance à être un peu diurétiques pour Ted, il partit donc à la recherche des toilettes du bas. Il allait y entrer quand la fille du chef, Rosalie, déboula, l'air très mal en point. Elle lui passa devant, ouvrit violemment la porte et s'écroula à genoux en gémissant.

Trev utilisait souvent l'expression ' s'adresser à Dieu par le grand téléphone blanc', surtout après les sorties nocturnes débridées. C'est ce qui vint tout de suite à l'esprit de Ted quand il vit l'adolescente rebelle visiblement très soûle se pencher sur le WC en porcelaine blanche et rendre ce qu'elle avait ingurgité en grommelant sans arrêt « Oh, merde » et de temps en temps « Je hais ma putain de mère.»

Sans un mot, Ted s'approcha assez près pour prendre doucement ses longs cheveux blonds dans sa main et lui dégager le visage, puis il passa sous l'eau fraiche une des serviettes immaculées disposées dans un panier près du lavabo. Il la lui tendit pour s'essuyer.

— Sans doute pas, Rosie. C'est l'alcool qui te le fait dire.

Il lui avait été présenté plus tôt dans la soirée par le Big Boss. Jim l'avait appelée Rosalie et elle lui avait immédiatement craché au visage, les yeux assassins, « C'est Rosie, papa, je n'arrête pas de te le dire »

— Mais c'est une vraie traînée. Elle se frottait contre votre petit ami, devant mon père. C'était obscène. Comment vous avez pu supporter de la regarder faire ça, elle le pelotait ! Je me demande même comment elle n'a pas mis ses mains dans son pantalon.

Elle fut obligée d'arrêter sa litanie pour rendre à nouveau.

— Trev est mon compagnon, pas mon petit ami et il est assez grand pour se défendre tout seul.

Il avait un regard réprobateur quand il lui dit :

— Tu peux me dire de m'occuper de mes affaires, mais il me semble que tu ne ferais pas mal de boire un peu d'eau et d'aller au lit.

Maintenant elle clignait des yeux, le regard fixe, visiblement encore soûle.

— Est-ce que vous essayez de coucher avec moi, sergent ? Je ne crois pas que mon père apprécierait.

— Ce n'est pas le cas, et tu ne risques absolument rien avec moi de toute façon. Est-ce que tu te débrouilles toute seule, ou est-ce que tu as besoin d'un coup de main ? Je te jure qu'il n'y a aucune arrière-pensée. Je crois juste que tu ferais pas mal d'éviter ton père pour le moment.

Elle allait répliquer, mais son estomac commença à se tordre à nouveau. Il n'y avait plus rien à vomir, mais l'effort l'avait épuisée et la faisait gémir de douleur. Ted profita de cette pause pour taper en vitesse un texto pour Trev.

« Reviens de suite. Demoiselle soûle en détresse. »

Rosie s'assit sur ses talons et se frotta la figure avec la serviette humide, ce qui étala son maquillage partout et la fit ressembler à un clown grotesque. Ted tendit une main pour l'aider.

— Allez, laisse-moi t'aider. Tu te sentiras beaucoup mieux après une nuit de sommeil.

Elle était plus grande que lui. Rien de rare à cela. Il la laissa passer son bras ballant sur ses épaules et il mit le sien autour de sa taille avec précaution pour la soutenir. Il savait qu'il prenait un sacré risque. Une adolescente soûle pouvait porter toute sorte d'allégations contre lui si elle avait des intentions malveillantes. Il espérait qu'il faisait le bon choix.

Il l'aida à monter à sa chambre à l'étage, lui enleva ses chaussures mais refusa qu'elle quitte quoi que ce soit d'autre en sa présence. Il remplit un verre d'eau dans la salle de bains et lui en fit boire un peu, puis posa une serviette sur l'oreiller à côté d'elle au cas où elle aurait d'autres nausées. Ensuite il tira doucement la couette sur elle, éteignit la lumière et redescendit.

Trev attendait avec anxiété dans le hall, le cherchant du regard.

— Qu'est-ce qui se passe ? Ça ne pouvait pas être Mme Jim parce qu'elle est toujours là-bas, à me guetter. Je suis sûr que je l'ai sentie essayer de me pincer les fesses à un moment, alors je suis resté debout contre le mur.

— J'ai juste dû mettre Rosie au lit. Elle est soûle comme une grive. Et je dois aller le dire au Big Boss maintenant, au cas où il n'aurait pas la bonne version. Après, on ne sera pas obligé de rester.

Ted alla trouver le DCI et l'emmena discrètement à l'écart.

— Chef, pour votre information, je viens d'aider Rosie à monter dans sa chambre. Elle avait pas mal bu. Je l'ai mise au lit, toute habillée, mais il faudra peut-être la surveiller un peu. Si ça ne vous pose pas de problème, Trev et moi allons y aller maintenant.

Baker le regarda un moment, intensément, Ted soutint son regard.

— Merci Ted. C'est gentil de votre part. J'espère que vous avez passé un bon moment malgré tout. Allez, venez, je vous raccompagne, après j'irai voir si tout va bien là-haut.

Juste au moment où il ouvrait la porte d'entrée et que l'air glacé de la nuit s'engouffrait à l'intérieur, le bruit d'une alarme de voiture déchira la nuit. Ted dévala l'allée et déboucha sur la route juste à temps pour voir un jeune avec une cagoule, la main à travers la vitre cassée de la voiture d'un des invités. Il y avait quelqu'un d'autre sur un scooter à côté. Aucun des deux ne s'attendait à la vitesse de déplacement de Ted.

Jim Baker appela ses invités de sa voix de stentor et ils se précipitaient dehors juste au moment où, grâce à sa maîtrise des arts martiaux, Ted, en quelques prises nettes et sans bavures, avait plaqué le jeune les bras en croix, sur la voiture qu'il venait de fracturer. Celui qui était sur le scooter déguerpit à toute allure, mais pas assez vite pour empêcher Ted de noter le numéro de la plaque à la lumière d'un lampadaire.

— Quelqu'un a une paire de menottes sous la main ? demanda-t-il en tenant le jeune immobilisé par le bras.

Le DCI s'esclaffa :

— Une pleine maison de flics, et pas un qui est foutu d'avoir des menottes, bande d'empotés. Bigo-phonez-moi le poste et qu'on m'envoie des policiers dignes de ce nom. Bien joué, Ted.

16

Ce devait être le premier Noël de Ted et Trev dans leur propre maison. Trev avait élaboré le menu pendant des semaines. Il aimait cuisiner, et il cuisinait bien.

Ni pour l'un, ni pour l'autre, les Noëls passés n'étaient des souvenirs particulièrement agréables. Le père de Ted était athée, mais il faisait toujours un effort particulier pour son fils, d'autant plus qu'il avait grandi sans sa mère la plus grande partie de sa vie. Le père de Trev était diplomate, ses parents étaient donc souvent à l'étranger pendant de longues périodes. Il arrivait que Trev se joigne à eux, mais les fêtes étaient généralement des évènements officiels avec des invités qui n'étaient pas sa famille. D'autres fois, c'était la gouvernante qui s'occupait de lui dans leur demeure du Gloucestershire. Une fois, il avait même fait partie des quelques malheureux passant Noël seuls à l'internat.

Ted savait qu'il n'aurait pas dû attendre la veille de Noël pour dire à Trev qu'il s'était porté volontaire pour être d'astreinte le jour suivant. Il n'en avait pas encore eu le courage, car il savait que cette nouvelle passerait mal et il ne voulait pas gâcher les moments qu'ils partageaient.

— C'est juste que j'ai pensé que c'était à moi de me porter volontaire, comme je suis le dernier arrivé et que je n'ai pas de famille.

Trev eut l'air choqué :

— Ted, c'est terrible, ce que tu viens de dire. C'est moi ta famille maintenant. Les chats et moi. En tout cas, c'est ce que je croyais. Je me faisais un plaisir à l'avance de ce moment tous les deux. Un vrai Noël. Je n'en ai jamais eu.

— Désolé, ce n'est pas ce que je voulais dire. J'aurais dû t'en parler plus tôt. C'est juste que dans mon boulot il n'y a pas d'horaires. Et puis, peut-être que j'aurai de la chance et qu'on ne m'appellera pas.

— Alors tu peux me garantir qu'il n'y aura aucun crime violent demain ? répliqua Trev, qui avait encore l'air tout chagriné. Je t'assure, Ted, je m'en faisais vraiment une fête.

— Je te promets que je vais me racheter. On peut faire une fête quand on veut, ce n'est pas comme si ce jour-là avait un sens particulier pour toi ou moi. Et j'ai le jour de l'an en échange, garanti. Je t'emmènerai faire les boutiques. Les soldes. Dans le Cheshire. Et je t'inviterai à déjeuner.

Il utilisait tous les arguments de sa panoplie pour faire amende honorable. Il avait horreur du shopping, surtout dans la boutique haut de gamme du Cheshire que Trev affectionnait. Mais il était prêt à toutes les concessions pour compenser un Noël qui risquait bien d'être gâché.

— Au moins, je ne suis pas rentré tard ce soir. Nous avons un peu de temps devant nous avant de passer à table. Laisse-moi au moins une chance de commencer à me racheter. Je sais bien que j'aurais dû t'en parler plus tôt et je suis désolé. Je te servirai ton petit-déjeuner au lit demain matin. Tout ce que tu veux.

— Tout ce que je veux ? Trev n'avait finalement plus l'air aussi irrité. Est-ce que tu peux attendre un peu avant de manger ? Parce que, ce à quoi je pense en entrée risque de prendre un peu de temps.

Ils eurent droit à la moitié de la matinée de Noël tranquille, jusqu'à ce que le téléphone de Ted y mette fin. Fidèle à sa parole, il s'était levé tôt pour s'occuper des chats, laissant Trev dormir, puisqu'il n'avait jamais été un lève-tôt. Il avait ensuite disposé le petit-déjeuner sur un plateau avec ce qu'il avait acheté la veille en rentrant. Jus d'orange qu'il venait de presser, croissants, pains au chocolat. Il avait même ajouté quelques fleurs, dans un mug parce qu'il n'avait pas trouvé mieux comme vase.

Ils s'étaient mis d'accord pour s'offrir de petites babioles, et pour choisir les plus gros cadeaux ensemble. Ils avaient pris leur petit-déjeuner au lit et avaient ouvert les paquets quand le téléphone de Ted sonna sur la table de nuit. Il fit un sourire contrit et prit l'appel. C'était l'inspecteur de service au commissariat, qui appelait pour lui signaler une mort suspecte près de Bramhall.

Ted venait à peine de raccrocher qu'un autre appel sonna. Le sergent Bill Baxter.

— Bonjour, Ted, Bill à l'appareil. On m'a dit que vous veniez d'être appelé pour cette gamine à Bramhall. Elle a été découverte par quelqu'un qui promenait son chien. Voilà pourquoi je n'aurai jamais de chien. C'est toujours les propriétaires de chiens qui découvrent les corps.

Ted ne fut pas surpris que Bill travaille le jour de Noël. C'était un bon moyen d'éviter la solitude que les fêtes faisaient souvent ressentir aux gens seuls.

— Est-ce que le Big Boss a eu l'info, Bill, tu as une idée ?

— Le prochain sur ma liste. Je vois pas l'intérêt d'appeler l'inspecteur. Il se ferait encore arrêter. Les agents en tenue sont déjà sur place, la scientifique est en route. C'est calme ici sur le front de l'ouest, alors j'ai passé quelques appels. Ça m'occupe en attendant qu'on m'amène des clients.

L'inspecteur de garde est sur une autre affaire tout de suite, plutôt une perte de temps, si vous voulez mon avis. J'ai informé le bureau du coroner et ils vont envoyer quelqu'un. Ils ont un légiste de service, mais il se pourrait bien que l'autopsie doive attendre après la période des fêtes. Est-ce que vous voulez que j'appelle quelqu'un de votre groupe ?

Ted hésita. Son premier cas de meurtre potentiel. Il ne voulait pas gâcher la journée de quelqu'un d'autre s'il pouvait l'éviter, mais était-il prudent d'essayer de jouer cavalier seul ?

— Je ne suis pas loin. Et si j'allais jeter un coup d'œil tout de suite pour évaluer la situation, comme ça je pourrais voir qui appeler. Pas la peine de gâcher le Noël de tout le monde si on peut faire autrement.

Bill hésita.

— Vous êtes sûr ? Il ne faudrait pas que vous flinguiez votre première enquête pour meurtre, si c'en est bien un. N'oubliez pas, le flic solitaire qui n'en fait qu'à sa tête, c'est bon pour les polars. Big Jim ne serait pas vraiment content si vous la jouiez perso pour votre première grosse affaire. Et il me botterait le cul de vous avoir laissé faire.

— Vous avez raison, Bill, merci du conseil.

— Je vais appeler Jack et lui dire de vous retrouver sur place. Il a de l'expérience et sa femme et ses enfants ont l'habitude. Il aurait été étonnant qu'il passe toute la journée à la maison le jour de Noël. En plus, à cette heure il se pourrait bien qu'il en ait assez de la vie familiale et qu'il ait envie d'aller voir ailleurs.

—Merci, Bill, merci pour tout.

— Tu m'abandonnes ? demanda Trev à la fin du deuxième appel.

— Désolé, cas de force majeure. Mort suspecte. Aucune idée de l'heure du retour.

— Bon, mais s'il n'y a que les chats et moi pour ouvrir les papillotes et regarder le discours de la reine, il se pourrait que je boive un tantinet trop. Je serai donc entièrement à ta merci à cette heure non définie où tu rentreras.

Ted avait déjà vu des corps sans vie dans son métier. Pas seulement celui qu'il avait lui-même abattu. C'était juste qu'il ne savait pas vraiment à quoi s'attendre si c'était un meurtre. Il ne voulait pas se ridiculiser en vomissant sur la scène de crime pour sa première enquête importante, il se tourna donc vers une vieille connaissance. Un Fisherman's Friend.

S'il y avait une chose que son père avait faite avec

lui quand il était petit, c'était d'aller à la pêche aux Roman Lakes. Il ne se rappelait pas avoir attrapé de poisson, même pas un goujon, mais il avait aimé être en compagnie de son père dans le silence du temps qui passe. Joe avait toujours une de ces pastilles à la menthe dans la bouche, assis sur la berge, souvent dans le froid et l'humidité. Il n'avait jamais laissé Ted en prendre, mais après sa mort, Ted s'était acheté un paquet par nostalgie et il en glissait toujours une dans sa bouche quand son métier lui réservait un spectacle difficile à supporter.

Le lieu du crime était un sentier dans les champs en bordure de Bramhall. La scène avait déjà été rubalisée. Un agent en uniforme faisait en sorte que seules les personnes habilitées pénètrent la zone, et qu'ils aient émargé au préalable. Ted décida de la jouer décontracté et d'attendre l'arrivée de Jack Gregson dans sa voiture. Il ne tenait pas à avoir l'air de traîner comme une âme en peine sur la scène de crime, comme s'il ne savait pas encore très bien ce qu'il était supposé faire.

Son téléphone sonna pendant qu'il attendait. C'était le Big Boss.

— Bonjour, Ted. Bienvenue à la PJ. J'espère que ça ne vous causera pas trop de problèmes à la maison, de manquer un Noël ensemble, mais c'est comme ça que ça se passe dans notre boulot. Bon, qui vous avez avec vous ?

— Je viens d'arriver sur place, chef, et j'attends que Jack me rejoigne. J'ai pensé que nous devrions faire les premières constatations ensemble, et voir de qui nous avons besoin ensuite.

— Bien, excellent. Je suis ravi d'entendre ça. J'avais peur que vous fonciez tout seul pour m'impressionner. Je suis beaucoup plus impressionné que vous suiviez la procédure. Bon, je ne vais pas perdre mon temps à appeler l'inspecteur, mais s'il y a quoi que ce soit qui vous chagrine, vous m'appelez sur le champ. C'est clair ?

— Oui, bien clair, chef.

— Ca ne devrait pas être nécessaire. Jack Gregson sait ce qu'il fait. Ça fait des mois qu'il porte Grimshaw à bout de bras. Mais tenez-moi au courant.

Au moment où le Big Boss raccrochait, la voiture de Gregson se gara à côté de celle de Ted. Celui-ci sortit pour le saluer.

— Alors tu m'attendais, Ted ? Moi je croyais que tu serais déjà sur zone tirant sur tout ce qui bouge à cette heure.

— Tu es le troisième à me dire ça, ou quelque chose du genre, ce matin.

Gregson se mit à rire.

— Eh ben, tu connais la réputation que vous avez, vous les as de la gâchette. Surchaussures et gants dans un premier temps. La scientifique nous dira vite si nous devons enfiler tout l'attirail ou pas sur ce cas. On y va ?

Ils émargèrent et se baissèrent pour passer sous le ruban que l'agent leur souleva. Devant eux, ils virent que la tente pour protéger la scène de crime et le corps avait été montée. Jack Gregson s'y rendit sans attendre, mais il s'arrêta à l'entrée avant d'y pénétrer.

— B'jour, James, joyeux etc., et tout le toutim. Voici Ted, notre nouveau sergent. Il est de la police armée, à l'origine. Ted, je te présente James, un membre de cette secte bizarre qui prend autant de plaisir à découper un corps qu'une dinde le jour de Noël.

— Bienvenue au Jardin des Délices, Ted. Police armée, alors ? Et bien je peux affirmer avec certitude que cette jeune fille n'a pas été tuée par balle.

Ted fourra discrètement une de ses pilules à la menthe dans sa bouche quand le légiste leur fit signe d'avancer, et il put procéder au premier examen visuel de la victime de ce meurtre potentiel.

— Alors, qu'est-ce qu'on a ? demanda Jack Gregson.

— J'en saurai plus quand je l'aurai ramenée dans notre antre. Les observations initiales indiquent qu'elle a été violemment frappée à la tête, probablement avec ce gros caillou qui comporte des taches de sang et qui a été gentiment laissé pour nous.

Il y avait de l'ironie dans sa voix. C'était juste de la routine pour lui.

— Je peux aussi vous dire qu'il y a des signes de rapports sexuels, et là-aussi les premières constatations indiquent qu'elle n'était pas consentante.

— Sur quoi vous vous basez pour dire ça ? demanda Ted. Il essayait de faire une observation méthodique du corps, mais ses yeux étaient comme aimantés par les dégâts infligés à ce qui avait dû être un joli visage.

— Si vous voulez avoir un tableau complet, si j'ose dire, de ce qui est arrivé à cette pauvre fille, vous devriez vous mettre sur les rangs pour l'autopsie. Pour le moment, je me fie à ce qui semble indiquer qu'elle n'était pas libre de ses mouvements. On l'a tenue, plutôt qu'attachée. Mais regardez ici, sur les poignets. Des ecchymoses. Ses bras ont été immobilisés avec force.

Jack Gregson haussa les épaules.

— Il y a des gens qui aiment que ce soit brutal, d'après ce qu'on dit. C'est pas mon truc.

— D'accord. Mais elle est tuméfiée autour de la bouche. Ou de ce qu'il en reste. Je ne peux pas encore être catégorique, mais je dirais qu'il n'est pas impossible que son agresseur lui ait appuyé la main sur la bouche pour l'empêcher de crier.

Ted était intrigué, malgré un premier réflexe de dégoût devant le cadavre. Il se penchait de plus en plus près pour étudier le corps. La jeune fille était de petite taille et fluette, des poignets maigres, et pourtant des jambes relativement musclées. Il devait être assez facile de maîtriser quelqu'un de son gabarit pour un agresseur plus grand et plus costaud, ou simplement qui savait comment s'y prendre.

— Les deux poignets sont tuméfiés, pourtant. Donc si un agresseur avait une main sur la bouche tout en tenant les deux poignets, il devait être sacrément plus grand et plus costaud. Ou il n'était pas seul.

James jeta un coup d'œil à Gregson et sourit.

— Il réfléchit vite celui-là, pour un as de la gâchette, fit-il, surtout pour voir que c'est son premier meurtre potentiel.

— Comment vous avez su que c'était mon premier cas ?

— La manière dont vous la regardez. Jack et moi en avons vu des tas, alors nous réagissons différemment. Et le fait que vous vous acharniez autant à sucer ce bonbon contre la toux.

Malgré la solennité de la situation, Ted ne put s'empêcher de sourire d'avoir été découvert.

— Qu'est-ce que vous pouvez nous dire de la victime en attendant ? Vous avez trouvé des signes distinctifs qui nous permettent de démarrer l'enquête ? demanda Gregson.

— Pas grand-chose. Petite et frêle, comme vous le voyez, et je dirais jeune, pas plus de quinze ou seize ans. Cheveux blonds, ça se voit, mais je ne peux pas dire si c'est naturel. Et j'ai bien peur de ne pas encore pouvoir vous donner la couleur de ses yeux, pour des raisons évidentes. Aucun signe d'objets personnels qui permettraient de l'identifier.

— Quand pouvez-vous nous faire l'autopsie ?

— Ca dépend de quand vous pouvez nous transmettre une identité. Si vous trouvez aujourd'hui, je pourrais la faire demain. Normalement je ne suis pas de service le lendemain de Noël, mais j'ai du retard et je sais que vous aurez besoin de mes premières conclusions dès que possible. Il faudra que ce soit fait par le professeur pour ce cas, vu qu'il y a peu de doute que ce soit un meurtre, et il ne revient pas avant demain après-midi. Mais je peux commencer l'examen préliminaire et vous communiquer les résultats pour que vous puissiez démarrer.

Mais dès que j'ai fini ici, elle sera déposée à la morgue et je rentre chez moi. S'il faut que vous la fassiez identifier par un proche, mon assistant vous la préparera, si vous lui demandez. Mais si je ne fais pas au moins acte de présence cet après-midi, c'est moi qui risque d'être la prochaine victime de mort violente sur laquelle vous devrez enquêter. Lequel d'entre vous gentlemen s'y colle pour l'autopsie ?

— Je suis preneur si vous voulez, proposa Ted. Je suppose que je ferais bien de m'habituer à ça dès maintenant.

— Ted, tu me plais de plus en plus tous les jours, lui dit Gregson avec gratitude. Bon, maintenant si on laissait James s'y mettre et faire quelques recherches pendant qu'on passe aux nôtres.

— On commence par quoi ? Dépositions de témoins ? Fouille systématique du secteur ? Est-ce qu'il nous faut des renforts de notre propre groupe sur cette affaire ?

Ted appréciait que Jack lui serve de guide. Il allait répondre quand le téléphone de Ted sonna.

— C'est le Big Boss à nouveau, il veut savoir où on en est, lui dit Ted.

— D'accord, je vais mettre les agents en tenue sur la recherche d'indices et je vais interroger le type qui promenait son chien moi-même. Tu tiens le Big Boss au courant.

Ted prit l'appel :

— Chef ?

— Dites-moi tout, Ted. Du nouveau ? Vous avez une identité pour la victime ?

— Pas encore, chef, non. Jack met en place la fouille du site pour trouver des objets personnels. Mais ça a bien l'air d'un meurtre, des suites de ses blessures, et peut-être un viol.

Il lui exposa tous les détails en sa possession, et sa discussion avec le légiste.

— Bon sang, faites de votre mieux pour que la famille soit prévenue dès que c'est humainement possible. Je ne peux même pas imaginer ce que ça doit être pour quelqu'un dont la fille, la sœur, la petite amie, enfin un proche, n'est pas rentrée comme prévu. Et en plus le jour de Noël. Dès que vous avez du solide, demandez à un agent en tenue d'aller informer la famille.

— Chef, si vous n'y voyez pas d'objection, j'aimerais accompagner la personne qui se chargera de ça.

— On peut compter sur les agents en tenue, mais dites-moi à quoi vous pensez.

— Eh bien, chef, avec la forte probabilité que l'assassin soit un proche de la victime, j'ai juste pensé qu'il serait utile que je vois moi-même leurs réactions à la nouvelle. Si vous en êtes d'accord, chef.

— Pas mauvaise idée, Ted. Je vous ai fait venir parce que vous avez le contact facile avec les gens, alors je serais bien inspiré de vous donner une chance de le prouver. Tenez-moi au jus à n'importe quelle heure, même tard. Faites venir un agent de plus pour démarrer l'enquête. Qui est d'astreinte ?

— L'agent Hughes, chef.

— D'accord, laissez Jack sur place et retournez au poste pour briefer Hughes. Avec un peu de chance, on pourrait peut-être avoir une identité aujourd'hui et s'ils peuvent s'y mettre demain pour l'autopsie, ça nous fera gagner un temps précieux.

Robbie Hughes était déjà à son poste de travail quand Ted arriva dans le bureau. Il l'informa de ce qu'ils avaient et lui demanda de commencer à interroger le fichier des personnes portées disparues avec ce profil, une jeune ado, mince et pas grande.

Ted trouvait que Hughes n'était pas très coopératif. Il y avait toujours de l'électricité dans l'air, du fait de Hughes. Jack Gregson avait expliqué que Hughes était jaloux d'un sergent venant d'un autre service alors qu'il avait clairement visé le poste dès qu'il aurait passé l'examen. Ça n'avait rien de surprenant.

— Qu'est-ce que le légiste en pense pour l'instant ? demanda Hughes.

— Fractures multiples à la tête et indices d'une agression sexuelle violente.

— Un petit copain, alors, affirma Hughes. Ça ne peut qu'être ça. Dix livres que c'est lui.

Cette façon de voir les choses mit Ted très mal à l'aise. Il admettait que les gens n'aient pas tous les mêmes capacités de réaction face aux crimes violents, mais il ne pouvait pas supporter qu'on en fasse un jeu d'argent.

— Je ne suis pas sûr que les paris soient une bonne idée. On parle de la vie d'une gamine là.

— Oh, allez, sergent, détendez-vous. On fait souvent des paris sur le suspect. L'inspecteur n'est pas contre. Toute façon, ça ne risque pas, c'est souvent lui qui ramasse la mise. Pour ce qui est de deviner, il est plutôt bon.

— J'aimerais mieux quelque chose de plus concret qu'une supposition pour avancer. On ne sait pas encore si elle avait un petit ami. Et on n'en saura rien tant qu'on n'aura pas déterminé qui elle est.

Presqu'au même moment, le téléphone de Ted sonna. Jack Gregson :

—Ted, on a peut-être un nom pour toi. Les agents

en tenue ont trouvé la carte d'un foyer socio-culturel au nom de Lily Barrow pas loin du corps. Vivant juste après Woodsmoor. Age annoncé, seize ans. Ça vaudrait le coup d'envoyer quelqu'un là-bas pour vérifier. Peut-être voir si elle est dans le fichier des personnes portées disparues ?

Il essayait de ne pas donner à Ted l'impression de lui dire comment faire son boulot, tout en s'assurant que le dernier arrivé dans l'unité ne négligeait rien d'essentiel. Ted lui en était reconnaissant.

— J'ai parlé au Big Boss de mon idée d'y aller avec l'agent pour annoncer la nouvelle. J'aimerais juste avoir une impression générale de la famille et de leur réaction.

— Bien pensé. Tiens-moi au courant et je fais pareil de mon côté pour ce qu'on trouve ici.

Ted raccrocha et nota l'adresse qu'il venait de récupérer, puis il leva la tête vers Hughes.

— Eh bien, peut-être un nom. Lily Barrow, seize ans, de Woodsmoor. Pouvez-vous entrer son nom dans le moteur de recherche du fichier des personnes portées disparues ? Voyez si on a un résultat. Je vais choisir un agent en tenue pour aller parler à la famille. Je vais y aller aussi.

— Ça c'est pour les guignols, sergent. Vous pouvez leur faire confiance, ils connaissent leur affaire pour ça.

Il y avait une note de menace dans la voix de Ted quand il répondit, bien qu'il le fasse sans élever la voix.

— Jusqu'à il y a peu, j'étais un de ces guignols moi-même, DS Hughes. C'est par là que nous avons tous commencé. J'apprécierais qu'on parle d'eux avec respect, s'il vous plaît, en ma présence. Et cela vaut aussi pour les victimes et les suspects potentiels.

Le regard de Hughes était insolent, mais il n'ouvrit pas la bouche, il se tourna vers son ordinateur pour effectuer les recherches demandées. Cela ne prit pas longtemps. Ted avait à peine trouvé un agent en tenue pour l'accompagner à l'adresse indiquée que Hughes se tourna vers lui pour indiquer qu'il n'y avait aucune Lily Barrow signalée disparue. La seule chose dans son casier était un rappel à la loi pour avoir été ivre sur la voie publique quand elle avait quinze ans.

— Merci de cette recherche. Je vais y aller maintenant, et on verra ce qu'on peut trouver.

Hughes fut surpris de ce remerciement. C'était naturel chez Ted. Son père lui avait inculqué la politesse et il était presque toujours poli.

17

Un agent en tenue attendait dans une voiture de ronde devant l'entrée du poste quand Ted arriva en bas.

— PC Fleming, sergent. Polly, lui dit-elle en démarrant pour sortir du parking. Est-ce qu'on est sûr de l'identité maintenant ? Et quel rôle voulez-vous que je joue ? La gentille auxiliaire qui prépare le thé ?

Ted ne savait pas trop si elle faisait de l'humour et fit donc une réponse prudente.

— Ne comptez pas sur moi pour tomber dans le sexisme, agent Fleming.

Elle lui sourit.

— Ça c'est une nouveauté dans la police judiciaire, vous êtes un cas à part.

— Ça va être délicat. Nous ne sommes pas sûrs que la victime soit Lily Barrow et le corps ne sera pas facile à identifier, ça ne sera pas vraiment une partie de plaisir non plus. Il n'est pas impossible que nous devions prélever des échantillons ADN dans la maison pour vérifier.

— Je pourrais d'abord demander à sa mère, si c'est avec elle qu'elle habite, ce qu'elle portait la dernière fois qu'elle l'a vue.

C'était une bonne suggestion, pas une pique,

même si Ted se rendait bien compte qu'il aurait dû y penser lui-même. Il avait vérifié tout ce qu'ils avaient concernant d'autres locataires à l'adresse où ils se rendaient. Les noms qui revenaient étaient Janice Barrow et un certain Ray Mann.

— Et si vous démarriez la discussion, on verra où ça nous mène.

— Pas mauvaise idée, sergent. Est-ce qu'on a beaucoup d'informations sur eux ? demanda Polly en garant la voiture ?

— D'après nos recherches, leurs casiers sont vierges, même si Lily a eu un rappel à la loi pour ivresse quand elle avait quinze ans.

L'agent Fleming rajusta sa casquette en sortant de la voiture et s'apprêtait à passer derrière Ted dans l'allée du petit jardin devant la maison. Elle eut la surprise de le voir s'effacer pour qu'elle passe devant.

Une femme vint leur ouvrir, elle s'essuyait les mains dans un torchon.

— Mme Barrow ? demanda Polly, qui poursuivit après le signe de tête de confirmation, je suis l'agent Fleming, et voici le sergent Darling. Nous souhaiterions entrer pour vous parler, si vous n'y voyez pas d'inconvénient ?

La dame eut l'air d'hésiter un instant. Une voix appela alors depuis l'intérieur :

— Qui est-ce, chérie ?

— C'est la police, répondit-elle avant de s'écarter pour laisser passer les deux policiers. Allez, entrez. Avancez jusqu'à la cuisine, Ray y est.

Un homme apparut dans l'encadrement de la porte au bout du couloir.

— La police ? Nous n'avons pas volé la dinde, vous savez.

Sa voix était enjouée. Ni l'un ni l'autre ne semblait s'inquiéter de la visite de policiers le jour de Noël.

Mme Barrow leur sortait des chaises, s'affairait, les invitait à s'asseoir, visiblement pas très sûre de ce qu'il fallait faire. Elle prit place en face d'eux, à côté de Ray Mann, qui s'était rassis. Ted remarqua qu'il avait sur lui l'odeur persistante d'un produit parfumé à la menthe, comme s'il avait pris une douche peu de temps auparavant.

— Est-ce que c'est pour Lily ? demanda Mann, est-ce qu'elle a encore trop bu ?

— C'est bien ici qu'habite Lily Barrow donc ? C'est votre fille, Mme Barrow ? Et vous, M. Mann, quel lien avez-vous avec elle ? demanda Polly.

— Je vis avec sa mère, mais nous ne sommes pas mariés. Je suppose qu'on peut dire que je suis son beau-père. Mais pas le méchant beau-père des contes, on s'entend super bien.

— Est-ce qu'elle va bien, ma petite Lily ? demanda la mère qui commençait à s'inquiéter main-tenant.

— Est-ce que vous savez où elle est en ce moment, Mme Barrow ? lui demanda Polly.

Ted observa qu'elle regarda Mann avant de répon-dre.

— Eh bien, elle est supposée rentrer à la maison dans la journée. Elle devait passer Noël avec nous, mais vous savez ce que c'est avec les ados. Elle a été invitée à passer la soirée avec ses copains, alors elle y est allée. Nous n'avons pas eu de nouvelles depuis, mais c'est bien elle, ça, quand elle est avec ses amis. Elle a un portable, un de ces trucs à carte prépayée, mais elle ne s'en sert pas beaucoup. En tout cas pas pour appeler sa mère, la plupart du temps. Elle va bien ? Est-ce qu'elle a des ennuis ?

— Est-ce que vous pouvez me dire ce qu'elle portait quand elle est partie, Mme Barrow ?

— Je n'étais pas là à ce moment-là. Je suis cuisinière dans une Ehpad et j'ai travaillé tard. Il fallait qu'il n'y ait plus qu'à servir le repas à Noël pour que je puisse être en congé aujourd'hui. Quelque chose lui est arrivé ?

Polly se tourna vers Ted pour savoir comment il voulait enchaîner. Il prit la main.

— Mme Barrow, nous avons trouvé une carte avec le nom et l'adresse de Lily, une carte de foyer socio-culturel.

— Oui, c'est ce truc où elle va avec ses copains et copines. Ça lui fait du bien, ils sont bien encadrés là-bas. Mais où est ma petite Lily ?

— J'ai le regret de devoir vous annoncer que nous avons retrouvé la carte près du corps d'une jeune fille d'environ seize ans, lui dit Ted, qui s'empressa de compléter :

— Je dois préciser que nous n'avons pas identifié clairement cette personne, c'est pourquoi ça nous aiderait beaucoup si vous pouviez nous dire ce qu'elle portait la dernière fois que vous avez vu Lily. M. Mann, est-ce que vous étiez ici quand elle est sortie ?

La mère était devenue blanche comme un linge, la main qu'elle porta à son visage était visiblement agitée de tremblements. Sans dire un mot, Polly se leva et alla mettre la bouilloire en route. Mann secouait la tête, refusant de le croire.

— Notre petite Lily ? Non, ça ne peut pas être elle. Pas elle.

— Vous l'avez vue quand elle est sortie, M. Mann ? S'il vous plaît, est-ce que vous pouvez nous dire ce qu'elle portait ?

— Euh, je ne sais pas. Je ne fais pas attention aux vêtements. Un de ces jeans déchirés qu'ils aiment tous, je crois. Un truc en haut et une espèce de blouson. Comme une parka. Un peu doudoune, quoi. Mais pas notre petite Lily. Mon Dieu, pas elle.

— C'est une erreur, disait Mme Barrow en même temps. C'est tout, je vais l'appeler sur son mobile tout de suite. Elle vous le dira elle-même. C'est juste ça. Elle a perdu sa carte quelque part et c'est une autre pauvre fille qui est morte.

Elle alla vers le plan de travail prendre un téléphone portable et appela un numéro en mémoire. Et puis elle se mit à secouer la tête, sans arrêt, l'angoisse sur le visage.

— Ça ne marche pas. Il n'y a rien. Même pas de messagerie. Oh, non, je vous en supplie, dites-moi que ce n'est pas ma petite Lily. Je vous en supplie.

Polly la raccompagna à sa chaise avec douceur et finit de préparer du thé, qu'elle mit devant elle. Elle proposa une tasse à M. Mann, mais il refusa, le visage sombre, les mâchoires serrées.

— Qu'est-ce qui lui est arrivé ? Cette fille que vous avez trouvée ? C'est pas notre petite Lily. Ça se peut pas. Mais qu'est-ce qui est arrivé à cette autre pauvre fille.

— M. Mann, ça nous aiderait vraiment si vous pouviez vous rappeler un détail de ce qu'elle a dit ou fait avant de sortir hier. Le moindre détail peut nous être utile, lui dit Ted.

— Elle a eu un appel d'une de ses copines hier après-midi. Un de ces foyers socio-culturel où elle va. Elle m'a demandé si elle pouvait aller avec eux, passer la nuit de Noël et revenir ce soir. Je lui ai dit que ça ne ferait pas plaisir à sa maman, mais elle sait trouver les bons arguments, notre petite Lily, alors j'ai dit oui, à condition qu'elle rentre aujourd'hui. Elle m'a embrassé et a promis, alors je l'ai laissé partir. Mon Dieu, je l'ai laissé sortir. Si quelque chose lui est arrivé, c'est de ma faute.

— Est-ce que vous pouvez me dire quelle heure il était quand elle est partie, M. Mann ?

— Je ne sais pas, je n'ai pas fait attention. Il commençait à faire nuit. Un peu après 16 h, peut-être.

— Est-ce qu'on est venu la chercher, ou est-ce qu'elle est partie à pied ?

— Non elle est partie toute seule. Elle a dû prendre le bus pour aller en ville les retrouver. D'habitude c'est ce qu'elle fait.

— Mme Barrow, pourriez-vous accompagner l'agent Fleming jeter un coup d'œil dans la chambre de Lily, pour voir si vous pourriez déterminer les vêtements précis qu'elle portait quand elle est partie ? Mais s'il vous plaît, pourriez-vos faire attention à toucher le moins de choses possible. Nous pourrions avoir besoin d'inspecter la pièce plus tard.

La mère de Lily semblait contente d'avoir

l'occasion de se prouver que, qui que soit le corps, ce n'était pas sa fille. A l'évidence, elle s'accrochait encore désespérément au moindre espoir qu'il y ait une erreur d'identité.

Ted resta au rez-de-chaussée avec Mann, il le fixait du regard.

— Ça fait combien de temps que vous êtes avec Mme Barrow, M. Mann ? demanda Ted, presque comme si c'était une conversation anodine.

— Je, euh, voyons-voir. Un petit peu plus de cinq ans maintenant, il me semble.

— Et diriez-vous que vous êtes proches, une famille unie ?

— Oui, très. Lily n'était qu'une gamine quand son père est mort, et elle était très proche de lui. Je savais que je ne pourrais jamais le remplacer, mais je voulais qu'elle sache que je serais toujours là pour elle.

— Et est-ce qu'elle a un petit ami ? Ou une amie proche ?

Mann grogna :

— Ouais, elle vadrouille avec un certain Ashley. Ashley Barnes. Une espèce d'asperge bon à rien, ce merdeux, si vous voulez mon avis, mais notre petite Lil a l'air de bien l'aimer.

Les deux femmes redescendaient, l'agent Fleming derrière la mère. Elle fit un signe de la tête à peine perceptible. Ted en déduisit que la mère avait identifié des vêtements identiques à ceux trouvés sur la victime. Il apparaissait donc presque certain que la fille morte était Lily Barrow.

Avec toute la délicatesse possible, Ted l'expliqua à la mère qui s'affolait maintenant. Mann se leva et passa un bras autour de ses épaules, lui tapotant maladroitement le dos pour la consoler. Ted leur annonça qu'il s'arrangerait pour qu'ils soient conduits à la morgue aussi vite que possible, tout d'abord pour identifier les vêtements, puis voir le corps. Il espérait vraiment que l'assistant de James pourrait le rendre un peu plus présentable avant qu'ils arrivent. Polly et lui iraient à la morgue dans un autre véhicule. Ted voulait avoir l'occasion de lui parler seul à seul.

En retournant à la voiture, Ted se tourna vers Polly.

— Vous pouvez me dire si vous avez remarqué quelque chose qui vous a paru bizarre ou digne d'intérêt dans la chambre de Lily.

— Oui, sergent. Tout d'abord, c'était rangé au cordeau. Et puis, je sais que les filles ados peuvent être obnubilées par le respect de leur espace personnel, j'étais moi-même à fond là-dedans, mais la porte n'avait pas qu'une serrure à clé à l'intérieur, il y avait aussi un verrou gros comme ça !

— Ted acquiesça intérieurement.

— Je l'aurais parié.

— Vous avez déjà des suspects, sergent ? demanda-t-elle pour alimenter la conversation sur le chemin de l'hôpital où on avait déposé le corps.

Ted avait pris la précaution de téléphoner pour prévenir que la famille arrivait. Polly demanda par radio qu'un véhicule aille les chercher pour les amener à l'hôpital.

— Un peu trop tôt, pas avant que les parents l'aient identifiée formellement.

— Dans la famille d'abord ? C'est bien par là

qu'on commence à chercher un suspect si on suit la procédure ?

—C'est statistiquement plus probable que des inconnus, mais nous pourrions perdre du temps si nous nous concentrons sur quelqu'un avec des idées préconçues. Nous ferions mieux d'attendre des éléments solides sur lesquels nous appuyer.

Ils arrivèrent avant la famille. Ted alla voir l'assistant de James pour vérifier s'il était prêt à les recevoir. Ils ne lui avaient pas laissé beaucoup de temps pour rendre le corps présentable.

— Nous avons fait le maximum pour eux, mais ça n'a pas été facile, les prévint-il. Faites-moi signe quand ils arrivent, comme ça ils pourront la voir presque tout de suite. Ces choses-là ne sont jamais agréables. Il n'y a pas de raison de faire durer le supplice.

Ray Mann tenait sa compagne par la taille, à l'évidence il la soutenait d'un bras ferme. On aurait dit qu'elle avait perdu ses couleurs, redoutant l'épreuve qui l'attendait. Même si la victime s'avérait ne pas être sa propre fille, elle allait quand même être obligée de voir une jeune fille dont la vie avait été brutalement ôtée à un moment où elle aurait dû profiter de Noël avec les gens qu'elle aimait.

Ted vint les accueillir, il dit de sa voix rassurante :

— Nous n'avons pas trouvé d'objets personnels avec la défunte, Mme Barrow. Pas de téléphone, ni de sac à main, ou quoi que soit d'autre, juste ses vêtements, qui correspondent à la description faite à l'agent Fleming de ce qu'elle portait quand elle a quitté la maison. Voulez-vous jeter un coup d'œil aux vêtements en premier, peut-être ?

La femme secoua la tête, les lèvres serrées.

— Finissons-en. Ce ne sera pas notre petite Lily, j'en suis sûre, mais faites-moi voir et je pourrai vous prouver que c'est faux.

— Vous n'avez toujours pas de nouvelles de Lily ?

Elle secoua la tête.

— Non, mais c'est typique de Lily. Quand elle est de sortie et s'amuse bien, elle oublie souvent d'appeler, et puis après elle rentre en n'arrêtant pas de s'excuser et elle promet de ne plus recommencer. Mais ça ne l'empêche pas de recommencer.

En entrant dans la pièce où on avait mis le corps de la victime pour qu'ils puissent le voir, l'agent Fleming se positionna instinctivement à côté de Mme Barrow, à l'opposé de Mann. Au premier regard sur la petite silhouette chétive qui gisait sur la table, dans un réflexe, la femme porta la main à son visage pour tenter d'étouffer le sanglot de désespoir qui montait en elle.

— Oh, non, oh, non …

Maintenant, elle secouait la tête violemment de droite à gauche, son autre bras était tendu devant elle comme si elle voulait faire barrage à ce qu'elle voyait. Ted n'avait vraiment pas envie de la bousculer, mais il savait qu'il lui fallait une réponse claire. Il se serait pu qu'elle dise simplement ne pas connaître la victime, même s'il savait que ce n'était pas le cas.

— Mme Barrow, je suis vraiment désolé, mais pouvez-vous me le confirmer. Est-ce votre fille, Lily Barrow ?

Mann était visiblement en colère maintenant, il

crispait le bras qui soutenait la mère de la victime pour l'empêcher de tomber - ce qu'elle menaçait de faire à tout moment.

— Bien sûr que c'est elle, connard. Vous voyez pas comment sa mère réagit ? C'est notre petite Lil. C'est notre petite fille. Pourquoi vous vous bougez pas de là pour trouver le salaud qui a fait ça.

La mère s'efforçait maintenant de s'approcher de sa fille.

— Est-ce que je peux la tenir dans mes bras ? Est-ce que je peux toucher ma petite fille ?

L'assistant de la morgue, qui se tenait discrètement en retrait depuis le début, s'avança.

— Bien sûr, Mme Barrow. Allez, prenez sa main de ce côté, vous pouvez rester avec elle aussi long-temps que vous voulez. Vous avez le droit de passer autant de temps que vous voulez avec Lily. Ce temps avec elle vous appartient.

Elle s'avança, hésitante, et tendit une main tremblante. Elle effleura la forme inerte sous le drap blanc.

Elle dit d'une voix étonnée :

— Elle est si froide…

— C'est normal, Mme Barrow, fit l'homme d'une voix rassurante. Vous pouvez passer un peu de temps avec elle maintenant, lui parler si vous le souhaitez.

Mann se tenait un peu en arrière, laissant l'agent Fleming seule à côté d'elle pour la soutenir en cas de besoin. Il semblait ne pas savoir quoi faire de lui-même. Les traits de son visage exprimaient plus la colère que toute autre émotion.

— Est-ce qu'elle …. Mme Barrow tenta de formuler une question, mais sa voix se brisa.

Elle s'éclaircit la gorge et essaya à nouveau.

— Est-ce qu'elle a souffert ? Est-ce qu'on lui a fait du mal ? Avant de la tuer ?

L'assistant se tourna vers Ted, le laissant se débrouiller avec cette question délicate.

— J'ai bien peur que Lily ait été violée avec brutalité avant d'être tuée, Mme Barrow. Je suis vraiment désolé.

Le visage de Mann se déforma et s'assombrit.

— Ce salopard de gamin avec qui elle traînait….

— Rien de ce qui touche aux circonstances de la mort de Lily ne sera laissé au hasard, leur dit Ted. Dans ce but, dès que possible nous aimerions retourner chez vous et procéder à une fouille complète, surtout de la chambre. J'ai bien peur que cela implique que vous ne rentriez pas là-bas jusqu'à ce que nous ayons terminé nos recherches. Y a-t-il un endroit où vous pourriez passer la nuit ? Nous pouvons vous trouver un hôtel si besoin est.

— Espèce de salaud, vous vous foutez pas mal du monde, cracha Mann, y a un type quelque part là-dehors qui a fait ça à notre petite Lil. Fourrer votre nez chez nous, à quoi ça sert ?

Plus il parlait, plus il semblait perdre tout contrôle. Il s'écarta de la mère de la jeune fille, fit volte-face et décocha un uppercut imprécis en direction de Ted.

Il ne fit pas mouche. Sa cible n'était plus à l'endroit escompté. Ted avait esquivé en pivotant prestement. Il tendit une main charitable pour rattraper Mann, qui risquait de perdre l'équilibre et de s'étaler de tout son long sur le carrelage.

Ted ne lâcha pas le bras de l'homme, sentant au passage la force des muscles sous ses doigts, et le tira adroitement un peu plus loin tout en lui parlant doucement.

— M. Mann, je comprends votre chagrin et je partage votre peine. Mais franchement ? Ce n'est pas une façon de vous conduire. Pas ici, pas maintenant. Et encore moins devant la mère de Lily. Elle a besoin de vous maintenant, et il faut que je puisse faire mon travail, attraper le meurtrier. Vous n'apprécierez peut-être pas certains aspects de l'enquête, mais il faut bien en passer par là.

Vous passez tout le temps que vous voulez ici, surtout si Mme Barrow en a besoin. Nous allons vous trouver où vous loger si c'est nécessaire. Peut-être pourriez-vous me donner les clés de votre maison ?

— Pas question. Vous me direz quand vous voulez y aller et je vous y retrouverai. Et nous allons nous débrouiller nous-mêmes pour l'hôtel.

— Comme vous voudrez, M. Mann. Si vous avez besoin de prendre quelque chose dans la maison, je vais demander à l'agent qui vous a amené ici de vous accompagner à l'intérieur. S'il vous plaît, ne touchez à rien d'autre.

Polly et lui retournèrent à la voiture, Polly lui sourit et dit :

— Beau jeu de jambes, sergent. J'ai bien cru qu'il allait vous en aligner un.

— Je n'allais quand même pas rester planté jusqu'à ce qu'il le fasse. Est-ce que c'est une réaction normale, à votre avis ? Avez-vous déjà vu un membre de la famille en deuil réagir comme ça ?

— La douleur a des effets étranges sur les gens, et j'en ai vu de toutes les couleurs, croyez-moi. Mais il y a je ne sais quoi qui ne cadre pas chez ce type. En tout cas il en a après vous, ça c'est sûr, et pas qu'un peu.

Il était tard quand Ted rentra chez lui, fatigué et affamé. Il rentra discrètement et trouva Trev allongé sur le canapé, endormi profondément, avec les chats sur lui. Un des DVD de films noirs et blancs classiques que Ted lui avait offerts passait tranquillement en fond sonore et il y avait un verre et deux bouteilles de vins vides sur le sol près de lui.

Ted se glissa à côté de lui. Trev ne réagit que lorsque les chats bougèrent, Queen s'activant sur son estomac les griffes sorties.

— Aïe, Queen, espèce de monstre. Eh, toi. Comment ça s'est passé aujourd'hui ? Tu as attrapé les méchants ?

— Pas encore. Désolé d'être si en retard.

— Oh, je peux difficilement me plaindre, vu que c'est moi qui t'ai poussé à changer de poste. Je t'apporte quelque chose à manger ?

— Tu n'es pas trop soûl ? demanda Ted, dubitatif.

— Pas du tout monsieur l'agent, frais comme un gardon.

Trev transféra les chats sur Ted avec un soin exagéré et tenta de se lever. Ses jambes ne répondaient pas et il s'affala en arrière en gloussant.

— Oups, j'ai peut-être un peu forcé sur la bouteille. Tout est prêt pour le repas quand même. Et quand tu auras fini, tu pourras me trainer en haut pour assouvir tes fantasmes sur moi.

Le repas était succulent, mais quand Ted revint dans le salon, Trev dormait comme un loir, bercé par un léger ronflement.

18

Sans aucun doute James, le jeune légiste, avait l'air plus réjoui que Ted à la perspective de l'examen d'une jeune victime au petit matin le lendemain de Noël.

Maintenant qu'ils avaient un nom pour la victime, il commença par dicter ce qu'on savait sur elle pour le magnétophone qui resterait allumé pendant tout son examen pour enregistrer ce qu'il trouvait. Comme il l'avait indiqué à Ted, ce n'était que l'examen préliminaire. L'autopsie de victimes de meurtres devait être réalisée par un expert médico-légal, en l'occurrence, le professeur Gillingham. Mais James pouvait au moins donner du grain à moudre à Ted, pour démarrer l'enquête.

— Je suis sur le point de pratiquer la première incision, ce qui est la partie que certaines personnes trouvent la plus perturbante à regarder, prévint James. L'ironie de la chose, c'est que j'ai bien peur qu'il y ait encore bien plus horrible ensuite. Est-ce que ça va aller, vous pensez ?

Ted ne jurait de rien. En temps normal, il avait l'estomac solide, mais tout ceci était complètement nouveau pour lui. De plus, l'environnement médical rendait l'intervention du légiste encore plus sinistre,

191

c'était une violation du cadavre déjà massacré qui gisait devant eux.

— Je vais juste faire de mon mieux et croiser les doigts. Et puis, c'est ma première autopsie, je vous prie à l'avance de m'excuser si je rends mon petit déjeuner. Bon, j'ai juste pris une tasse de thé, au cas où.

— Allez, on y va. Croquez votre pastille contre la toux, pensez à la mère patrie et tout et tout. Et n'oubliez pas, c'est une réaction tout à fait humaine de ressentir du dégoût ; il n'y a que les types étranges comme les légistes qui ont surmonté ce sentiment. Si quelqu'un vous dit le contraire, ne le croyez pas.

Ted s'en sortit mieux qu'il le craignait. A la fin de l'examen, il en savait plus sur la victime. James lui donnait environ seize ans et situait l'heure de la mort approximativement en milieu de soirée la veille de Noël. Bien qu'elle soit de petite stature, James confirma qu'elle était entraînée et tonique. D'après sa musculature, il avança l'hypothèse de la pratique de la course à pied, du fond peut-être.

— Nous allons bien sûr rechercher toute trace de son assaillant sur elle. Celui qui l'a violée - parce que je suis à peu près certain que c'était un viol et pas un rapport consenti d'après ce que j'ai vu - a eu l'amabilité de ne pas prendre de préservatif. La chance devrait nous sourire pour une identification par ADN, si le type est fiché, mais j'ai bien peur que ça prenne du temps, vu la période.

Je vous envoie mes conclusions par courriel dès que je peux, l'examen préliminaire en tout cas, en attendant que le professeur valide le résultat complet. Il devrait revenir dans la journée. Les analyses pour les drogues, l'alcool etc… devraient prendre un peu plus longtemps. J'espère bien qu'elle était shootée ou qu'elle avait bu. Au moins comme ça elle ne serait pas vraiment rendu compte de ce qui lui arrivait.

Pauvre gamine, drôle de manière de finir son existence, et ne vous y trompez pas, c'est un des rares cas où je me laisse aller à être sentimental, mais ça a toujours l'air plus terrible quand un truc comme ça arrive le jour de Noël.

Ted fut surpris d'avoir faim quand il quitta l'hôpital après l'autopsie. Il trouva un endroit ouvert et qui servait des *bacon rolls*, même le lendemain de Noël, ces petits pains au bacon étaient consistants, il en prit un avec un gobelet de boisson chaude qu'il enfila dans la voiture avant d'aller au commissariat pour voir s'il y avait du nouveau dans l'enquête.

Il passa un petit coup de fil en route. Il prit le risque de snober l'inspecteur et d'appeler directement le DCI. Il voulait s'assurer qu'il avait raison de commencer par la fouille de la maison de la victime, et suggérer un mandat, pour le cas où Mann ferait des difficultés. Il voulait aussi proposer un interrogatoire du petit ami et savoir qui s'en chargerait.

— Vous avez toujours des doutes sur ce Mann, si je comprends bien. N'oubliez pas que la douleur peut susciter bien des comportements étranges, que la personne aurait rarement en temps normal.

— J'en suis conscient, chef, c'est juste qu'il a pété les plombs au moment précis où j'ai annoncé la fouille de la maison. Ça pourrait quand même être une coïncidence, bien sûr.

—Hum hum, bon, vous vous occupez de la fouille. Mais débrouillez-vous pour ne pas vous faire assommer en prime. Vous avez bien fait de leur faire quitter la maison et de leur dire de ne pas réintégrer les lieux. Je vais envoyer Jack chercher le petit ami. Au moins on peut être sûr qu'il ne le secouera pas comme Hughes en serait capable. Jack peut commencer à l'interroger et vous écouterez les enregistrements avec lui plus tard. Après, on se fera un point en fin de journée.

— Et l'inspecteur, chef ? Je ne lui ai encore rien dit. J'ai jugé utile d'en référer à vous d'abord, puisque vous m'aviez dit de vous tenir informé à tout instant.

— Je m'occupe de l'inspecteur. C'est bien le moment que je prenne un peu plus la main sur ce qui se passe ici. Revenez ici pour vous assurer la liaison avec le service en tenue, nous avons besoin de quelques agents pour aider à la fouille et pour envoyer sur la scène de crime. Il n'y aura peut-être rien dans la maison, mais éliminons ce qui saute aux yeux avant d'aller plus loin.

Ted s'assura d'être sur place avant l'heure qu'il avait indiquée à Mann et Mme Barrow pour la fouille. Il avait pris la précaution de faire apposer les scellés sur les portes pour éviter tout risque de manipulation de preuves. Il espérait que Mann ne ferait pas d'esclandre. Ça n'était agréable pour personne, mais c'était la procédure. Le DCI se tenait prêt à fournir un mandat de perquisition sur le champ si nécessaire.

Mann était sur la défensive et se mit en colère dès son arrivée, mais Mme Barrow le fit taire en lui posant une main sur le bras :

— Laisse-les donc faire leur boulot, Ray. Nous n'avons rien à cacher. Tout ce que nous voulons, c'est de voir le monstre qui a fait ça à notre petite Lily derrière les barreaux, c'est tout ce qu'il mérite.

Elle se tourna ensuite vers Ted.

—Allez m'sieur, faites ce que vous avez à faire pour trouver qui a tué notre petite Lily.

— Merci, Mme Barrow. Nous allons essayer de ne pas vous importuner trop longtemps. Mes sincères condoléances.

Ted se rendit tout d'abord dans la chambre de la jeune fille avec une partie de l'équipe scientifique. Ce n'était pas une si mauvaise idée de commencer par étudier sa façon de vivre pour en apprendre le plus possible sur la victime. Sa mère leur avait dit où était la pièce. Mann avait toujours l'air aussi agacé de leur présence dans la maison.

Un des enquêteurs ouvrit la porte de la chambre et la poussa pour qu'ils puissent avoir un aperçu de l'intérieur sans entrer.

— Bon, ma fille ado garde toujours la porte de sa chambre fermée à clé de l'intérieur quand elle y est, et de l'extérieur quand elle s'en va, dit un des enquêteurs à l'attention de Ted, donc celle-ci ne défendait pas son territoire de manière aussi exclusive que certaines.

— Quand je suis venu avec l'agent Fleming, elle a remarqué un gros verrou côté intérieur de la porte, répondit Ted. On pourrait donc en conclure qu'elle ne souhaitait pas qu'on entre quand elle y était.

— Le lit a été défait, fit remarquer l'enquêteur. C'est bizarre, quand même, non ? Je croyais que c'était juste une sortie avec des amis le soir de Noël. Elle n'a quand même pas défait son lit avant de partir ? En tout cas, mon ado n'aurait pas eu l'idée de faire ça, pas sans une bonne raison.

— Je n'ai pas d'enfant et je ne m'y connais pas beaucoup en ados, toute info que vous pourrez me fournir sera bienvenue. Désolé, je ne connais pas votre nom.

— Isabel, répondit-elle.

— Ted.

— Eh bien, Ted, ce qui me frappe ensuite, c'est que j'aimerais bien que ma fille range aussi bien sa chambre. Elle était comme ça quand vous l'avez vue la première fois, ou est-ce que les parents ont fait le ménage pour je ne sais quelle raison ? Pourquoi est-ce qu'il n'y a pas de vêtements qui traînent partout ? Quel âge avait la victime ?

— Seize ans, lui dit Ted. Et, non, l'agent qui est montée avec la mère pour chercher quels vêtements la fille pouvait porter m'a dit que l'ordre qui régnait dans la pièce semblait relever de l'obsession. Et les parents ne sont pas revenus sans être accompagnés depuis qu'ils ont identifié le corps.

— Bizarre, mais peut-être que ça ne veut rien dire. Bon, allez, il faut que je m'y mette pour voir si je trouve un indice quelconque pour vous aider.

On ne trouva pas grand-chose dans la chambre. C'était propre et net partout : même la panière à linge était vide. La seule chose digne d'intérêt était une bouteille de vodka vide, sous le lit dans le coin contre le mur, là où elle pouvait facilement passer inaperçue.

— Peut-être que c'est pour ça qu'elle avait un verrou à la porte ? suggéra Isabel. Si elle picolait là-dedans, elle n'avait pas envie que ses parents le sachent, je suppose.

— Elle avait eu un rappel à la loi pour incident sur la voie publique en rapport avec l'alcool, quand elle avait quinze ans.

— Eh bien, je ne veux pas vous apprendre votre métier, Ted, mais ça vaudrait le coup de trouver ce qui se passait dans sa vie pour qu'elle se mette à boire comme ça. C'est peut-être pour une bonne raison, ou pas. On sait tous qu'il y a de plus en plus une culture de la biture chez les jeunes.

La plupart du temps c'est lié à la pression des pairs, bien sûr. Mais parfois il y a des problèmes sous-jacents qui les poussent à boire. Comme essayer de camoufler quelque chose qui les dépasse. Seize ans n'est pas un âge particulièrement drôle, avec tout ce malaise adolescent.

— Je vous suis très reconnaissant de votre aide, Isabel. Ce n'est un secret pour personne que c'est mon premier meurtre et, pour être honnête je n'y connais rien en filles ados.

— Comment, rien ? fit-elle d'un ton taquin, avant de réaliser son erreur. Oh, désolée, Ted, j'ai manqué de tact. Des garçons ados, peut-être ?

Ted sourit bêtement. Ça lui donnait l'air d'être un ado lui-même.

— C'est plus mon style.

Ted fit enregistrer et transmettre au commissariat l'ordinateur portable trouvé dans la chambre. On pourrait peut-être en apprendre beaucoup sur elle grâce aux courriels et à l'historique internet. Il interrogea aussi

Mme Barrow sur le lit défait, mais son regard trahissait sa propre interrogation.

— Je me suis fait la remarque hier quand je suis montée avec la policière mais ce n'est pas moi qui l'ai fait et je ne vois pas du tout pourquoi Lily l'aurait fait. Pas à Noël, pas avant de sortir pour retrouver ses copains.

— C'est moi qui l'ai fait, marmonna Mann, je voulais me rendre utile. J'allais faire une lessive avec des chemises et tu n'arrêtes pas de faire remarquer qu'il faut faire des économies en faisant une machine pleine, alors j'ai regardé dans la chambre de notre petite Lil s'il y avait quelque chose qui avait besoin de laver. J'ai décidé de prendre les draps et ce qu'il y avait dans la panière.

Le regard de sa femme vers lui n'échappa pas à Ted. Ça n'était visiblement pas dans ses habitudes. Il fit une petite note mentale de ça, classée avec les autres questions sans réponses.

— Où sont-ils maintenant, M. Mann ? demanda-t-il.

— Toujours dans cette foutue machine, je crois bien. Assez bizarrement, une fois qu'on a su que le corps d'une jeune fille avait été découvert, étendre cette foutue lessive était bien le dernier de mes soucis, je m'en faisais tellement pour notre petite Lily.

— Nous allons emporter toutes les affaires de Lily pour les analyser, leur dit Ted.

Mme Barrow eut l'air étonnée.

— Je ne comprends pas. Est-ce que ça veut dire que vous pensez que quelque chose est arrivé ici à Lily ? Dans notre maison ? Elle n'a pas été tuée où on l'a trouvée ?

— C'est juste la routine, la rassura Ted, évitant soigneusement de répondre à la question.

Il essayait de trouver quelque chose qui ressemble à une explication plausible.

— Il se pourrait que ça ne mène à rien, mais il vaut mieux tout prendre maintenant, plutôt que d'avoir à venir vous déranger à nouveau par la suite. Nous allons aussi avoir besoin de votre ADN, M. Mann. La routine, toujours. Vous avez signalé que vous aviez pris Lily dans vos bras juste avant qu'elle sorte, il va donc vraiment falloir que nous ayons le moyen de vous rayer de notre liste.

Le visage de Mann s'assombrit et on aurait dit qu'il allait exploser.

— Laisse-les faire leur boulot, mon chéri. S'il te plaît, implora Mme Barrow, tout ce qui peut aider à attraper celui qui a fait ça à notre petite Lily. Je t'en supplie, Ray.

Le regard haineux que Mann adressa ouvertement à Ted était inquiétant. Peut-être qu'il exagérait, qu'il imaginait des choses sans fondement. Par exemple, il allait sûrement avoir l'air ridicule de faire saisir un lot de draps et de sous-vêtements qui venaient d'être lavés, mais il était prêt à en assumer le risque. Il y avait quelque chose chez ce Ray Mann qui ne lui revenait pas.

Ted et Jack allèrent boire une pinte ensemble à la fin de la journée. Pour l'instant, l'enquête n'avançait pas vite, et se résumait à rassembler des indices et à attendre les conclusions de l'analyse scientifique des éléments prélevés sur le lieu du crime et sur le corps. Ils n'avaient pas encore localisé le petit copain.

Ted envoya un petit texto à Trev pour lui dire qu'il rentrerait un peu tard. Trev était allé déjeuner avec son patron, Geoff, et sa femme. Ted était invité mais avait dû se décommander, avec le meurtre à élucider. Mais cela voulait dire qu'il avait une bonne excuse pour un petit verre après le travail sans se sentir coupable. Il y avait beaucoup de restes à la maison, ceux du dîner de Noël, il n'y aurait donc pas de problème pour le repas. Il pensa que Trev n'aurait sûrement pas très faim après un déjeuner copieux, même s'il avait toujours eu un appétit d'ogre.

Comme il savait à quel point son compagnon appréciait un petit verre, Ted avait insisté pour qu'il prenne un taxi à l'aller et au retour, il avait laissé de l'argent pour régler la course. Il n'y avait pas que le risque d'accident. Ted ne pensait pas que ça passerait bien à son nouveau commissariat si son compagnon était arrêté pour ivresse au volant.

Le pub du coin que les policiers privilégiaient s'appelait The Grapes, c'était commode, il était tout proche, ils disaient simplement « on va au Grapes ». Le patron, Dave, commençait à connaître Ted maintenant.

— Une pinte pour toi, Jack ? Et une de tes bières au gingembre, Ted ? Je pourrais vous préparer un vrai Gunner si vous voulez ? C'est Noël, après tout.

— Je ne sais même pas ce que c'est, lui dit Ted.

— Même chose que ce que vous avez l'habitude de prendre, bière au gingembre et citron vert, mais avec du soda au gingembre et de l'Angostura.

— Je vais goûter, mais sans l'Angostura, s'il vous plaît. Pas d'alcool.

— Il me semble que c'est à base de plantes naturelles, avec un soupçon de rhum. Ce n'est pas vraiment alcoolisé. Est-ce que tu es aussi abstinent qu'un moine pénitent, Ted ? lui demanda Jack Gregson. Tu n'as jamais bu d'alcool ?

— Alors là tu te mets le doigt dans l'œil, fit Ted avec un large sourire, j'avais la réputation de tenir mes quatre ou cinq snakebites. Mais mon père était alcoolique. J'ai décidé qu'il serait bien d'arrêter quand ça a causé sa mort, au cas où ça serait dans les gènes.

Les deux hommes prirent leurs verres et cherchèrent une table libre. Ted, conditionné par son entraînement d'agent spécial, s'installa d'où il pouvait voir tout le bar, surtout la porte. En s'asseyant, il tira bien sur le bas de son pantalon, se rendant compte qu'il portait les chaussettes fantaisie aux motifs Willie Nelson que Trev lui avait offertes à Noël pour plaisanter.

Jack s'en rendit compte quand même. Il sourit et releva une jambe du sien, découvrant des chaussettes rose fluo agressif couvertes de sapins de Noël étincelants.

— Tu crois qu'elles sont débiles ? C'est ce que ma femme appelle une blague. Mais elle m'a dit que si j'avais le cran de les porter au boulot toute la journée, j'aurais le droit à une gâterie en rentrant, alors ça valait le coup d'essayer.

Ils passèrent une demi-heure agréable ensemble, parfois parlant boulot, parfois juste discutant, faisant mieux connaissance.

Quand il fut de retour chez lui, Ted gara sa voiture et entra. Il fut guidé par le son de la télévision jusqu'au salon et trouva son compagnon assis sur le canapé, regardant le même film que celui pendant lequel il s'était endormi la veille. Comme d'habitude, il était enseveli sous les chats.

Ted l'embrassa et s'assit à côté de lui.

— Dure journée ? Tu t'approches un peu du but ?

— Pas encore, on y travaille. C'était bien le déjeuner ? Mais qui c'est, ça ?

Il jetait un regard explicite vers un quatrième invité à quatre pattes qui ronronnait, lové et apparemment tout à fait à l'aise au milieu des trois autres.

— Ca ? fit Trev, l'air innocent, en caressant la petite boule de longs poils gris. Tu as remarqué, alors ?

— Evidemment que j'ai remarqué. Je suis dans la police. C'était quoi cette fois, un autre incident de trajectoire en passant devant le refuge des chats abandonnés ?

— Je te présente Brian. Ça fait un moment qu'il traînait vers l'atelier, tout maigre et tout affamé. Tu n'y vois pas d'inconvénients, hein ?

— Eh bien, puisque personne d'autre ne semble s'y opposer, j'aurais bonne mine de dire non. Surtout à Noël.

Il se pencha et souleva délicatement le nouveau venu.

— Salut, Brian, bienvenue dans ton nouveau foyer. Et maintenant, nous avons Queen, Freddie, Mercury et Brian, je suppose qu'il ne manque plus que John et Roger pour être au complet.

19

Retour à la normale au travail pour le groupe le surlendemain de Noël, tout le monde étant à son poste maintenant, pas de problèmes de budget pour des heures supplémentaires. Comme ils avaient l'identité de la victime, ils pouvaient commencer l'enquête pour de bon, et ils avaient besoin de l'équipage au complet.

Ted ne fut pas surpris de voir le DCI assister au briefing du matin. Mais il ne fut pas peu surpris de voir que le DI, l'inspecteur Lennie Grimshaw, avait quitté la chambre pour être là. Jack Gregson surprit l'expression sur le visage de Ted et vint à côté de lui pour lui murmurer à l'oreille.

— Un beau petit meurtre sexy, avec un paquet de bons points que la maîtresse va distribuer ? Tu peux parier ta chemise que ce brave Lennie se traînerait hors de son lit de mort en rampant s'il le fallait pour que dans les annales ce soit lui le chargé d'enquête. Méfie-toi quand même. Il marche à l'intuition, et il en a souvent de bonnes, il a du nez. Le problème c'est qu'il ne prend pas la peine d'étayer avec des broutilles comme des preuves. Ça c'est pour moi et la piétaille, c'est à nous de faire le boulot, c'est comme ça qu'on a perdu plus d'un procès à cause de lui.

Grimshaw les fusillait du regard.

— Si les deux sergents avaient l'obligeance d'arrêter les commérages d'arrière-cour, on pourrait avancer. Sergent Darling, j'ai appris que vous étiez allé voir la famille chez eux et que vous les avez accompagnés à la morgue quand ils ont identifié le corps, bien que je ne voie pas trop pourquoi vous aviez besoin de faire tout ça.

Jim Baker se tenait un peu en retrait derrière le DI, les bras croisés sur son torse imposant. Il gronda d'une voix grave :

— Validé par mes soins, inspecteur Grimshaw. J'ai estimé que le sergent Darling pourrait peut-être nous apporter des éléments intéressants sur la situation familiale dès le début de l'enquête, de façon à ne pas perdre notre temps sur des chimères. Ecoutons ce qu'il a à dire.

— Avantage Big Jim, dit Jack Gregson à Ted à voix basse. Lennie au service. Balles neuves, s'il vous plaît pour l'échange suivant.

Pour cacher un sourire, Ted baissa le nez comme s'il avait besoin de consulter ses notes. Il appréciait Gregson, il adorait son sens de l'humour et sa connaissance des rouages du service était évidemment inappréciable. Il reprit un air sérieux et exposa ses remarques sur la situation de Lily Barrow à la maison.

Il essaya de rester factuel, mais il ajouta :

— Je ne sais pas trop quoi penser de Mann, le beau-père. Il s'est empressé de m'expliquer comment il avait pris Lily dans ses bras la dernière fois qu'il l'avait vue. Et puis il y a la question du gros verrou côté intérieur de la porte de sa chambre.

L'agent Robbie Hughes soupira avec mépris :

— Je suppose que vous n'avez pas d'enfants, alors, sergent. Et que vous ne savez pas ce que c'est d'être beau-père. Je prends ma belle-fille dans mes bras presque tous les jours. Est-ce que ça fait de moi un pédophile ou un meurtrier ? Et mon fils est tellement obsédé par l'inviolabilité de son territoire qu'il poserait des mines si on le laissait faire.

— Je signalais juste que ça méritait d'être mentionné, répondit Ted sur un ton égal. Il se peut que ce soit sans aucun intérêt, mais il se peut aussi qu'il cherche à se donner un alibi pour une éventuelle trace ADN sur le corps.

— Bon, vous deux, rentrez les griffes, interrompit Grimshaw. Parlez-nous du petit ami, Ted. Ça ne peut être que lui. Le beau-père, c'est trop évident.

— J'ai déjà misé sur le petit ami, chef, c'est pas moi qui vais vous contredire, intervint Hughes en bon petit soldat.

— Un peu de tenue, les deux-là, interrompit le DCI en colère. Une gamine est morte, tâchez de ne pas l'oublier. Ceux d'entre nous qui ont des enfants, surtout des filles, savent mieux que personne de quel manque d'humanité vous faites preuve en lançant des paris sur le coupable.

On entendit un « Désolé, inspecteur-principal » marmonné par le DI et l'agent Hughes, mais c'était vraiment du bout des lèvres remarqua Ted.

— Le beau-père m'a donné le nom du petit ami, Ashley Barnes, et son adresse, à Hazel Grove, continua Ted. Il a dix-huit ans, il est étudiant. On a fait des vérifications et tout est nickel. Aucun dossier, même pas de rapport d'avertissement ou de simple convocation.

— Allez, on l'embarque pour l'interroger. Robbie, c'est vous qui mènerez l'interrogatoire. S'il sait quelque chose, vous le ferez parler, il n'y a pas meilleur que vous pour ça.

Le ton de cette déclaration ne plut pas à Ted, ni le sourire carnassier sur le visage de Hughes, qui s'y voyait déjà.

— Chef, est-ce qu'on ne devrait pas au minimum commencer par quelques recherches de premier niveau pour vérifier si le petit ami a un alibi avant de le convoquer ? J'aimerais aussi faire d'autres recherches sur le passé de Ray Mann. Il y a quelque chose chez lui et dans ses réactions qui me pose un peu question.

— Et vous vous basez sur votre considérable expérience de … rappelez-moi sur combien de meurtres vous avez déjà travaillé ? sergent Darling, demanda l'inspecteur, sarcastique.

Avant que Ted ait le temps de répondre, le DCI se redressa et fit un pas en avant, le désignant de son doigt épais.

— C'est lui qui … gronda-t-il d'un ton qui n'admettait pas la réplique, … le sergent a complètement raison. Quel est l'intérêt de convoquer quelqu'un avant d'avoir un peu plus de concret, bon sang ! Alors on fait ça proprement, selon la procédure. On commence par les faits et on se base là-dessus. Et ça veut dire qu'il faudra peut-être attendre des résultats ADN, ce qui va prendre du temps. Surtout à cette période. On ne commence pas par désigner un suspect pour ensuite essayer de faire coller les preuves avec notre théorie. On a déjà suivi cette mauvaise pente sur d'autres affaires, on en a payé le prix, et on ne va pas s'y aventurer à nouveau.

Le sergent Darling a eu complètement raison de commencer par la fouille de la maison. C'est le B.A. BA de la procédure. Maintenant on a un échantillon de l'ADN du beau-père, on peut donc l'éliminer de la liste des suspects, ou au contraire l'incriminer. On va récolter l'ADN d'absolument tous les individus de sexe masculin avec lesquels elle a été en contact. On va chercher le mobile, le moyen, et l'opportunité. Vous voyez de quoi je parle. Du vrai boulot de police, bordel.

Et si j'entends encore parler de paris engagés sur un dossier en cours, je m'assois sur le règlement et je vous botte le cul si fort que vous ne serez pas près de le remettre sur une chaise. Est-ce que c'est bien clair pour tout le monde ?

Cette fois, le « Oui, inspecteur-principal » collectif sonnait beaucoup plus convaincant.

— Bon, au boulot. Vous m'informez dès qu'on a du nouveau, surtout du côté de l'autopsie et des échantillons d'ADN. Mais je suppose que c'est pas pour tout de suite dans les deux cas, Ted ?

— James a promis que nous pouvions espérer avoir les résultats de l'autopsie complète dans la journée, quand le professeur sera rentré et aura tout vérifié. Il essaie aussi d'accélérer les choses pour l'analyse du sperme prélevé sur le corps, mais là aussi, ça ne sera pas tout de suite. Les premières constatations pointent vers un décès consécutif à des coups multiples à la tête avec un instrument contondant - probablement la grosse pierre trouvée près du corps - et vers des indices de viol pendant lequel elle aurait été tenue immobilisée .

Le DCI tourna les talons et partit vers son bureau, dans le même temps il lança par-dessus son épaule :

— Sergent Darling, j'ai un mot à vous dire.

Ted suivit le DCI et Jack Gregson lui adressa un sourire compatissant, se demandant bien pourquoi il avait été désigné. Il pensait qu'il avait suivi la procédure à la lettre jusqu'à présent et qu'il avait été aussi méthodique que possible, mais peut-être qu'il avait dérapé quelque part.

— Fermez la porte, dit Baker en s'asseyant à son bureau. Ted ne savait pas trop ce qu'il convenait de faire, il resta donc planté là comme un piquet.

— Un point pour vous, d'avoir eu les tripes de contrer l'inspecteur comme vous l'avez fait. De vous à moi, Lennie est un vrai trou-du-cul, même si je ne devrais pas le dire. J'ai l'impression que vous l'avez déjà compris de toute façon. Il est sur le départ, sans doute plus tôt qu'il ne croit, s'il ne s'améliore pas. Ce dossier est sa dernière vraie chance de se faire un nom, alors surveillez vos arrières. Il recherche les honneurs et il n'hésitera pas à piétiner autant de gens qu'il le faudra pour y arriver.

Bon, maintenant, prenez une chaise et dites-moi ce que vous pensez du reste du groupe, comme nous avons un petit répit en attendant les résultats des analyses. Si vous avez prévu de rester chez nous, et j'espère que c'est le cas, j'aimerais savoir qui vous aimeriez garder et qui vous aimeriez voir partir ailleurs. Comme je vous l'ai dit, certains m'ont été attribués d'office et ce n'est pas eux que j'aurais choisis, alors j'attends votre avis sur ce que vous pensez d'eux. Il y a une cafetière là-bas. Servez-vous, versez-moi une tasse, s'il vous plaît.

Une gorgée de la décoction noire, épaisse et nauséabonde qui était dans le pot suffit à Ted pour savoir qu'il ne devrait pas en boire, même tôt le matin. Sauf s'il voulait avoir de la tachycardie toute la journée. Il trempa ses lèvres dedans ostensiblement, puis mis la tasse de côté, heureux d'avoir l'excuse de devoir parler des membres du groupe plutôt que de se forcer à boire le reste.

— Vous avez raison pour Gregson, chef. Il est top. Un excellent sergent, il connaît son affaire. Il m'a été d'un grand secours, et il a toujours eu avec assez de tact pour ne pas me faire sentir mon manque d'expérience. Ca ne doit pas être facile pour lui de me materner en sachant que c'est moi qui vais être promu devant, mais il a vraiment été impeccable.

Baker approuva d'un hochement de tête, tout en buvant son café à grands traits. Ted se demandait vraiment comment il faisait pour avaler ça.

— Robbie Hughes peut être un peu insolent. Il a visiblement horreur de ma présence dans le groupe. Je le soupçonne aussi d'aimer prendre des raccourcis. Et avec ce que l'inspecteur a dit, je me pose des questions sur sa manière de mener un interrogatoire, chef.

— Dans le mille, Ted. Nous devons avoir un œil sur lui. Plus d'un suspect qu'il a vu sans témoin a fait une chute malencontreuse et a récolté un œil au beurre noir, ou un bleu quelque part. On ne l'a jamais coincé, mais je m'en méfie comme de la peste. Continuez.

— Maurice Brown, chef. J'ai bien l'impression que c'est un flemmard….

— Flemmardise en barre !

— Et peut-être pas une flèche. Mais il a été impeccable avec Miss Moss. Si gentil avec elle. Ce n'était plus le même. Je le vois bien en père fantastique pour ses jumelles.

— Mais est-ce que ça en fait un bon flic ? Surtout avec les répercussions que ça a sur ses horaires, vous en avez été témoin. Est-ce que ça justifie une place dans le groupe ?

— Je crois que oui, chef. Peut-être qu'en le prenant mieux en main en étant plus strict on pourrait gommer l'aspect négatif. Mais aucune formation ne peut donner ces qualités humaines-là à quelqu'un. Je crois qu'il saurait s'y prendre quelle que soit la victime.

— Vous n'avez pas eu vent de son surnom, alors ?

Comme Ted secouait la tête, Big Jim poursuivit.

— On l'appelle papa poule parce qu'il sait bien entourer ceux qui ont trinqué. C'est un sale fainéant, et vous avez raison, un flemmard de grande classe. Mais il a une qualité rare. C'est vraiment un brave homme, il ferait n'importe quoi pour aider quelqu'un en cas de besoin. Bon, Ted vous les avez cernés à peu près comme je l'aurais fait moi-même. Qui d'autre ?

— L'agent O'Connell, chef. Rob. Il est jeune, sans expérience, pour l'instant on ne l'entend pas beaucoup, mais il est prometteur. Intelligent, méthodique.

Le DCI hochait la tête à nouveau.

— Est-ce que je peux dire quelque chose, chef ?

— C'est un peu le but du jeu.

— Ça ne va peut-être pas vous convenir, cependant.

— Allez-y. Il y a peu de chance pour que je tente de vous botter le train. J'ai vu votre CV, je suis au courant de toutes vos ceintures noires et de vos prouesses au tir.

— Eh bien, chef, il y a un problème de parité de genre et d'origine dans le groupe.

— Dieu m'en préserve, vous n'allez quand même pas me rebattre les oreilles avec le politiquement correct, hein, Ted ? Juste quand je commençais à vous apprécier et approuver ce que vous disiez.

— Il faut bien en parler, chef. Et ça m'étonnerait que je sois le premier à le faire. L'équipe est exclusivement composé de mâles caucasiens là.

— C'est parce que je choisis mes flics pour leurs qualités, pas parce qu'ils sont blancs ou noirs ou je ne sais quoi, et pas juste pour l'égalité homme-femme. Je ne suis pas un adepte de la discrimination positive.

— Mais si vous envisagiez d'engager un nouveau membre dans le groupe, chef, puis-je au moins espérer que vous y penseriez ?

Jim Baker but son café jusqu'à la dernière goutte en le regardant par-dessus son mug. Puis, il le reposa sur le bureau.

— Vous en avez, je vous le concède. Vous avez raison, évidemment. Ça m'a été signalé. Le groupe n'est pas encore à vous, mais si vous ne ratez pas votre coup, surtout dans cette enquête, il se pourrait bien que ce soit le cas un jour. A ce moment-là on pourra voir comment la rendre plus inclusive.

De toute façon, je vous ai choisi, non. Je n'aurai pas l'hypocrisie de dire que je suis tout à fait à l'aise avec votre style de vie, mais vous êtes le premier péd… agent homosexuel déclaré que j'aie jamais eu dans mon groupe. C'est un bon début, non ?

— Homosexuel, chef. Il n'est juste de dire 'déclaré' que si vous affirmez être 'hétéro déclaré'.

— Allez, fichez moi le camp au boulot, arrêtez de me gonfler avant que je regrette ma décision, lui dit Baker, mais son petit sourire n'échappa pas à Ted.

20

Ted tomba sur Kevin Turner sur le parking, ils allaient tous les deux prendre leur poste du matin.

— A cause de vous, mon équipe ne sait plus à quoi s'en tenir, Ted.

— Et pourquoi ça ?

— Tous ces « s'il vous plaît » et « merci », de la part de la PJ envers les modestes guignols en tenue. On croirait presque que vous les considérez comme des humains à part entière. Ils pensent que vous vous fichez de leur figure.

— Eh bien, vu ce qui m'est arrivé il y a peu avec un duo de clowns à Longsight, j'essaie de me montrer toujours poli.

A l'arrivée du groupe, la salle du briefing montrait les premiers signes d'une enquête pour crime aggravé. Le Big Boss était appuyé contre un bureau à l'arrière mais on aurait dit qu'il était prêt à bondir à la première chose qui ne lui plairait pas et qu'il veuille qu'on traite autrement.

Le DI Grimshaw animait le briefing. Ted fut surpris du changement. Il avait l'air enthousiaste. Il avait visiblement flairé la possibilité d'un succès. Ted se rappela qu'on lui avait dit de se méfier de sa propension à rafler tous les lauriers. Il s'en fichait. En ce qui le concernait, ce qui importait, c'était de rendre justice à Lily Barrow et sa famille.

— Tout d'abord, il faut faire venir le petit ami ici. Jack n'a pas pu le trouver hier, donc Robbie, c'est pour toi.

— Ce n'est pas que je ne l'ai pas trouvé, chef, dit Jack Gregson, il n'était pas là. Les voisins m'ont dit qu'il était parti fêter Noël chez sa mamie avec son père et sa mère, à Holmfirth. C'est ce qu'ils font tous les ans. Ils doivent revenir aujourd'hui.

Le DCI prit la parole.

— Je veux que ce soit le sergent Gregson qui s'occupe du petit ami. Et je veux que le sergent Darling fasse équipe avec lui.

— Deux sergents pour emballer un suspect, chef ? Est-ce vraiment la meilleure manière d'utiliser nos ressources, sauf votre respect ? lui demanda le DI.

Pour toute l'assemblée, le regard que Jim Baker lui jeta ne laissait aucune équivoque sur ce qu'il pensait de « sauf votre respect ».

— Le sergent Darling serait le premier à reconnaître qu'il manque d'expérience pour une enquête criminelle. Considérez ça comme une partie de sa formation. Le sergent Gregson a l'expérience pour lui et il a fait ses preuves. C'est pourquoi je souhaite que ce soit lui qui apprenne les ficelles au sergent Darling, à commencer par ce dossier.

Et pour la petite histoire, nous « n'emballons pas un suspect ». Nous interrogeons une personne qui a des liens connus avec la victime, dans le but de savoir si nous le convoquerons en tant que témoin assisté.

Lennie Grimshaw n'avait pas l'habitude qu'on le remette à sa place en public et il n'eut pas l'air vraiment ravi. Il voulait sortir sur un coup d'éclat, avec un résultat significatif à son nom à lui dans les chiffres de la criminalité.

— C'est vous qui décidez, chef. C'est vous le patron.

Jim Baker était trop professionnel pour en remettre une couche après le briefing, mais vu son expression, le sujet était loin d'être clos pour tous les deux.

— En attendant, continua le DI, il faut chercher dans le cercle des contacts de Lily. Nous devons trouver tout ce que nous pouvons sur elle, les gens qu'elle fréquentait. Retracer ses derniers mouvements. Faire du porte-à-porte, voir si quelqu'un l'a vue quitter la maison la veille de Noël. Est-ce qu'elle était seule ? Où est-ce qu'elle allait ?

Vérifiez les caméras, n'oubliez pas les caméras de surveillance de la circulation, pour voir si elle est partie dans un véhicule. Nous devons combler les vides entre son départ de la maison à … À quelle heure est-ce que le beau-père a dit qu'elle était partie, sergent Darling ?

— Un peu après 4 heures, étant donné que la nuit tombait. Il a dit qu'elle était partie à pied, sans doute pour prendre un bus pour aller en ville.

— Bon, alors, on vérifie les bus près de chez elle, on cherche si quelqu'un l'a vue. On a la photo que les parents ont donnée, on la fait circuler. Des affiches s'il le faut. « Avez-vous vu cette jeune fille ? », un truc de ce genre. Conférence de presse, maintenant ? demanda Grimshaw au DCI.

— Voyons d'abord ce que le travail de terrain nous apporte, on garde ça sous le coude pour le cas où on n'a rien.

— Et le beau-père, chef ? Est-ce qu'on enquête sur lui ? demanda Ted.

— Qu'est-ce qui ne vous va pas avec ce beau-père ? lui demanda Grimshaw, évacuant la question d'un revers de main. On dirait que vous l'avez déjà condamné parce qu'il dit qu'il a pris la gamine dans ses bras. On va faire des recherches sur tous ceux qui sont en rapport avec elle, bien sûr, c'est juste la routine.

— Et est-ce que vous m'autorisez à creuser pour ce rappel à la loi que la jeune fille a eu, chef ? Celui pour ivresse ? Juste au cas où elle aurait dit pourquoi elle s'était comportée comme ça à ce moment-là.

Grimshaw souffla de manière théâtrale et leva les yeux au ciel en secouant la tête.

— Les ados se soûlent, sergent. Plus souvent qu'à leur tour. Ça ne vous est peut-être jamais arrivé, mais ça n'est pas vraiment rare, vous savez. Vous avez dû en rencontrer quand vous étiez dans un service en tenue. Il n'y a pas toujours de raison particulière.

— J'en conviens, chef. Mais parfois les gens boivent parce qu'ils ont de gros soucis. Ça ne me prendra pas beaucoup de temps de parler à l'inspecteur Turner pour vérifier si quelque chose est mentionné dans le rapport de l'époque.

— Si ça peut vous faire plaisir. Mais rappelez-vous que nous sommes dans une enquête criminelle. Nous ne sommes pas des foutus travailleurs sociaux.

Bon, pour tout le monde, vous savez ce que vous

avez à faire. En piste. Voyons si vous ne pouvez pas avoir du nouveau d'ici ce soir.

À la fin du briefing, Jack Gregson s'approcha de Ted et dit à voix basse :

— Je suis avec toi sur ce coup, Ted. Nous ne devons négliger aucune piste. Ça m'inquiète que Lennie nous refasse son coup de s'acharner allègrement sur la personne qu'il pense être coupable. On prend pour évangile un paquet de ce que Mann t'a déclaré sans prendre la peine de vérifier.

— Je suis content de ne pas être le seul à le penser. Mann est peut-être innocent, mais l'inspecteur semble le croire lorsqu'il affirme que la fille est sortie toute seule la veille de Noël et que c'est la dernière fois qu'il l'a vue. On ne devrait pas chercher des éléments pour croiser les infos ?

Gregson pouffa :

— Attention, Ted, tu commences à raisonner comme un vrai détective. Bien sûr qu'il faudrait. Ecoute, pas la peine de nous précipiter à la recherche du petit copain. Laissons-leur le temps de revenir de Holmfirth et au moins de défaire leurs valises. Si ce garçon revient effectivement de là-bas, j'en conclus sans hésiter qu'il a de fortes chances d'être innocent. Pourquoi est-ce qu'il reviendrait ici s'il avait tué sa copine ?

Va parler à Kevin Turner, vois s'il y a des écrits sur ce délit d'ivresse, après on pourra tenter une petite visite à Hazel Grove en fin de matinée.

Ted toqua à la porte de Kevin Turner et attendit qu'on lui dise d'entrer.

— Je me demandais si vous pourriez m'accorder

une minute, inspecteur ?

— 'Inspecteur', vous rigolez, ce n'est pas parce que nous sommes dans nos locaux. Ça n'a de sens qu'en public, et encore si vous voulez en rajouter. Asseyez-vous et dites-moi ce que nous, les pauvres tâcherons en uniforme pouvons faire pour les sommités qui descendent de l'Olympe. Ah, et vous n'avez pas dit 's'il vous plaît'.

Ted expliqua ce qu'il cherchait et sa façon de voir.

— Si ça se trouve, je suis complètement à côté, mais je veux juste explorer toutes les pistes.

— Si vous avez choisi de suivre une voie opposée à celle de Lennie, vous avez sans doute raison. Il a eu quelques bons résultats, mais pratiquement toujours au doigt mouillé. Il est passé à côté aussi, plus d'une fois.

— Pourquoi est-il toujours en poste alors ? demanda Ted.

— Oh, allez, Ted, ne soyez pas naïf. Des copains haut placés ? Des poignées de mains douteuses ? Ça existe, vous savez. En parlant de haut lieu, comment se porte le Big Boss, avec les dernières nouvelles ?

Ted l'interrogea du regard.

— Je ne vous suis pas.

— Les commérages, ça y va ici… étonnant que vous n'en ayez pas entendu parler. Il semblerait que sa femme baise avec un officier supérieur maintenant. Elle a épuisé tous les échelons inférieurs et maintenant elle cherche des proies plus importantes.

— J'essaie de ne pas prêter l'oreille aux rumeurs, lui dit Ted avec un soupçon de reproche. Il y a eu assez de rumeurs sur moi. La plupart sans fondement. Donc, je m'abstiens.

— Oui, d'habitude je suis comme vous, mais ce n'est pas vraiment un secret, son comportement. Je ne suis quand même pas le seul à avoir remarqué qu'elle mettait ses mains partout sur votre Trev à la réception du patron. Je suppose que ce n'était qu'une question de temps avant qu'elle jette ses vues sur les hauts gradés. Ça me fait de la peine pour Big Jim. C'est un type bien, il aime sa famille, et elle, c'est une croqueuse d'hommes, pour je ne sais quelle raison.

Je m'en occupe. Je vais voir si je trouve des éléments en notre possession sur notre gamine qui puissent vous être utiles. C'est terrible. Je n'imagine même pas ce que ça doit être pour les parents. Je me ferai un plaisir de donner un coup de main si je peux.

Jack Gregson prit le volant de la voiture de service pour aller à Hazel Grove, pas très loin du poste, voir la maison où vivait le petit copain de Lily Barrow, Ashley Barnes, d'après leurs informations. A première vue, pas de véhicule dans la propriété, à moins qu'il soit dans le garage, il n'était donc pas possible de savoir s'il y avait quelqu'un.

Jack et Ted allèrent à la porte d'entrée et sonnèrent. C'était un carillon démodé, un peu passe-partout, mais il eut l'effet escompté et on leur ouvrit la porte. C'était un garçon grand et dégingandé qui se tenait dans l'entrée, il les regardait à travers des verres épais qui lui donnaient un air de premier de la classe.

— Ashley Barnes ? demanda Gregson. Sergent Gregson, sergent Darling, police de Stockport. Est-ce qu'on pourrait bavarder un moment, s'il vous plaît ?

Ils avaient sorti leurs badges, et Ted remarqua que

le jeune avait dû se pencher plus près pour les voir comme il faut.

— De quoi il s'agit ?

Sa voix montrait de la curiosité plutôt que de la suspicion.

— Est-ce que nous pouvons entrer, s'il vous plaît, plutôt que de vous parler sur le perron ? Il ne fait pas très chaud ici.

— Oui, bien sûr, désolé. Venez à la cuisine. Nous venons d'arriver de chez ma mamie. Mes parents sont repartis illico faire des courses. Maman avait peur de ne pas avoir assez à manger, mais franchement, on s'est tellement empiffré là-bas pour les fêtes de Noël que nous pourrions bien nous passer de manger une journée.

Il ne s'assit pas. Il resta debout appuyé contre le plan de travail le regard sur eux.

— Est-ce que vous connaissez Lily Barrow, Ashley ? demanda Jack Gregson.

— C'est une amie. Elle va bien ? J'ai essayé de l'avoir à Noël, mais elle n'a répondu ni au téléphone ni aux textos.

— C'est votre petite amie ?

— Non, pas dans le sens où vous l'entendez sans doute. C'est une amie, c'est une vraie amie. Elle va bien ?

Les deux hommes échangèrent un regard.

— Ashley, commença Gregson. Je suis désolé, mais nous sommes ici parce que nous enquêtons sur la mort de Lily. On l'a trouvée morte le matin de Noël.

Ashley avala difficilement sa salive. Puis il recommença. Ça ne suffisait pas. Il se retourna, fourra son visage dans l'évier et commença à suffoquer et à gémir.

Sans un mot, Ted alla à lui, lui remplit un verre d'eau et prit un morceau d'essuie-tout au distributeur juste à côté.

— Ça va mieux maintenant, Ashley ?

— C'est le choc, je ne m'attendais pas …. Qu'est-ce qui lui est arrivé ?

— Asseyez-vous un moment. Est-ce que vous voulez quelque chose de chaud ?

— Non, non merci, ça va aller. Laissez-moi juste récupérer une minute.

Il regardait Ted maintenant, ses yeux myopes embués de larmes qui avaient l'air bien réelles.

— Comment elle … ? C'était un accident ?

— Pas un accident, Ashley, lui dit Ted doucement. Nous pensons qu'elle a été assassinée.

Le jeune garçon le fixait avec une expression d'horreur non dissimulée maintenant.

— Un meurtre ? Mais pourquoi quelqu'un voudrait … est-ce que c'était lui ?

— Qui ? demanda Ted. Il vit le visage du garçon se fermer, mais il insista. Ça nous aiderait vraiment dans notre enquête si vous partagiez vos soupçons avec nous. N'importe quoi.

— Non, rien, n'en tenez pas compte. Je ne sais rien. J'étais parti chez mamie. Je n'ai pas vu Lily depuis mon départ.

— Est-ce que quelqu'un peut le confirmer ? demanda Gregson.

— Toute ma famille. La plupart des voisins de mamie. Et toute la congrégation à la messe de minuit à

Holy Trinity. Tout le monde connaît ma mamie dans la communauté. Des gens n'arrêtaient pas d'entrer et sortir de chez elle à n'importe quelle heure, donc beaucoup de gens m'ont vu de mon arrivée, la veille de Noël, jusqu'à notre départ ce matin. Quand est-ce que c'est arrivé ?

Jack Gregson ignora la question et continua à poser les siennes.

— Comment vous y êtes allé ?

— Avec mes parents. C'est mon père qui conduisait.

— Est-ce que vous avez pris la voiture seul à un moment ou l'autre ?

— Je ne conduis pas.

— Vous ne prenez jamais le volant, ou vous ne savez pas conduire ?

— Les deux. Je ne conduis pas parce que je ne peux pas. Ma vue n'est pas assez bonne. Je ne vois pas assez bien même pour essayer, alors je ne vous parle pas de lire une plaque pour avoir le permis. Il va falloir que je sois opéré, mais ils attendent un peu avant, jusqu'à ce que je sois un peu plus vieux.

Ted prit le relais.

— Ashley, de qui vouliez-vous parler quand vous avez dit « est-ce que c'était lui » ? Vous aviez visiblement quelqu'un en tête. Qui était-ce ? Est-ce que Lily vous a fait des confidences ?

— C'était mon amie. Des fois elle me disait des trucs, en confidence.

— Comment vous l'avez rencontrée ?

— Elle a vomi sur mes chaussures dans un pub.

— Est-ce qu'elle se soûlait souvent ?

—Assez, oui. Elle avait pas mal de problèmes. Elle buvait pour oublier.

— Est-ce que vous couchiez ensemble, Ashley ? demanda Jack Gregson.

— Non, nous étions amis. Ça n'était pas comme ça entre nous. Elle ne voulait coucher avec personne.

Ted avança sa chaise un peu plus près de la table de la cuisine et s'appuya sur ses bras ; il avait le visage tout près de celui d'Ashley Barnes.

— Et est-ce que c'est pour ça qu'elle avait un verrou solide côté intérieur de la porte de sa chambre, Ashley ?

Barnes se mit à cligner des yeux de manière incontrôlée, plusieurs fois de suite. Ted insista.

— Ashley, nous ne vous interrogeons pas en tant que suspect. Vous avez des informations qui pourraient s'avérer primordiales pour l'enquête. Tout ce que vous pouvez nous dire peut nous être utile. Peut-être qu'à un moment, il faudra venir faire une déposition officielle au commissariat, mais pour l'instant nous avons juste besoin que vous nous aidiez. Qu'est-ce que vous pouvez nous dire ?

Le jeune garçon eut un soupir résigné.

— Lily buvait beaucoup et se barricadait dans sa chambre parce qu'elle m'a dit que son beau-père la violait. Souvent.

— Lennie ne va pas aimer ça, ricana Jack Gregson sur le chemin du retour au poste.

Il a misé gros sur le petit-ami. Il va être très facile de vérifier l'alibi de Barnes, mais est-ce que tu penses que son témoignage est crédible, Ted ?

— Je l'ai trouvé très crédible. Je pense aussi que quand l'inspecteur dit que le beau-père est trop évident, c'est une illustration parfaite du principe de parcimonie.

— Hou là, tu m'as perdu là. Je ne suis pas aussi intelligent que vous, les diplômés.

— Une des formulations est «À toutes choses égales par ailleurs, les théories les plus simples sont généralement meilleures que les plus complexes. » Et le plus simple, c'est que Mann avait les moyens et l'opportunité pour une agression sexuelle sur Lily. C'est aussi lui qui est la dernière personne à l'avoir vue vivante, pour autant que nous en sachions pour le moment.

Il est facile de l'éliminer comme suspect trop évident. Mais parfois l'explication la plus évidente est la bonne. Si on entend un galop de sabots et que l'on n'est pas en Afrique, il y a plus de chances que ce soient des chevaux que des zèbres, comme l'a dit quelqu'un de plus sage que moi.

Donc ce qu'il nous faut maintenant, c'est des preuves scientifiques solides qui relient Mann à Lily pour autre chose que l'avoir prise dans ses bras. Pas étonnant qu'il ait défait le lit. Même s'il ne l'a pas tuée dans la maison, s'il avait pris l'habitude de coucher avec elle, il ne voulait pas qu'on trouve des traces sur les draps.

— Il va falloir mettre le professeur sur le coup. James aura fait un bon travail, mais il faudra que ce soit la signature de G le Conquérant sur ce rapport si nous voulons avoir une accusation pour meurtre solide.

— G le conquérant ? s'étonna Ted.

Gregson se mit à rire.

— Tu n'as pas encore eu l'honneur de rencontrer notre médecin légiste en titre. Le professeur Roger Gillingham. « Prononcer le 'G-i' 'gui', comme dans Guillaume le Conquérant », comme il n'arrête pas de dire à tout le monde, excusez du peu ! Et il n'y a pas que ça qui soit conquérant chez lui. Il a une réputation d'enfer avec les femmes. C'est à peu près l'équivalent masculin de la femme du Big Boss. Mais c'est un légiste brillant. Le meilleur du pays à ce qu'on dit. Si quelqu'un peut nous aider à coincer Ray Mann, c'est bien G le Conquérant.

21

— Rien de solide, à ce que je vois, ricana le DI Lennie Grimshaw quand Ted et Jack firent leur rapport sur la visite à Ashley Barnes.

— Nous sommes en relation avec la police du West Yorkshire à Holmfirth pour voir s'ils peuvent vérifier son alibi, mais il a des chances de tenir la route. Lily a été tuée la veille de Noël, d'après le rapport préliminaire d'autopsie. On voit mal comment Ashley aurait pu s'éclipser d'une réunion familiale pour prendre la voiture de son père, alors qu'il ne conduit pas, revenir ici, tuer Lily et retourner là-bas pour la suite des festivités de Noël, chef.

— Rien de solide à nouveau, Jack. Comment savez-vous que sa vue est aussi mauvaise qu'il le dit ?

— Nous allons vérifier son dossier médical, bien sûr, mais ce qui est certain, c'est qu'il n'a jamais eu le permis, dit Gregson avec patience.

L'agent O'Connell était nouveau. Ted ne l'avait jamais entendu parler beaucoup, mais quand il s'exprimait, c'était toujours à bon escient, et il travaillait dur. Il prit la parole à ce moment-là.

— Chef, j'ai quelque chose sur la vidéo-surveillance routière. On a l'image d'une voiture ap-

226

partenant à Ray Mann sur Bramhall Lane South, près du carrefour de Midland road, en direction de Bramhall juste après 19 heures la veille de Noël. Une personne seule dans le véhicule, un homme.

Grimshaw se tut un moment. Il avait été si sûr que ce n'était pas le beau-père. Alors il utilisa un de ses vieux trucs : se dédouaner en trouvant tout de suite un bouc-émissaire.

— Et vous ne lui avez pas posé de questions sur ses déplacements lorsque vous lui avez parlé, sergent Darling ?

— Pas encore, chef, non. C'est pour cela que j'ai demandé si on l'interrogerait.

— Ah oui, bon, ça m'ira mieux si on a un peu plus qu'une image de caméra de sécurité et beaucoup de on-dit. On commence par relancer la scientifique pour voir ce qu'ils ont pour nous. Et que quelqu'un contacte le professeur pour voir quand on aura le rapport d'autopsie définitif. Toujours pour savoir s'il a du nouveau par rapport aux premiers éléments, ou sinon pour savoir quand. Tenez-moi au jus.

Là-dessus, il s'éclipsa en direction de son bureau et claqua la porte derrière lui. O'Connell était visiblement sur le point d'ajouter quelque chose, il se tourna donc vers Gregson, son sergent. Jack et Ted se rapprochèrent pour entendre ce qu'il avait à dire.

— Bon travail, Rob. Faisons un agrandissement et voyons si ça nous donne de nouveaux éléments, lui dit Gregson.

— Sergent, il y a autre chose, l'inspecteur ne m'a pas laissé le temps de le dire.

Rob faisait défiler les images en même temps qu'il

parlait. Il figea l'écran sur une en particulier.

— Là. On ne distingue pas bien, mais là-bas, sur le trottoir, à l'avant de la voiture de Mann. Il y a quelqu'un qui se déplace rapidement à pied.

Ted et Jack scrutaient tous les deux l'écran.

— Vous croyez que ça pourrait être Lily ? Et que Mann soit à sa poursuite en voiture ?

— Pas moyen d'être sûr pour l'instant, sergent, mais je vais voir si un agrandissement rend l'image plus lisible. En tout cas, il va falloir que Mann s'explique, au minimum.

Ted regarda Jack Gregson et lui demanda,

— Alors, qu'est-ce qu'on fait maintenant ? On convoque Mann ou on attend d'avoir une meilleure donne ?

Jack repartit vers son bureau et, d'un signe de tête, demanda à Ted de le suivre.

— Attendons d'en avoir un peu plus pour le confondre. J'ai horreur d'être d'accord avec Lennie, mais il a raison, pour l'instant tout est basé sur de simples déclarations. Si nous avons ne serait-ce qu'un élément concret à lui balancer, je serai plus à l'aise. Je vais organiser un autre porte-à-porte, voir si quelqu'un a remarqué le départ de la fille à pied ou Mann sortant sa voiture la veille de Noël.

Comme tu es nouveau et que je suis gentil, c'est moi qui vais parler au professeur, plutôt que de te l'infliger.

— Il est aussi terrible que ça ? demanda Ted avec curiosité.

Jack prit un accent affecté et répondit,

— Oh, mon cher ami, voyez-vous, j'ai bien peur

que ce ne soit le cas en effet…

Puis il reprit son accent de Stockport et continua :

— … Se prend pour le centre du monde. Fortune personnelle indécente. Pense que nous sommes tous des crétins de roturiers dépourvus de neurones. Drôlement bon dans son boulot malgré tout. Le meilleur. S'il y a quoi que ce soit où que ce soit sur le corps de Lily qui implique Mann comme nous le pensons, il l'aura trouvé, même si James ne l'a pas vu.

Tu relances la scientifique, vois si tu peux avoir quelques premières conclusions. Si on les traite comme il faut, ils peuvent nous fournir des éléments particulièrement utiles. Qui était le responsable ?

— Isabel.

— Ah, elle est super. Sors le grand jeu et elle fera tout ce qu'elle peut pour te dépanner.

— Il se pourrait que ça ne marche pas, sourit Ted, elle sait déjà que je suis gay.

— Encore mieux. Un bon défi n'est pas pour lui déplaire.

— Salut, Ted. J'allais vous appeler, dit Isabel à Ted quand il l'eut au bout du fil. Je voulais connaître votre secret. Vous devez être le policier le plus verni de la grande maison. Si je voyais quelque chose comme ça dans une de ces séries policières à la télé, je m'étoufferais de rire tellement c'est tiré par les cheveux.

— Je ne vous suis pas.

— Vous savez, vous vous excusiez d'envoyer un sac de linge propre ? Eh bien, votre M. Mann n'avait visiblement pas l'habitude de laver le linge. Il l'avait mis dans la machine, mis la lessive, choisi le programme et tout et tout. Sauf qu'il a finalement oublié de mettre en route.

— Vous plaisantez !

Elle se mit à rire.

— Je vous avais dit que c'était tiré par les cheveux. Et il y a encore mieux. Nous avons pu déceler des taches de sperme sur les draps, qui, sauf erreur, sont ceux du lit de la victime. Bon, contrairement à ce qu'on voit dans ces séries TV, on ne peut pas trouver une correspondance ADN instantanément, mais nous faisons tout ce que nous pouvons, parce que je sais que le résultat de votre enquête en dépend.

Et puis, je ne veux pas vous apprendre votre métier, mais puis-je faire une suggestion ?

— Je vous en serais très reconnaissant. Je ne cache pas le fait que je débute dans ce genre de boulot et je veux que ça marche.

— Eh bien, nous avons pris les draps dans la machine à laver, pas sur le lit. Donc, nous ne pouvons pas prouver qu'ils viennent du lit de la victime. Mann n'aura qu'à dire qu'ils viennent de son lit et qu'il avait eu des rapports sexuels avec sa partenaire. Tout à fait normal, difficile à contredire.

Mais si vous pouviez nous confier le matelas du lit de la jeune fille pour analyse, il n'est pas impossible que nous puissions recueillir assez d'éléments pour y repérer des taches de sperme et leur trouver une correspondance. Nous pouvons probablement aussi trouver une correspondance entre des fibres des draps et du matelas. Là il lui serait beaucoup plus difficile d'expliquer comment il a pu éjaculer dans le lit de sa belle-fille de manière plausible.

— Isabel, vous ne pouvez pas savoir combien vous m'aidez. Merci infiniment. J'apprécie vraiment. Est-ce que ça serait trop de vous offrir un verre, pour vous remercier ?

— Oh, oh, Ted, vous me draguez ? demanda-elle en plaisantant.

Comme Ted commençait à la rassurer, elle rit à nouveau.

— Pas de problème, je sais que vous ne vouliez pas dire ça. Et, oui, je prendrai volontiers un verre avec vous, un verre pour fêter ça quand vous ferez tomber cette pourriture, preuves à l'appui.

Jack était juste en train de finir sa conversation avec le Médecin légiste en chef quand Ted porta son regard sur lui. Il parlait poliment mais ses gestes en disaient long.

— Merci, professeur, c'est très gentil de votre part, je vous en suis reconnaissant. Et bien sûr, plus vite vous pourrez nous communiquer vos résultats, mieux ce sera pour nous.

Oui, bien sûr, j'en suis conscient, et je sais que vous faites tout votre possible. Merci, professeur.

Il raccrocha et adressa un sourire entendu à Ted en disant « Connard ».

Puis, voyant l'expression sur son visage, il dit :

— Bon, tu souris, j'en déduis qu'il y a de bonnes nouvelles. Les miennes aussi, mais toi d'abord.

— Le linge n'a jamais été lavé. Mann a oublié de mettre la machine en route. Et il y a des taches de sperme sur les draps. Ils attendent juste de trouver la correspondance avec l'ADN de Mann.

— Excellent. Et bonnes nouvelles potentielles de la part du professeur je-me-la-pète aussi. Comme il y a eu viol, la procédure c'est de chercher des trucs comme des poils pubiens d'une autre personne. Et ils en ont un. Là aussi ils attendent le résultat d'une recherche de correspondance ADN. Mais on dirait qu'on progresse, d'un seul coup.

La prochaine fois, c'est toi qui t'y colles. Je ne peux pas supporter ça trop souvent. Si tu t'en sors bien, il se pourrait même qu'il t'invite à une de ses soirées mondaines au manoir sur les hauteurs de The Edge.

— Alderley Edge ?

Gregson confirma.

— Là où se trouvent les vrais riches. Je te l'avais dit, il est plein aux as.

Ted fit grise mine.

— Ce n'est pas mon truc, mais ça pourrait convenir à Trev. Milieux différents. Son père a été anobli, le mien était mineur.

Revenant à l'enquête, Ted parla de la suggestion d'Isabel de saisir le matelas. Gregson acquiesça.

— Bon, en théorie, nous devrions en référer à l'inspecteur. Ce serait la voie hiérarchique normale. Mais ça pourrait lui demander un peu de travail, comme demander des mandats le cas échéant. Je propose donc d'aller directement chez le Big Boss. Nous pouvons prétexter que c'est déjà lui qui est dans la boucle pour les mandats depuis la dernière fouille. Peut-être qu'on n'en aura pas besoin, bien sûr, s'ils ne sont pas encore rentrés chez eux.

Tant que Lennie peut tirer la couverture à lui au

bout du compte, il se fiche pas mal de savoir comment on est arrivé au résultat. Et on pourra toujours lui rendre compte en fin de journée, quand on aura tout réglé. Il est probablement en train de dormir dans son bureau de toute façon. Ça ne serait pas la première fois.

Le DCI Baker les laissa debout devant son bureau pour entendre ce qu'ils avaient à dire. Jack Gregson dit l'essentiel, laissant Ted prendre la parole à la fin.

— Pourquoi ne vous êtes-vous pas adressés à l'inspecteur ? fut la première chose que demanda le DCI.

— Parce que vous êtes déjà dans la boucle pour les mandats, chef, répondit Gregson de manière désinvolte.

— Mon cul. Vous connaissez la bonne procédure après tout ce temps, DS Gregson. Mais l'essentiel c'est de coincer ce salaud, si c'est lui. À l'avenir, n'oubliez pas, l'inspecteur n'est pas encore à la retraite. Vous respectez la hiérarchie jusque-là. C'est clair ?

Ted et Jack retournèrent tous les deux à la maison avec l'équipe scientifique pour saisir tout ce qu'ils jugeraient utile à l'enquête. Ils eurent encore de la chance : le couple était revenu, mais Mann était absent. C'est Mme Barrow qui ouvrit la porte. Comme prévu, elle ne vit aucun inconvénient à ce qu'ils prennent ce qu'ils voulaient.

— Si ça peut aider à trouver ce qui est arrivé à Lily, vous pouvez désosser la maison, leur dit-elle. Est-ce que vous avez une piste ? Est-ce que vous soupçonnez quelqu'un ?

Ils s'étaient mis d'accord pour que ce soit Ted qui parle à quiconque serait présent, ce qui laissait Jack tranquille pour surveiller la nouvelle saisie. Ted guida adroitement Mme Barrow vers la cuisine et proposa de faire chauffer de l'eau.

— A ce point de l'enquête, il est encore trop tôt pour affirmer quelque chose, Mme Barrow, mais nous vous tiendrons informée de tout nouvel élément. Je me demandais si je pourrais vous poser quelques questions, du temps que je suis ici ?

— Tout ce que vous voudrez. Et quand je dis 'tout ce que vous voudrez', c'est tout ce que vous voudrez. Je sais que rien ne fera revenir notre petite Lil, mais je n'aurai pas de repos tant que celui qui lui a fait ça ne sera pas derrière les barreaux, ça ne serait que justice. Et si seulement on pendait encore les gens pour ça.

— Est-ce que vous étiez proche de Lily, Mme Barrow ? Est-ce qu'elle se serait confiée à vous s'il se passait des choses dans sa vie ?

— C'est toujours ce qu'elle faisait. Elle était démolie quand son père s'est fait tuer dans un accident de la route. Moi aussi, bien sûr. Après ça on était très proches. Et puis j'ai rencontré Ray, et Lily devenait une ado, et vous savez comment elles sont à cet âge-là. Elle ne me parlait plus comme quand elle était petite, mais je crois que c'est normal.

— Et comment elle s'entendait avec Ray ? Ça ne devait pas être facile pour lui, d'entrer dans la famille pour remplacer son père. Est-ce qu'ils étaient proches ?

— Oh oui. C'était la petite princesse de Ray. Il la gâtait bien trop. Il lui achetait toujours quelque chose.

Tout ce qu'elle voulait. Et ils se faisaient toujours des câlins sur le canapé en regardant la télé. Un peu moins depuis quelque temps, bien sûr. Elle est devenue trop grande pour ce genre de choses.

Elle s'arrêta pour essuyer ses larmes.

— Vous allez trouver celui qui a fait ça, hein ?

— Nous faisons tout ce que nous pouvons, Mme Barrow et nous ne laisserons pas tomber. Ça, je peux vous le promettre.

— Tu as l'air fatigué. Dure journée ? lui demanda Trev quand Ted rentra du travail.

Trev était dans la cuisine, il mettait le couvert. Il avait visiblement pris une douche en arrivant. Il sentait son gel douche poivré favori. Cela rappela à Ted l'obsession apparente de Mann pour la propreté. Il se dit qu'il savait maintenant pourquoi.

— Je croyais que le plus difficile serait de dire aux parents que leur fille avait été assassinée. En fait, il y a pire. Il est plus que probable que je vais devoir dire à la mère que c'est le type qu'elle a fait entrer dans le foyer qui est l'assassin.

Trev posa les couverts pour le prendre dans ses bras.

— Oh, merde ! Ça va ? Tu ne regrettes pas d'avoir changé pour la police judiciaire ? Ça ne peut qu'être mieux que de tirer sur de gens, non ?

Ted lui sourit.

— Je ne passais pas mon temps à ça, tu sais. Je suppose que je me ferai à ce genre de choses. Ça fait juste partie du boulot.

— Et tu es vraiment sûr de ne pas être de service

pour le Nouvel An ? Ils ne vont pas rappeler tout le monde pour boucler l'affaire, ou quelque chose dans ce genre ?

— Pas de danger. Avec les coupes budgétaires actuelles, ils se débrouilleraient pour n'avoir personne de garde un jour férié s'ils pouvaient. Je suis étonné qu'ils ne nous aient pas déjà mis en télé-travail pour diminuer les coûts. Tu m'auras donc pour toi tout seul toute la journée, pour faire ce qu'il te plaira.

— Du shopping, s'exclama Trev, avec un enthousiasme évident, jusqu'à ce que mort s'en suive.

Ted étouffa un grognement et répondit :

— D'accord, si c'est ce que tu veux faire, c'est ce qu'on fera. Ce sera ta journée. J'ai promis, j'ai vraiment été nul à Noël.

Cette fois, Trev faillit le renverser en le prenant dans ses bras.

— Qu'est-ce que je t'aime, monsieur l'agent. Je sais que tu le ferais pour moi, et je sais que chaque minute te serait une véritable corvée. Alors, trouvons un compromis. Une grasse-matinée tranquille – enfin pas trop tranquille, ça va de soi – ensuite du shopping, ensuite le déjeuner. Après ça, on pourrait faire quelque chose qui te plairait plus. Se changer et aller faire une balade, si ça te dit ?

— Je veux juste que nous soyons bien ensemble. Être tous les deux, c'est ça qui compte. Ce n'est pas facile d'être en ménage avec un flic. Le mariage de Jack ne va pas fort et il semblerait que celui de Big Jim soit dans une très mauvaise passe. J'essaie de ne pas prêter l'oreille aux ragots du commissariat, mais apparemment, sa femme couche maintenant avec un officier supérieur et à peu près tout le monde est au courant, alors je suppose que Jim aussi. Ça doit être terrible pour lui.

— La salope. Je croyais qu'il n'y avait que moi pour elle ! Bon, plus sérieusement, ça doit être tellement difficile pour lui. En temps normal, je suppose qu'il pourrait aller trouver l'autre type et lui en coller un dans la gueule. Mais ça doit être un peu dur si c'est un supérieur.

J'espère que tu le sais, même si je te fais tourner en bourrique avec mon addiction au shopping, jamais je ne te tromperais. Jamais.

22

Lennie Grimshaw était clairement dans son élément. S'offrait à lui la perspective d'une enquête sans grandes complications avec une condamnation pratiquement garantie à la clé. Juste ce qu'il avait espéré comme chant du cygne.

Le jour suivant, Ted ne l'avait jamais vu aussi énergique au briefing du matin. Une fois de plus, le DCI était là, présence tutélaire en retrait, prêt à bondir s'il le jugeait nécessaire.

Ce n'était pas encore un groupe très conséquent. Le DI, Ted et Jack, les trois DCs, Robbie Hughes, Rob O'Connell et Maurice Brown. Ils étaient tous là, prêts à foncer maintenant qu'ils semblaient avoir un suspect dans le viseur. Ted avait remarqué que même Maurice Brown avait l'air de faire plus d'efforts pour être à l'heure.

— Priorité numéro un, aujourd'hui, convoquer Ray Mann et voir ce qu'il a à dire pour sa défense, commença Grimshaw.

Ted ne put s'en empêcher. Il savait que ça passerait mal, mais il prit le risque :

— Inspecteur, est-ce qu'on ne devrait pas attendre les résultats des analyses ADN ? Comme ça, on aurait

238

du solide à lui mettre sous le nez. Il lui sera difficile de nier les preuves scientifiques, a priori ? Il est peu probable qu'il jette l'éponge et avoue à moins qu'il sache que nous avons quelque chose d'irréfutable, non ?

Grimshaw lui lança un regard dédaigneux.

— Comme l'inspecteur-principal nous l'a rappelé, sergent Darling, c'est votre première enquête pour meurtre et vous êtes encore en phase d'apprentissage. Vous ne savez donc peut-être pas encore comment nous travaillons. Il n'y a aucun risque à le convoquer pour une petite conversation. Nous avons trouvé tout ce qu'il nous fallait dans la maison. Ce n'est pas comme s'il allait se mettre à détruire des preuves si nous lui parlons. Nous les avons déjà toutes.

Ted fut surpris de voir Maurice Brown prendre la parole. Encore plus quand il entendit ce qu'il avait à dire. Il semblait prendre le parti de Ted contre son propre chef.

— Alors vous pensez que ça pourrait être lui maintenant, hein, chef ? Je croyais que vous étiez absolument persuadé du contraire et que vous aviez engagé les paris sur le petit ami ?

— Je n'ai jamais dit que je le rayais de la liste, rétorqua Grimshaw, sur la défensive, et nous ne pouvons pas encore écarter le petit ami tant que son alibi et son dossier médical n'ont pas été vérifiés. Mais pour l'instant, on peut se concentrer sur Mann. On va l'embar… Il regarda en direction du DCI et se ravisa, on va le convoquer et Robbie et moi allons entendre ce qu'il a à dire pour sa défense.

— Avant que je mette mon grain de sel, je fais remarquer à tout le monde ici que ce n'est pas ma première enquête pour meurtre, loin de là, intervint le DCI. Il se peut que le fait d'être moins aguerri rende le sergent Darling plus à cheval sur la procédure, et ça pourrait bien être un rappel utile pour tout le monde. Et je suis d'accord avec lui dans notre cas précis. Nous gaspillerions du temps et des ressources si nous convoquions Mann trop tôt. Nous sommes loin d'avoir assez de billes pour le maintenir en garde à vue bien longtemps. Le bureau du Proc. nous rirait au nez si je lui demandais de le mettre en accusation avec ce que nous avons pour l'instant.

Voilà comment on va procéder : vous allez tous y consacrer toute la journée, et les jours suivants si nécessaire, pour rassembler toutes les preuves ou éléments de preuves que vous pourrez pour garantir que Mann était dans le lit de cette fille, ou avait eu des relations intimes avec elle.

Aller sur le terrain, et parler à toute personne qui la connaissait fait partie du plan. Parler à toute personne à qui elle aurait pu se confier. Peut-être des gens à ce foyer dont elle était membre. Peut-être même des gens de son lycée ou centre d'apprentissage, ou tout autre lieu de formation. Jack, Ted, prenez contact avec le service en tenue et demandez des personnels supplémentaires en renfort.

Si nous dévoilons notre jeu trop tôt, un bon avocat aura beau jeu de dire que la fille était vivante quand elle est sortie de la maison après avoir eu un rapport consentant avec lui, et pour l'instant on n'a foutre rien pour aller plus loin.

Donc, il faut bétonner le dossier contre lui. Il nous faut d'autres vidéos de lui, postérieures à celle que nous avons pour le moment. Nous devons trouver la preuve que quand elle est partie, il l'a suivie. Il nous faut des témoignages si possible. Il faut qu'on puisse prouver qu'il était sur les lieux du meurtre. On en est loin pour le moment. Alors, reprenons les choses à la base avec un vrai travail d'investigation, avant de parler de le convoquer.

Le DCI repartit vers son bureau. Il s'arrêta à la porte et dit :

— Inspecteur Grimshaw, j'ai un mot à vous dire, sur le champ, si vous voulez bien me suivre.

— Vilain garçon, Lennie, un bon coup de règle sur les doigts par le maître, mon p'tit, murmura Jack Gregson à l'oreille de Ted, ce qui le fit sourire malgré lui.

— Fermez la porte, Lennie, s'il vous plaît.

Le DI chercha désespérément une chaise du regard.

— Je ne peux pas rester debout trop longtemps, chef. Rapport à mon dos.

— Non, non, bien sûr, voilà une chaise. Le DCI l'extirpa de sous un coin de son bureau et la lui passa. Allez, asseyez-vous, cela va de soi. Mettez-vous à votre aise.

Grimshaw se méfiait maintenant, il essayait de détecter s'il y avait de l'ironie dans la voix du DCI.

— C'est exactement de cela que je voulais vous parler, de votre santé, inspecteur Grimshaw. Je commence à m'inquiéter. Comme vous je suppose.

— Oh, oui, chef, c'est bien vrai. Il m'arrive de penser que je laisse tomber le groupe quand je ne peux pas assurer tous mes tours de garde comme prévu. Ces crises sont fluctuantes, et je ne peux jamais prédire quand elles vont arriver.

— Et oui, c'est bien ça. Ça doit être très difficile pour vous. C'est pour cela que le commissaire divisionnaire et moi avons évoqué le sujet pour essayer de vous aider. Pour voir si on pourrait vous faciliter la vie pour le peu de temps qui vous reste avant de prendre votre retraite. C'est pour cela que nous avons pensé tous les deux à un petit poste tranquille au service en tenue ; ça serait sans doute exactement ce qu'il vous faut pour finir votre carrière.

Grimshaw devint tout pâle.

— Je préfèrerais faire avec et rester ici.

— Je n'en doute pas, Lennie, et c'est louable de votre part. Mais ça ne semble pas vous réussir en ce moment, n'est-ce pas ? Nos horaires sont imprévisibles, par nature. J'essaie de monter une équipe solide ici, avec un chef qui a du charisme pour la faire aller de l'avant. Malheureusement, votre état de santé vous empêche d'être cette personne. C'est pourquoi le divisionnaire et moi vous offrons la possibilité de finir un peu plus tranquillement en attendant de faire valoir vos droits à pension.

— Est-ce que c'est un ultimatum, inspecteur-principal ? Si c'est le cas, je vais devoir en parler à mon syndicat avant de donner ma réponse.

— Mais bien sûr. Le divisionnaire et moi y avions déjà pensé. Prenez tout votre temps pour réfléchir. Parlez-en avec toute personne que vous jugerez utile de contacter.

À moins bien sûr qu'une autre solution …, il fit mine de consulter ses notes sur son bureau, puis regarda Grimshaw à nouveau. Vous n'avez plus que quelques mois à faire avant votre retraite. Vous avez sans doute engrangé pas mal de jours sur votre compte épargne-temps, et je suis sûr qu'on pourrait trouver une solution avec un congé maladie pour ce qui manque. Comme ça, vous pourriez partir avec le sentiment du devoir accompli, disons à la fin de la semaine ?

Grimshaw bouillait de colère. Tout était déjà ficelé, il le savait. Il fallait qu'il s'accroche coûte que coûte pour boucler les trente ans donnant droit au niveau de retraite qu'il visait depuis des années maintenant. Le marché que le grand patron lui proposait semblait être la seule manière d'y arriver sans perdre la face.

— Je vous informerai dès que j'aurai pris une décision, inspecteur-principal.

Pendant qu'il quittait le bureau et fermait la porte sans ménagement, Big Jim lécha son index et inscrivit sa victoire sur un tableau imaginaire d'un geste magistral. Il ne se lançait pas souvent dans les manœuvres subtiles ou la manipulation, cela ne voulait pas dire qu'il ne savait pas s'y prendre quand c'était le cas.

Le DI ne réapparut pas de la journée après son entretien avec le DCI. Il demanda à Jack Gregson d'assurer la supervision des affaires courantes.

Ted était dans son élément. Il avait toujours attaché beaucoup d'importance aux tâches administratives et passer du temps sur les écritures avec l'équipe l'aiderait à déterminer qui faisait l'affaire pour le volet travail de bureau.

Il était clair que l'agent Hughes n'était pas content

à l'idée d'être cantonné à la recherche d'éléments à charge dans le dossier, alors qu'il espérait interroger le suspect principal. Il grogna beaucoup, parfois dans sa barbe. Il se porta volontaire pour le porte-à-porte. A l'évidence, il voulait être celui qui rapporterait la meilleure piste.

À sa grande surprise, Ted trouva que Maurice Brown, bien que lent, était méthodique et ne laissait pas passer grand-chose. Il était particulièrement efficace pour repérer ce qui reliait ou ce qui manquait dans les diverses informations qui étaient disponibles.

— Sergent ? dit Brown en regardant Ted et Jack Gregson alternativement. Je ne sais plus trop auquel de vous deux m'adresser, mais bon, l'un ou l'autre, on doit vérifier à quelle heure Mme Barrow est rentrée du travail la veille de Noël. On doit savoir combien de temps Mann a été seul avec Lily. Et dès qu'on va le demander, il va se douter de quelque chose. Est-ce que vous voulez que j'appelle l'Ehpad où elle travaille et que je demande ses horaires ? Je peux le faire en disant que c'est une enquête de routine. Ça ne devrait pas déclencher trop de signaux d'alarme. Ils doivent en avoir entendu parler maintenant.

— Bravo, Maurice, dit Gregson. Vous vous en occupez. On fera le point en fin de journée, on verra ce qu'on a. Mais l'objectif doit être d'avoir récolté assez d'indices sur Mann avant de le convoquer, il s'agit d'avoir bien secoué le cocotier avant de commencer à l'interroger. Son avocat va lui conseiller de ne rien dire lors du premier interrogatoire, mais si on peut leur fournir un dossier béton, à un moment ou à un autre, il faudra bien qu'il parle.

Personne ne fut surpris que le DI ne soit pas présent à la fin de la journée. Le DCI sortit de son bureau et son attitude ne trompait pas, c'était lui qui avait pris les rênes sur cette affaire, en tout cas pour l'instant. Il regarda Jack, puis Ted. Ils s'étaient mis d'accord pour que Ted expose ce qui avait été trouvé dans la journée. C'était une bonne occasion pour lui de montrer ce qu'il savait faire.

— DC O'Connell a appelé Holmfirth, chef, pour vérifier l'alibi d'Ashley Barnes. Il tient la route. Tout le monde connait sa grand-mère, elle a bonne réputation. Un des agents appartient à la même congrégation et il a vu Ashley et sa famille à l'église. Ils ont interrogé les gens dans le coin et ils ont beaucoup de témoignages crédibles de personnes qui les ont vus à l'église et chez eux avant la messe. Et plusieurs voisins confirment qu'il a très mauvaise vue.

L'équipe scientifique s'est coupée en quatre pour nous. Nous venons tout juste d'avoir confirmation que les traces de sperme sur les draps correspondent à l'ADN de Ray Mann, nous avons donc la preuve qu'il a été dans le lit de Lily à un moment ou à un autre.

— Le salaud, gronda le DCI. On verra bien quelles explications il va nous fournir pour s'en sortir.

— L'agent Brown a eu la maison de retraite où Mme Barrow travaille. Elle n'est pas partie avant 23h bien sonnées la veille de Noël, après avoir tout préparé. Il semble donc que Mann ait pu être seul avec Lily et soit sans alibi pour toute l'après-midi et la soirée, du moment où Mme Barrow est partie au travail à midi jusqu'au moment où elle est revenue.

Pour l'instant, nous n'avons pas d'autres images de la voiture de Ray Mann, mais nous sommes en train de vérifier toutes les caméras. Même avec agrandissement, on ne peut pas identifier le chauffeur de la voiture, ni la silhouette sur le trottoir. Ça pourrait être Lily, mais ce n'est pas sûr. On peut juste espérer que si on la lui montre, ça le déstabilise. Et quand on finira par l'interroger, il faudra lui demander d'expliquer où il se rendait dans sa voiture, et ensuite il faudra vérifier son histoire.

C'est tout ce qu'on a ce soir, chef.

Le DCI les regarda tous.

— Je crois pouvoir dire que c'est un sacré bon début. Et qu'il est bien l'heure de décrocher pour aujourd'hui. Demain, on convoquera Mann. Sergent Darling, c'est vous qui l'interrogerez. Vous, le sergent Gregson et moi nous réunirons demain à la première heure pour décider quelle ligne suivre pour l'interrogatoire.

DC O'Connell, pouvez-vous aller chercher notre invité et l'amener ici avec un agent en tenue. Je veux que ce soit fait dans les règles. Pas de brutalité, pas d'intimidation.

Il aperçut la tête de l'agent Hughes à ces mots et se tourna vers lui.

— Vous avez raté le coche, agent Hughes. Vous avez misé sur le mauvais cheval. L'inspecteur et vous l'aviez écarté trop facilement. Ce que vous pouvez faire demain, même si ça doit prendre toute la journée, c'est trouver quelque chose qui relie Mann à la scène de crime elle-même. Examinez à nouveau ce qui a été récolté sur la scène de crime, tâchez de trouver si on a raté quelque chose qui prouverait qu'il y était. Et ne me regardez pas comme ça. Contentez-vous de faire ce que je viens de vous dire, ça nous permettra de coincer ce salopard.

Bon, tout le monde, rentrez à la maison retrouver vos proches. Il se fait tard. Frais et dispos demain matin. Bon travail tout le monde.

Ted était juste sur le point d'appeler Trev pour voir ce qu'ils décidaient pour le repas du soir, quand son portable sonna. C'était Trev. Il n'avait pas prévu de partir aussi tard, mais ils avaient battu le fer pendant qu'il était chaud.

Trev lui avait dit qu'il irait directement du travail au pub avec des copains du club de karaté. Le club ne fonctionnait pas pendant les vacances, mais ils avaient décidé de boire un verre le soir où ils se rencontraient d'habitude.

— Eh, toi, tu es toujours au boulot ?

— Je suis justement en train de partir. Tu veux que je prenne un repas à emporter en route ?

— Je me demandais si tu pourrais passer me prendre ? Il se pourrait juste que j'ai malencontreusement un peu trop bu pour revenir en moto, monsieur l'agent. Si ça n'est pas trop demander.

— Pas de problème. J'arrive. Et la moto ?

— Keith me laisse la mettre dans son arrière-cour. Je t'attendrai devant.

Keith était le propriétaire du pub près du club de karaté.

— Je viendrai te chercher à l'intérieur. Il fait un peu frisquet pour rester dehors.

Trev attendait sur le trottoir devant le pub quand la

Renault de Ted s'arrêta près de la bordure. Il se pencha pour ouvrir la porte passager d'un bon coup de l'intérieur. Elle était parfois capricieuse. Les voitures n'intéressaient pas Ted. Il se servait d'un véhicule de service quand il avait besoin d'un moyen de transport fiable et il gardait sa Renault pour les déplacements personnels. Trev n'arrêtait pas de lui dire d'en acheter une plus récente, mais il n'avait pas envie.

Trev s'installa dans le siège passager et farfouilla pour trouver la ceinture de sécurité. Il sentait le vin et paraissait de bonne humeur.

Ted avait à peine passé une vitesse et démarré qu'il entendit un bruit.

— Qu'est-ce que c'était que ça ?

— Ça ? demanda Trev d'un air innocent, les mains sur les fermetures éclair de sa combinaison de moto.

Ted entendit le même bruit à nouveau. On ne pouvait pas s'y tromper : le miaulement d'un petit chaton.

— Encore un ? demanda-t-il.

— Voici Roger, lui répondit Trev, caressant doucement la fourrure de la petite tête qui essayait de se dégager de l'intérieur de la combinaison. Au pub, il y avait un homme qui disait qu'il avait des petits chats et qu'il allait les noyer dans un seau. Il s'agissait d'un geste d'esprit civique et pour empêcher un meurtre, monsieur l'agent. Et je n'en ai pris qu'un. Attends de le voir, Ted, il est chou. Il doit être croisé siamois. Colourpoint et des yeux bleus étourdissants.

— Il ne les aurait sans doute pas noyés. Je crois qu'il avait repéré une bonne poire.

— Mais peut-être qu'il l'aurait fait. Et il est

vraiment trop adorable. Je ne pouvais pas courir le risque.

— Salut, Roger, fit Ted avec un sourire indulgent, bienvenue dans ta nouvelle famille.

23

— M. Mann, vous avez maintenant été informé, par ce que nous avons communiqué à votre défenseur et à vous-même, que les draps qui ont été pris dans la machine à laver chez vous n'avaient en fait pas été soumis à un cycle de lavage. Les analyses médico-légales ont révélé que les taches de sperme prélevées sur ces draps correspondent à votre ADN.

Mann gardait un silence mutique. Ted l'interrogeait en tant que témoin assisté, ce qui lui donnait le droit de ne pas parler.

— Quand ces draps ont été confisqués, M. Mann, vous m'avez dit que c'étaient ceux du lit de Lily et que vous aviez décidé de les laver pour compléter la machine. Qu'avez-vous à déclarer à propos de ce que la police scientifique a trouvé sur ces draps ?

— Vous m'avez mal compris. C'étaient ceux de mon lit. Ma femme et moi avons des rapports sexuels. Alors je ne vois pas le problème.

— Mais Mme Barrow était présente au moment où vous m'avez déclaré que les draps étaient ceux du lit de Lily. Elle ne vous a pas démenti. Il me semble qu'elle l'aurait fait si vous aviez finalement décidé de changer les draps de votre lit à vous ? Parce qu'il aurait fallu, je présume, que vous les remplaciez par des draps propres, et il me semble qu'elle l'aurait remarqué.

Mann se tourna vers son avocate. Elle se pencha vers lui pour qu'on ne puisse pas entendre ce qu'elle lui disait. Ted se pencha tout de suite en arrière pour ne pas paraître espionner leur conversation.

— Je ne dirai plus rien.

— Vous en avez le droit, bien sûr, comme votre avocate vient certainement de vous le dire. Mais il faut que vous sachiez, M. Mann, que ces éléments ont des implications graves. Nous pouvons, bien sûr, pratiquer d'autres analyses pour voir si les fibres des draps correspondent à celles du matelas de Lily ou à celles du vôtre. Mais c'est peut-être le bon moment de nous donner une explication plausible.

— Il est bon, hein, chef, commenta le sergent Jack Gregson pour le DCI pendant qu'ils suivaient l'audition sur le moniteur.

— Technique aux antipodes de celle de l'inspecteur, mais je pense qu'il sera efficace, confirma Baker.

Je ne remplace pas Lennie tant qu'il n'a pas pris sa retraite officiellement. Mais si je le faisais, et si j'envisageais de nommer Ted sur le poste, est-ce que ça vous poserait un problème, Jack ?

— Pas du tout, chef, assura Gregson. Il a passé les examens, il assure dans tous les domaines. Vous avez dû remarquer que l'équipe fonctionne déjà mieux. Même Maurice arrive à l'heure. Et on n'entend plus parler de ces paris sur les coupables. J'aurais dû les remettre en cause plus tôt, mais c'était difficile vu que l'inspecteur en faisait aussi.

— Et Robbie Hughes, il n'a pas l'air de le porter vraiment dans son cœur.

— Hughes est une tête de nœud, chef. Désolé d'être franc. Il se l'est coulé douce trop longtemps avec Lennie. Ils s'entendent comme larrons en foire. Il n'apprécie pas de devoir suivre la procédure.

— Eh bien, ou il apprend à être réglo, ou il se trouve une autre crèmerie s'il n'aime pas ce qui se profile ici.

Les deux hommes se remirent à suivre le déroulement de l'interrogatoire.

— M. Mann, permettez-moi de vous rappeler les termes du témoignage assisté : « votre défense peut pâtir du fait que pendant l'interrogatoire vous n'ayez pas mentionné un élément dont vous vous servez ultérieurement au tribunal. » Si vous avez une explication valable de la présence de votre sperme sur le lit de Lily, c'est maintenant qu'il faut le mentionner.

Une fois de plus, l'avocate se tourna pour murmurer à l'oreille de son client. Ted se demanda si l'expression de dégoût qu'il décelait sur son visage était le fruit de son imagination. Ça ne pouvait pas être un problème d'odeur corporelle : de Mann se dégageait à nouveau celle d'un produit de toilette.

— Bon, d'accord, je vais vous le dire. Lily et moi, on couchait ensemble. On n'a pas commencé avant ses seize ans et elle était consentante. Bien sûr, sa mère ne le savait pas. On allait le lui dire. Nous étions amoureux, nous voulions vivre ensemble.

— Je vois, fit Ted d'un ton neutre. Vous avez donc couché ensemble à un certain moment la veille de Noël ?

— Dès que sa mère est partie travailler. C'était comme ça, nous deux. On était pressés d'être seuls tous les deux. On ne pouvait pas se passer l'un de l'autre. Mais elle était vivante et elle allait bien, très bien, la dernière fois que je l'ai vue, quand elle est partie passer un moment avec ses copains.

— Vous admettez donc avoir couché avec la fille de votre compagne. Cependant, vous ne preniez visiblement pas de préservatif. Est-ce que ce n'était pas un peu risqué ? Ou est-ce que vous envisagiez d'avoir un enfant ensemble ?

— Non, euh, non, pas du tout. Nous faisions attention. Lil surveillait le calendrier. Quand il y avait des risques, je … vous voyez.

— Vous utilisiez la méthode du retrait ?

Mann acquiesça.

— Avançons un peu, M. Mann. Vous savez aussi, d'après ce qui vous a été communiqué, que votre voiture a été filmée roulant en direction de Bramhall plus tard dans la soirée la veille de Noël par une caméra de surveillance. Après l'heure à laquelle vous avez eu un rapport sexuel consenti avec Lily Barrow. Où alliez-vous, M. Mann ?

— Au magasin de vins et spiritueux, déclara Mann aussitôt. J'ai pensé que nous n'aurions pas assez à boire pour fêter Noël, alors j'ai eu l'idée d'aller chercher une bouteille de Tia Maria pour Janice. Une petite surprise pour elle.

— Et avant de sortir, vous avez défait le lit de Lily, pour effacer les traces de vos rapports sexuels que votre compagne aurait pu remarquer sinon ?

Mann acquiesça à nouveau.

— Est-ce que c'est quelque chose que vous faisiez souvent ? En toute probabilité, si à ce moment-là ça faisait plusieurs mois que vous aviez des rapports non protégés avec Lily dans son lit, le même risque a dû se présenter d'autres fois ? A moins peut-être qu'elle ait amené des petits copains à la maison pour coucher avec eux, auquel cas Mme Barrow n'y aurait pas prêté attention ?

— Non, elle ne faisait jamais ça. Il n'y avait que moi. Je vous l'ai dit. Nous étions amoureux. Lil s'occupait de ces choses. Avec sa mère qui avait de temps en temps de longues journées de travail, elle faisait elle-même sa lessive pour donner un coup de main.

— Alors dans quel magasin de boissons êtes-vous allé, M. Mann ? La caméra vous situe vers Bramhall, pourtant il y en a sûrement plus près de chez vous. Et pourquoi pas un supermarché ? Qu'est-ce qui vous a poussé à aller à Bramhall ?

— Il y en a un là-bas que j'aime bien. Ils ont de bonnes promos de temps en temps.

— Ils vous connaissent, donc, si vous y allez régulièrement. Il se pourrait qu'ils se rappellent vous avoir vu la veille de Noël ?

— Non, euh, finalement, je n'y suis pas entré. Quand j'étais presque arrivé, j'ai réalisé que j'avais oublié mon portefeuille.

— C'est agaçant. Cependant, pas surprenant vu les circonstances. Vous aviez visiblement beaucoup d'idées qui vous trottaient dans la tête. Donc vous n'avez aucun alibi pour la période entre le moment où la caméra vous a filmé et le retour de Mme Barrow peu après 23 h ?

— Est-ce que mon client est interrogé comme suspect ou comme témoin, sergent ? demanda l'avocate. Si c'est en tant que témoin, je ne vois pas pourquoi il aurait besoin d'un alibi.

— Je vous prie de m'excuser, maître, ma langue a fourché, dit Ted habilement. J'aurais dû dire 'justification' et non 'alibi'. Nous essayons seulement d'établir avec précision l'agenda des personnes proches de la victime. Simple routine.

— Bien rattrapé, Ted, dit le DCI entre ses dents dans la pièce attenante.

— Permettez-moi de reformuler cette question, M. Mann. Est-ce que quelqu'un peut confirmer votre déclaration quant à la manière dont vous avez passé votre temps entre le moment où vous avez eu un rapport sexuel avec Lily Barrow et le retour de sa mère à la maison plus tard dans la soirée ?

— Je n'ai vu personne. Je suis juste sorti pour aller acheter une bouteille pour Jan. J'ai oublié mon portefeuille, et donc je suis retourné à la maison.

— Et ensuite, quand vous avez remis la main sur votre portefeuille chez vous, vous êtes sans doute ressorti pour acheter la bouteille ? Et Mme Barrow aura eu le plaisir d'en boire une goutte, peut-être un dernier verre avant d'aller au lit, quand elle est rentrée du travail ? Donc elle se rappellera cette délicate attention de votre part ? Et l'endroit où vous l'avez achetée aura peut-être une caméra de surveillance vous montrant dans le magasin. Les magasins d'alcool ont souvent des caméras, à cause du risque élevé de vol, bien sûr.

Mann eut l'air désarçonné pendant un instant.

— Non, j'ai … finalement, quand je suis rentré, j'ai mieux regardé dans les placards, il y en avait encore plein, alors je n'ai pas pris la peine d'aller en acheter d'autre. Vous savez ce que c'est, les magasins la veille de Noël. J'ai pensé que je n'allais pas m'embêter avec ça en fin de compte.

— Sans doute plus sage en effet. Bon, M. Mann, puis-je juste vous demander de jeter un coup d'œil à cette photo ? C'est un agrandissement de celle que vous avez déjà vue. De la même caméra qui a filmé votre véhicule dans Bramhall Lane. Elle montre une silhouette sur le trottoir, près de votre voiture au moment de la prise de vue. Qui est cette silhouette, M. Mann ?

— Oh, je vous en prie, sergent, interrompit l'avocate. Ça pourrait être n'importe qui. C'est impossible à dire sur cette photo.

— En effet, c'est bien impossible. Mais bien sûr, M. Mann y était en personne. Ça aurait donc pu être plus clair pour lui. Est-ce que vous avez remarqué ce piéton, M. Mann, et pouvez-vous nous dire de qui il s'agit, s'il vous plaît ?

— Je n'en ai aucune idée. Je n'ai remarqué personne. J'étais trop concentré sur la conduite.

— Donc, en résumé, il est exact de dire que vous n'avez pas revu Lily du tout après le rapport sexuel, tôt dans l'après-midi de la veille de Noël, plusieurs heures avant sa mort ?

— C'est ça. Je vous l'ai déjà dit. J'ai reconnu avoir couché avec elle. Vous pensez peut-être que c'est mal moralement, mais il n'y a rien d'illicite. Elle avait l'âge légal, et elle était consentante, je vous jure. On avait envie depuis longtemps, mais on a attendu qu'elle ait seize ans. Je connais la loi.

— Mon rôle n'est pas de juger votre moralité, M. Mann. Je suis juste chargé de recueillir des informations concernant un dossier criminel. Ce sera tout pour l'instant. Merci de m'avoir consacré de votre temps. Nous aurons peut-être bien besoin de vous poser quelques questions à nouveau ultérieurement.

Ted partit chercher le DCI quand il sortit de la salle d'audition. Il était encore avec Jack Gregson.

— Désolé, je n'ai pas pu lui en faire dire plus, chef…. commença-t-il.

— Désolé ? Vous rigolez. C'était du très bon boulot. Vous lui avez fait reconnaître coucher avec la gamine. Si jamais on arrive à le faire comparaître, ça ne va pas jouer en sa faveur devant n'importe quel jury, surtout s'il y a des parents dedans. Je sais bien que Mann n'est pas parent avec la fille, ce n'est donc pas légalement de l'inceste du tout, mais franchement, moralement ? Un type dans les quarante balais qui couche avec la fille ado de sa copine dans son dos ? Pour moi, y a pas plus minable.

Vous avez fait du bon boulot là-dedans, Ted. Très pro. J'apprécie votre self-control. Je dois avouer que j'aurais sans doute eu du mal. Surtout que j'ai une ado à la maison, pas bien plus vieille que la petite Lily.

Bon, avec ça, on continue à recueillir des preuves. Lentement, mais sûrement. Nous aurons une autre réunion en fin de journée pour voir où on en est et si d'autres éléments ont fait surface. A partir de là, on verra quand on interrogera Mann à nouveau.

— Chef, à un moment ou à un autre, est-ce qu'il faudra dire à Mme Barrow ce qu'on a appris ?

—Délicat. Terrain miné. Il faudra bien regarder où on met les pieds.

Le portable de Ted sonna pendant qu'il remontait à son bureau.

— Ted, c'est Isabel. Est-ce que vous pouvez garder votre agent Hughes en laisse, s'il vous plaît ? Nous n'avons pas tout à fait fini sur la scène de crime, et ça n'aide vraiment pas les enquêteurs de l'avoir sur le dos sans arrêt. Nous faisons vraiment tout ce que nous pouvons pour vous. Si nous allons plus vite, nous risquons de faire des erreurs, ce qui ne sera d'aucun secours pour personne.

Vous avez sans doute vu le même courriel que moi maintenant, du professeur ? Confirmant que les poils pubiens trouvés sur le corps correspondent à l'ADN de Mann. Est-ce qu'on le tient avec ça ?

— Malheureusement non. Je viens de l'interroger et il a utilisé sa carte « sortez de prison ». Il reconnaît avoir eu des rapports sexuels avec Lily, mais dit qu'ils étaient consentis. Ils étaient amoureux, soi-disant.

— C'est à vomir. Un type dans les quarante balais qui couche avec la gamine de seize ans de sa concubine ? J'ai vraiment horreur de juger, mais là ça je trouve ça particulièrement dégueulasse.

— Désolé pour Hughes, je vais lui en parler. C'est juste qu'il veut tellement épingler notre assassin.

— Eh bien, nous aussi, croyez-moi. Nous sommes du même côté, mais nous ne pouvons pas aller plus vite que la musique.

Tous étaient revenus au poste faire état de ce qu'ils avaient trouvé, tous sauf Maurice. Ted espérait qu'il n'était pas retombé dans sa mauvaise habitude de tirer au flanc, surtout sur une enquête aussi importante que celle-là. Ils étaient juste sur le point de commencer quand ils entendirent son pas lourd dans les escaliers, et il entra, légèrement essoufflé.

— Désolé, chef. Ça m'a pris un peu plus long-temps que prévu, dit-il pour s'excuser, et il se dirigea vers son bureau.

— Vous êtes là maintenant, alors allons-y. Pour ceux qui ne sont pas au courant, Mann a reconnu coucher avec la fille, mais il dit que c'était consenti.

— Le salaud, maugréa Hughes, en colère.

— Donc la preuve des draps ne nous est pas d'un grand secours à ce stade. Ce dont nous avons besoin, c'est une preuve matérielle qui montre qu'il était bien sur la scène de crime. Sinon, Mann n'aura qu'à s'en tenir à sa version qu'elle était vivante et allait bien quand elle est partie de la maison après qu'ils ont fait l'amour.

— Inspecteur-principal, est-ce que je peux dire quelque chose ? demanda Maurice Brown.

— Si ça nous fait avancer, Maurice, prenez le micro.

— Eh bien, je pensais à ces draps tachés. Sexe non protégé. De nos jours, les jeunes filles sont assez calées en éducation sexuelle, je crois. Si on admet que c'est du sexe consenti entre le beau-père et elle, et si c'étaient des rapports non protégés, à moins qu'elle prenne la pilule, elle pourrait bien avoir eu besoin de la pilule du lendemain.

Bon, pour faire court, j'ai fini par trouver une travailleuse sociale, une de celles qui reçoivent les jeunes dans cette situation. Elle n'a pas voulu outrepasser le secret professionnel, bien sûr. Mais elle avait vu aux infos locales qu'on avait retrouvé Lily morte, alors elle a accepté de me parler un peu, même si ça reste hors procédure pour l'instant.

Elle avait reçu Lily deux ou trois fois, elle lui avait fourni la pilule du lendemain. Elle lui avait aussi conseillé, plus d'une fois, d'aller voir la police. Elle l'a fait parce que la première fois qu'elle l'a vue, c'était il y a un an. Autrement dit, Lily n'avait pas seize ans.

— Si on peut le prouver, on le tient pour détournement de mineur, au minimum, gronda Jim Baker. Il nous faut un mandat pour consulter leurs fiches. Je suppose qu'ils tiennent un registre.

— Oui, chef, j'ai vérifié. Et j'ai bien signalé que nous risquions de devoir le consulter.

— C'est un travail du tonnerre, Maurice. Quelqu'un a mieux ?

— Pas mieux, mais pour confirmation, peut-être, dit Rob O'Connell. Par l'intermédiaire du foyer socioculturel, j'ai fini par trouver une fille qui était amie avec Lily. Becky. Elle ne tenait pas trop à me parler au début, mais elle a fini par me confier que Lily lui avait dit à peu près la même chose. Ce Ray Mann la violait depuis pas mal de temps.

— Pourquoi est-ce que la jeune n'a jamais contacté quelqu'un par la voie officielle ? Pourquoi est-ce qu'elle n'est pas allée le signaler à la police ? demanda le DCI.

Maurice et Rob se regardèrent. Ce fut Maurice qui prit la parole.

— On a sans doute dit la même chose à Rob qu'à moi, chef. Elle pensait que personne ne la croirait, ou ne prendrait pas ses accusations au sérieux. Elle pensait que ce serait sa parole contre celle de Mann et que sa mère prendrait peut-être même son parti contre elle. C'est une affaire de mise en doute de la parole des enfants, chef.

24

— Tout d'abord, M. Mann, Maître, vous voudrez bien m'excuser de vous communiquer ce document tardivement. Nous ne l'avons reçu que tout dernièrement, il vient des experts informatiques, commença Ted.

— Je vous en supplie, appelez-moi Miss Castle, sergent. Je n'aime pas du tout 'maître', dit l'avocate de Ray Mann.

Ted afficha son sourire le plus charmeur et répondit :

— Je vous prie de m'excuser, Miss Castle. Nous allons bien entendu vous donner le temps de discuter le contenu du document avant d'aller plus loin. Ce que j'aimerais faire auparavant, c'est juste vous lire le début et demander à M. Mann s'il a un commentaire à ajouter.

Pour l'enregistrement de l'audition, la fiche en question a été imprimée à partir de l'ordinateur de la victime, Lily Barrow. C'est le contenu d'un dossier trouvé sur cet ordinateur dont le titre est « Mann-ipulateur » Mann étant écrit avec deux 'n'. Comme votre nom, M. Mann, et un tiret pour bien le séparer du reste.

— Je m'oppose formellement à cette mise en scène

grotesque. Je réclame un moment seule avec mon client avant d'aller plus loin.

— Je vous prie juste de m'accorder encore quelques instants, Miss Castle.

Ted posa deux exemplaires du document sur la table, un pour M. Mann et un pour l'avocate, puis il prit le sien.

— Comme je vous l'ai dit, je vais juste lire le premier texte pour qu'il figure sur l'enregistrement officiel. Le document se présente sous la forme d'un agenda, un journal intime : des textes portant chacun une date différente. Vous verrez que le premier remonte à plus de deux ans. Ce qui signifierait qu'au moment de sa rédaction, Lily Barrow avait à peine quatorze ans. La date de création a été validée par le service des experts en informatique. Ce n'est pas juste un document écrit rétrospectivement.

Je commence la lecture :

« Aujourd'hui j'étais dans ma chambre ; j'essayais de faire mes devoirs, mais je regardais surtout par la fenêtre et j'écoutais de la musique avec mon casque. J'ai vu maman sortir et se mettre en route pour aller au boulot. Elle est cuisinière. C'était la mi-trimestre alors je n'avai pas école.

Même si j'avez entendu quelque chose, j'auré pas penser que c'était bizarre que Ray y vienne en haut. Mais il entre dans ma chambre sans frapper et il sait bien que j'ai horeur de sa. Il fait une plésanterie, il dit que s'est lui qui paie l'emprin alors que s'est sa chambre en vrai, mais d'habitude il est cool et il respecte mon espace à moi.

Il vient au bureau ou ce que j'étais assise et y m'a demandé ce que je fabriquai toute seul dans ma chambre. J'y ai dit que je faisais mes leçons. Il m'a dit que j'étais une bonne fille de faire ça pendant les vacances. Et puis y m'a mis la main sur l'épaule. J'aime pas qu'on me plote alors je l'ai enlevé. Il l'a remis. Et puis y s'est penché et il a essayé de m'enbraser dans le cou. »

Le visage de Mann avait perdu toutes ses couleurs et ses mains tremblaient en tenant la première feuille de la pile posée devant lui. Son avocate interrompit la lecture, montrant sa colère.

— Sergent, je vous signifie mon indignation avant que vous alliez plus loin. Il faut que je m'entretienne avec mon client.

— C'est un paragraphe très court, Miss Castle. Je vous prie de m'accorder encore un peu de patience s'il vous plaît, répondit Ted, et il continua sa lecture du même ton égal.

«Je lui ai dit de dégager, que je laissé personne m'enbraser comme sa à par ma mère, pas depuis que mon papa est mort. Sa la fait rire et il a continué, il mettai ses sales pates partout sur moi. J'ai essayé de le repousser, mais putain il est fort. Il fait du machin altéro muscul truc. J'ai essayé de me lever pour me barrer. Y m'a mis le bras autour de moi et il ma seré contre lui. Je sentai qu'y bandai. J'ai cru que j'allai dégeuler. Il a commencé à m'enbraser sur la bouche, y fourrai sa langue dedans. Je me débatai aussi fort que je pouvai mais je pouvai pas l'aréter. Il était

trop fort.

Alors y m'a jeté sur le lit et y s'est jeté sur moi. Il avait une main sur ma bouche, j'étoufai presque, avec l'autre y déchirait mes vêtements. Y m'a arraché le haut, et puis y passé sa main dans mon soutif pour toucher mes nichons. Il se frotai contre moi sans arrêt. Il faisai un drole de bruit, comme si gémisai.»

— C'est allé trop loin, sergent, interrompit l'avocate d'un ton péremptoire. Tout ceci est totalement déplacé et je le ferai savoir à qui de droit.

— Et c'est votre droit le plus strict, bien entendu, Miss Castle, fit Ted suavement, mais pour l'heure j'ai le plaisir de vous laisser vous entretenir avec votre client. N'hésitez pas à prendre tout votre temps. Il y aura quelqu'un à la porte pour me prévenir quand vous serez prêts à continuer l'audition. Audition suspendue.

Sur ce, Ted arrêta l'enregistrement, prit ses dossiers et quitta la pièce, puis il alla aussitôt retrouver le DCI. Celui-ci l'avait à nouveau vu à l'œuvre en compagnie de Jack Gregson.

— Est-ce que ça allait, chef? demanda Ted anxieusement. J'ai lu aussi vite que cela me semblait possible, avec l'avocate qui insistait pour une pause avec son client.

— Mené de main de maître, bon sang! Ted. Vous ne jouez pas, si? Je n'aimerais pas être à votre table pour un poker. Bon, maintenant vous me rejoignez dans mon bureau autour d'un café pour déterminer comment il faudrait mener la suite de l'audition. Ça sera intéressant de voir quelle histoire Mann va nous inventer sur ce coup. Je ne vois vraiment pas comment il va s'en dépêtrer.

— Je me contenterai d'une tasse de thé, chef, si ça ne vous ennuie pas. Je ne suis pas un fan de café.

Jack Gregson se mit à rire quand Jim Baker partit vers son bureau de son pas pesant et il suivit Ted pour chercher autre chose à boire.

— Tu ne peux pas avaler la décoction démoniaque du Big Boss, hein ? Pas surprenant. Comment il peut boire ce truc ? C'est un mystère. Je me demande s'il lui arrive de dormir avec le nombre de mugs qu'il enfile, du super extra corsé en plus. Remarque, avec une femme comme la sienne, peut-être qu'il lui faut bien ça.

Super boulot là-dedans, Ted, de toute façon. Quel enfant de salaud, hein ? Mais finalement on dirait qu'on l'a poussé dans ses derniers retranchements.

La journée s'était terminée tard la veille. Ted avait envoyé un courriel d'excuse à Trev pour lui expliquer que le Big Boss voulait faire le point avec lui à la lumière des nouveaux éléments : ceux de l'ordinateur qu'ils venaient de recevoir juste au moment où ils envisageaient de boucler. Jack Gregson les avait rejoints, au cas où il devrait prendre la suite de Ted si c'était nécessaire. Ils s'étaient fait livrer un repas chinois et s'étaient installés pour une longue soirée.

— Dommage que ce soit Miss Castle que vous ayez contre vous sur ce dossier, Ted. C'est un peu comme mettre un bambin dans le petit bain et se rendre compte qu'il y a un requin dedans. Sans vouloir vous offenser.

— Pas d'offense, chef. Je suis nul en natation.

— Vous êtes sûr de vous sentir prêt ? C'est beaucoup vous demander, mais d'après ce que j'ai vu de votre façon de travailler jusqu'à présent, je crois que vous allez y arriver. Tant que vous admettez qu'il n'y a pas de honte à passer la main quand on sent que c'est préférable.

Bon, donc, Miss Castle va sans aucun doute plaider que tout ça, ce sont des ouï-dire et que ça n'est pas recevable.

— Ce à quoi je réponds que ça aurait été recevable si Lily était encore vivante, et que l'on doit donc en tenir compte, dans l'intérêt de la justice.

— Bien vu. Faites en sorte d'être au taquet sur la procédure, parce que soyez sûr qu'elle possède le code pénal sur le bout du doigt.

— Oui, chef.

— Lisez le premier texte du journal à Mann, si Miss Castle vous laisse faire, et voyons sa réaction. Elle va demander une pause à corps et à cri dès que vous commencerez, c'est couru, mais continuez aussi longtemps que vous pourrez. Ensuite, à la reprise, laissez Mann s'expliquer, s'il décide de prendre la parole.

A ce moment-là, il faudra annoncer que Lily avait envoyé ce document par courriel à cette Becky je ne sais qui, et aussi à Ashley Barnes. En tant que message « au cas où il m'arriverait quelque chose». Ce qui montre bien qu'elle voulait que ça serve de preuve en cas de besoin.

Ce qu'il faut qu'on fasse maintenant, nous trois, c'est anticiper ce que Mann va raconter, pour se préparer à le contrer, quel que soit l'argument.

— Dur de trouver ce qu'il pourrait bien dire pour

réfuter ça, chef, répondit Jack.

— La seule chose à laquelle je pense, c'est que ce n'était que le délire d'une ado, suggéra Ted. Il prétendra qu'ils éprouvaient de l'attirance l'un pour l'autre depuis un moment. Il pourrait admettre un baiser par ci par là, mais nier qu'il soit jamais allé plus loin parce qu'il agissait en adulte responsable. Alors Lily a commencé à mettre en scène ses fantasmes par écrit, mais c'était uniquement le produit de l'imagination d'une adolescente. Peut-être. C'est ce que je peux proposer de mieux, chef.

— Ça tient la route, Ted. Alors qu'est-ce qu'on a pour contrer ?

— J'ai déjà demandé à Rob O'Connell de retourner voir cette Becky. Becky Adler. Et d'y aller avec une femme du service en tenue. Voir si elle se sentira plus à l'aise pour en parler avec une femme.

D'après les experts, le courriel et la pièce jointe lui ont été envoyés. Il faut que nous vérifiions qu'elle les a reçus, si elle les a conservés, et si elle comptait faire quelque chose de ce que Lily lui avait confié. Pareil pour Ashley Barnes. J'ai demandé à Rob de lui parler aussi, après Becky.

En ce qui concerne la capacité de Lily à inventer des histoires, je sais qu'on est encore en vacances, mais il faut que nous trouvions un moyen de parler à celui ou celle qui lui enseignait l'anglais au lycée. J'ai mis Robbie dessus demain, sans limite de temps.

Je veux aussi que Maurice retourne parler à cette travailleuse sociale, avec le journal intime de Lily cette fois. Il se pourrait bien qu'elle accepte de nous en dire plus et de témoigner si elle sait que ce qu'elle nous dit est corroboré par le témoignage de Lily elle-même. Je pense que Maurice est l'homme de la situation. Il est tellement impliqué dans cette histoire, ça se voit, si elle parle à quelqu'un, ce sera à lui.

Jim Baker hocha la tête pour montrer sa satisfaction.

— Je valide tout ça, Ted. Bon boulot. Essayons d'avoir une longueur d'avance sur ce salopard d'obsédé, d'avoir envisagé tout ce qu'il pourrait dire avant même qu'il le dise. Jack, voyez si vous pouvez mettre gentiment un peu de pression sur la scienti-fique, il nous faut quelques éléments supplémentaires de la scène de crime. Un indice déterminant pour nous là-bas pourrait signer sa perte. Sinon, nous essaierons de nous appuyer sur le fait que comme son ADN est le seul retrouvé sur le corps de Lily, il est probable qu'il soit le dernier, si ce n'est le seul, à avoir eu un rapport sexuel avec elle avant sa mort. Alors, je ne doute pas que cette emmerdeuse de Miss Castle nous balance la fameuse réplique « absence de preuve n'est pas preuve d'absence »

— A un moment ou à un autre, l'un d'entre nous doit en parler à Mme Barrow, non ? Pour tâcher de savoir si elle était au courant de quelque chose, et quoi.

— Je ne peux pas croire qu'aucun parent laisse faire ça sciemment, dit Jack en secouant la tête. Elle a mentionné le fait qu'ils se faisaient des câlins en re-gardant la télé, elle est peut-être assez naïve pour croire que ça n'allait pas plus loin.

— Si quelqu'un s'avisait de faire quoi que ce soit de ce genre à ma Rosie, je lui couperais les couilles et j'en assumerais les conséquences avec joie, gronda le DCI d'un air menaçant.

Et maintenant, qui veut finir les crackers à la crevette ?

Lorsque l'avocate et son client revinrent et se déclarèrent prêts à reprendre l'audition, personne ne fut surpris de se trouver face à un Mann mutique, qui se contente de répondre « je fais valoir mon droit au silence » à tout ce que Ted lui demande.

— Bien, M. Mann, c'est votre droit. Il y a juste un ou deux points que je dois vous exposer. A nouveau, toutes mes excuses envers vous et votre avocate pour vous communiquer cela si tard. Une fois de plus, nous venons seulement d'en être informés.

Miss Castle, sans doute allez-vous aviser votre client que, selon vous, ce document issu de l'ordinateur de Lily ne peut constituer une preuve matérielle incontestable.

Comme elle allait l'interrompre, il leva la main, toujours sur le même ton poli.

— Si vous voulez bien me laisser terminer, je vous prie, Miss Castle. J'étais sur le point de dire que ce serait au procureur, puis à la cour de décider s'il est recevable ou non. Pour le moment, nous le considérons comme un élément de preuve significatif.

Il nous ouvre certaines pistes, que nous suivons, et nous ne manquerons pas, bien entendu, de vous en communiquer le contenu si nous avons du nouveau. Je me permets juste d'ajouter qu'à ce stade nous sommes persuadés que Lily a transmis cette information à au moins deux personnes sous forme électronique, et qu'elle en a discuté avec au moins une autre personne.

Il vit immédiatement que cet élément nouveau avait ébranlé Mann. Il n'avait visiblement jamais soupçonné que Lily puisse en parler à quelqu'un. Il avait peut-être réussi à se convaincre lui-même qu'il n'y avait rien de mal à ce qu'il faisait.

— C'est tout pour l'instant, M. Mann. Nous vous ferons savoir quand nous avons besoin d'avoir une autre audition. Je vous remercie d'être venu. Entretien terminé.

— Dans ce genre d'enquête, la progression n'est pas toujours linéaire, Ted, vous en prendrez l'habitude, lui dit le DCI quand il sortit de la salle d'audition pour la deuxième fois. Tout est au point mort pour l'instant et puis soudain, ça repartira comme un train express. Vous verrez.

Voyons ce que nous avons eu le reste de la journée, après on pourra voir si on le reconvoque. On est encore loin d'avoir assez d'éléments pour demander au procureur de le mettre en examen, mais nous sommes en bonne voie, je vous le dis. Bon travail, jusqu'à présent.

La journée était bien avancée quand l'équipe au complet rentra de ses investigations. Ils annonçaient des succès à des degrés divers et avaient visiblement beaucoup à exposer au reste du groupe. Le DCI prit une décision mesurée.

— Bonsoir tout le monde. Nous avons laissé le suspect numéro un regagner son domicile. Il semblerait que nous allons avoir un tas de cartouches supplémentaires à tirer demain. Mais quoi que ce soit que vous ayez à nous exposer, tout sera encore là demain si je ferme la boutique maintenant.

Avançons le briefing du matin d'une demi-heure, comme ça vous pourrez tous nous faire vos retours. Je vais passer des coups de fil, faire venir tous ceux qui peuvent apporter des éléments. Après ça, on pourra voir comment organiser la suite. Alors, filez, avant que je change d'avis. Rentrez voir votre moitié et ne soyez pas en retard demain matin. C'est valable pour tout le monde. Vous aussi, Maurice.

— A vos ordres, chef.

Ted n'allait pas dire non. Il avait veillé pendant des heures le jour précédent, potassant les lois qui traitent des preuves par ouï-dire. Il savait que cela pouvait poser problème.

Il envoya un texto pour prévenir Trev qu'il était en route et il le trouva dans la cuisine, aux fourneaux. Ted compta très ostensiblement les chats qui lui tournaient autour et se frottaient contre ses jambes.

Trev le vit et se mit à rire.

— Toujours cinq seulement, monsieur l'agent.

Trev avait raison pour Roger, le dernier achat de la gent féline. C'était un chat magnifique, qui avait l'assurance et l'arrogance de celui qui est conscient de sa beauté.

— A quelle heure tu t'es décidé à aller au lit hier soir ? demanda Trev. Désolé d'avoir été endormi, tu aurais dû me réveiller.

— Je ne sais pas trop. Pas loin de 3h, peut-être. Il aurait fallu faire sauter une bombe pour te réveiller. Tu étais loin, très, très loin. Et tu parlais en dormant.

— Ah bon ? Et qu'est-ce que je disais ?

— Je ne sais pas, c'était une langue étrangère.

— Tout de suite, je ne dors pas. Et ceci doit mijoter une demi-heure environ. Si tu n'es pas trop crevé ?

— J'étais à plat quand je suis arrivé. D'un seul coup ça va beaucoup mieux.

25

Il y avait plus de monde que d'habitude au briefing du matin. L'inspecteur Turner et le sergent Wheeler du service en tenue, ainsi que quelques-uns de leurs hommes étaient présents. Isabel, la coordinatrice de l'équipe médico-légale était là pour exposer ce que son équipe avait trouvé à ce jour. Toute personne susceptible de détenir une information avait été convoquée par le Big Boss.

Les personnes présentes dans la salle d'enquête sentaient que quelque chose était en train de se passer. Le dossier contre Mann s'étoffait petit à petit. Chacun d'entre eux pouvait apporter sa pierre à l'édifice qui prenait forme, et tous étaient impatients de le faire comparaître en justice.

En tant qu'OPJ le plus gradé, le DCI menait la séance. Jack Gregson se tenait près du tableau blanc sur lequel figuraient toutes les informations disponibles, prêt à ajouter tout nouvel élément qui serait apporté pendant la réunion.

— Pour l'instant, d'après ce que j'ai constaté et sur la base de ce que le sergent Darling et moi avons discuté, je ne pense pas qu'il craque et avoue dans l'avenir immédiat. C'est donc à nous de monter contre

274

lui un dossier tellement solide que nous aurons une bonne chance d'obtenir une condamnation, même s'il plaide non coupable.

Alors, et s'il ne fait même pas l'effort de se trouver un alibi convaincant, nous avons sans doute déterminé le moyen et l'opportunité qui en font notre assassin. Ce qui semble moins clair à ce stade, c'est le mobile. Ça et le fait que nous n'arrivons pas à prouver avec certitude qu'il était présent sur la scène de crime.

Deux mains se levèrent pour attirer son attention presque en même temps, Isabel, la coordinatrice de l'équipe médico-légale, et l'agent Hughes.

— Isabel, je vous prie. Les dames d'abord.

Le DCI jeta un regard noir à la ronde et ajouta :

— Et avant que qui que ce soit ne commence avec le bla-bla sur l'égalité des sexes, je suis de la vieille école. Un dinosaure. J'essaie de ne pas choquer, mais c'est comme ça que j'ai été élevé. D'accord ?

— Pas de problème en ce qui me concerne, sourit Isabel, surtout que je crois pouvoir dire que vous allez être assez content de ce que j'ai pour vous. A nouveau, désolée pour le retard, mais vous savez ce que c'est à cette époque de l'année, avec tous ces gens en congés.

Nous avons maintenant des indices plus probants quant à la présence de Mann sur la scène de crime. Nous avons trouvé une petite trace de sperme sur le sol près du corps de Lily. Nous l'avons envoyé en urgence pour analyse et nous savons maintenant qu'il y a correspondance avec l'ADN de Mann. La défense de Mann va affirmer que c'est un écoulement dû au rapport sexuel précédent, celui qu'il a reconnu, c'est ce que vous devez certainement tous penser. Ce n'est pas mon domaine d'expertise, mais, par chance, je connais quelqu'un qui, lui, est spécialiste, je le consulte donc pour avoir son avis. Avec son aide, nous arriverons peut-être à écarter cet argument.

— Excellent. Nous en revenons donc d'autant plus au mobile. Mann admet avoir couché avec la fille à la maison avant qu'elle sorte. Mais pour une raison qui nous échappe, il l'a poursuivie, violée à nouveau, cette fois violemment, et il lui a enfoncé le crâne avec un caillou. Des idées ?

— Inspecteur-principal, il se peut que j'aie une explication plausible.

Le petit sourire narquois que Hughes arborait ne trompait pas : il voulait son heure de gloire.

— Bien que son école soit fermée pendant les vacances, j'ai fini par joindre tout d'abord le proviseur, et ensuite la professeure principale de Lily. Elle m'a dit que Lily n'avait pas du tout tendance à donner libre cours à son imagination lorsqu'elle écrivait. Toutes ses rédactions étaient très « ternes, bien que le récit soit fidèle à la réalité». Ses meilleures matières étaient la géographie, la technologie agro-alimentaire, et la course à pied. Elle faisait partie de l'équipe de cross-country. Elle avait un bon niveau.

Et elle avait prévu de s'engager dans la marine pour se former à être chèffe-cuisinière dès que possible, c'est peut-être l'élément déclencheur. Elle allait quitter la maison sous peu, probablement pour obtenir des postes à l'étranger à l'avenir. Pour être aussi loin que possible de chez elle.

Alors, et si elle l'avait dit à Mann ? Et si pendant

qu'il la violait l'après-midi, ou quand elle est sortie, elle lui avait dit qu'elle n'en avait plus pour longtemps à rester dans les parages. C'est peut-être pour ça qu'il l'a poursuivie et qu'il a perdu les pédales.

— Chef, juste pour jouer l'avocat du diable un moment, ce verrou sur la porte de la chambre nous pose problème pour les allégations de viol, très probablement, commença Ted. Je parle du dernier en date, pas à l'époque où elle n'avait pas encore seize ans.

Le DCI lui fit signe de continuer.

— Eh bien, chef, c'était un verrou de bonne taille. Et quand je l'ai vu, il n'y avait aucune trace récente d'effraction ou de dommage. En d'autres termes, la défense va certainement faire valoir le fait que Lily a volontairement laissé entrer Mann dans sa chambre pour des rapports sexuels le jour de sa mort. Il lui suffisait de fermer le verrou pour l'empêcher d'entrer si elle ne voulait pas qu'il la touche.

— Notre boulot n'est pas de trouver des biais pour l'innocenter, sergent. On est là pour coincer ce salaud, fit l'agent Hughes d'un ton sarcastique.

— Mauvaise réaction, DC Hughes, dit le DCI. Et modérez votre langage quand vous êtes en briefing élargi. Surtout en la présence de dames. Ce que je ne devrais sans doute pas dire, mais je l'assume.

Le sergent Darling a parfaitement raison. Il nous faut prendre en compte les deux points de vue, pas nous en tenir à un seul. Il faut que je transmette au procureur un dossier qui soit recevable, qui ait l'air d'avoir une bonne chance d'aboutir, avec un risque limité qu'un nouvel élément le fragilise. Donc, y a-t-il une explication simple pour le fait qu'elle lui ait ouvert la porte, alors qu'elle savait ce qu'il voulait ?

— Désolé d'aborder un tel sujet, je ne veux choquer personne, mais à moins qu'elle garde cette bouteille de vodka là-haut pour faire ses besoins, il fallait bien qu'elle sorte à un moment ou à un autre pour aller aux toilettes. Sa mère était au travail et rentrerait tard, il y a des chances pour qu'elle ait été sur le point d'exploser après quelques heures, suggéra l'agent Polly Fleming.

Supposons qu'elle savait que Mann était en bas, et qu'il faisait du bruit pour qu'elle le croie. Elle se glisse hors de sa chambre pour aller aux toilettes et pendant qu'elle y est, Mann monte sans bruit et l'attend quand elle en sort.

Il y eut un silence dans la salle, tout le monde s'imaginait la scène.

— Le sal..., le DCI s'arrêta de justesse. Jurer devant Ted et Jack, voire avec son groupe au complet, était une chose, mais quand d'autres personnes étaient présentes, il ne le tolérait pas, y compris pour lui-même.

— Je vais peut-être enfoncer une porte ouverte, mais nous n'avons pas eu les vêtements que Mann portait le jour du crime. Il n'y avait aucune trace de sang ou quoi que ce soit sur ses chemises trouvées dans le linge non lavé. Est-ce qu'il y a une raison pour que nous n'ayons pas les autres ? demanda Isabel.

— A ce moment-là, il n'était pas suspect, répondit le DCI. Il a aussi donné un échantillon ADN sans sourciller, il n'y avait donc aucune raison de le soupçonner. Je suppose que ces vêtements ont été lavés maintenant.

— Peut-être pas, intervint Ted. Nous savons que Mann a défait le lit de Lily, mis les draps et ses vêtements du panier de linge sale dans la machine avec quelques-unes de ses chemises pour compléter, et qu'ensuite, il a oublié de mettre en route. Et s'il s'était débarrassé des vêtements qu'il portait quand il l'a tuée d'une autre manière ? Mis dans la poubelle, par exemple ? Est-ce que ça vaudrait le coup de fouiller les alentours de la maison ? Il se pourrait bien qu'ils aient pas mal de sang sur eux.

— Il n'est quand même pas assez bête pour les avoir mis dans sa propre poubelle ? Le DCI avait l'air dubitatif.

— Sans doute que non, chef, concéda Ted. Peut-être qu'il les a mis ailleurs ? Est-ce qu'il y a des poubelles municipales dans le coin ? Des bennes de chantier, peut-être ? Une chose que j'ai remarquée sur lui, c'est qu'il semble passer pas mal de temps sous la douche. Il a toujours une forte odeur de gel douche. Il se peut qu'il soit tout simplement à cheval sur l'hygiène, mais il se peut aussi qu'il essaie désespérément d'ôter toute trace de Lily. Pas seulement de son corps mais de sa tête aussi.

— Est-ce que nous pouvons retourner dans cette maison et pratiquer une fouille beaucoup plus poussée ? demanda Isabel. Il y a peut-être la possibilité, si sa première idée avait été de se doucher et de se récurer, un peu à l'instar de Lady Macbeth, qu'il ait laissé tomber ses vêtements sur le sol de la salle de bains. Auquel cas nous pourrions bien trouver des traces du sang ou d'autres fluides corporels de Lily, et il lui serait impossible de fournir une explication.

— Hé-hé, bien, ça, c'est intéressant. Faisons-le revenir ici avec son avocate plus tard dans la journée. Ted, vous ne le lâchez pas, voyez ce que vous pouvez lui soutirer. Utilisons le délai de vingt-quatre heures pour le garder au chaud et pendant ce temps, Isabel, il faut que vous et votre équipe nous fassiez un miracle de Noël, s'il vous plaît.

Il faut aussi qu'on parle à Mme Barrow et qu'elle ne soit pas dans nos pattes pendant qu'on fouille la maison, il faut l'emmener ailleurs, mais je ne veux pas que ce soit dans nos locaux pendant que Mann y est. Maurice, vous allez la chercher avec l'agent Fleming et vous l'emmenez dans un autre poste, empruntez une de leur salles et faites durer la conversation. Voyez ce qu'elle savait, si tant est qu'elle savait quoi que ce soit.

Autre chose, quelqu'un ?

Le sergent Wheeler prit la parole :

— Inspecteur-principal, c'est peut-être sans importance, mais nous avons reçu un appel la veille de Noël. Quelqu'un se plaignait qu'une voiture était garée sur le trottoir et qu'il ne pouvait pas passer avec son fauteuil roulant sans aller sur la chaussée.

— Est-ce qu'on a donné suite ?

— Sérieusement ? Déjà, avec les effectifs que nous avons en temps normal, alors je ne vous parle pas de la veille de Noël ! Nous avons aussi eu un appel pour un automobiliste qui jetait des frites par la portière. Nous n'avons pas donné suite non plus. J'ai juste mentionné la voiture mal garée parce que c'était tout près du sentier où le corps de Lily a été retrouvé.

C'était un véhicule de couleur sombre, peut-être une Ford mais celui qui a appelé n'était pas sûr. Et Mann a bien une Ford noire, non, même si c'est un modèle très répandu ? Mais l'immatriculation n'a pas été relevée, et le modèle non plus.

— Renvoyez quelqu'un chez ce témoin oculaire et essayez d'en savoir plus. Tout ce qu'il a pu remarquer. Un quelconque autocollant sur la vitre arrière par exemple. Nous devons pouvoir prouver que la voiture de Mann était là-bas.

Est-ce que Lily a été vue ailleurs ? Et les bus qui vont à Bramhall ?

— Chef, ce sentier est un raccourci qui mène à la maison de Becky Adler, il se pourrait donc que ce soit là-bas qu'elle allait, dit Rob O'Connell. Et, comme elle fait de la course à pied, je me demandais si elle n'y était pas simplement allée en courant. Becky m'a expliqué que Lily n'avait pas téléphoné ou envoyé de texto pour dire qu'elle venait, mais que c'était sa façon de faire. Elle ne se servait pas beaucoup de son téléphone et elle débarquait souvent comme ça, sans prévenir.

— Est-ce qu'elle avait appelé Lily pour l'inviter à passer Noël avec elle ? Nous n'avons pas encore trouvé le téléphone de Lily. Qu'est-ce que ça donne avec l'opérateur ? C'est une piste à suivre.

— Non Becky ne l'a pas appelée, elle avait prévu autre chose. Elle ne devait pas spécialement la voir, mais elle a dit que Lily venait souvent à l'improviste et qu'elle restait souvent dormir. Les parents de Becky n'y voyaient pas d'inconvénient. Elle a aussi confirmé que Lily y allait souvent en courant, pour s'entraîner.

— C'est le point qui me chagrine, dit Jack Gregson. Si Lily faisait de la course à pied et courait bien, et si Mann a laissé sa voiture au bout du sentier pour la poursuivre, comment se fait-il qu'il l'ait rattrapée ? Et d'après la position dans laquelle le corps a été retrouvé, il l'a rattrapée en quelques dizaines de mètres.

Ted reprit la parole.

— C'est peut-être un problème de gabarit. Les coureurs de cross sont souvent petits et secs. J'en ai fait un peu moi-même. Mais si vous regardez les meilleurs sprinters, ils sont tout en muscles et en puissance. D'après ce qu'on a vu, Mann est carré, très musclé. Dans son journal, Lily mentionne le fait qu'il fait de l'haltérophilie et ça correspond bien à mon impression quand je le tenais à la morgue. Je le verrais bien la rattraper facilement sur une courte distance.

— Ça me parait logique. Bon, quelqu'un a autre chose à ce stade ?

— Juste pour vous rappeler que même si nous trouvons du sang ou autre chose sur le sol de la salle de bains, on ne peut décemment pas avoir de résultat dans les vingt-quatre heures imparties. Loin de là. Malheureusement, il n'y a que dans les mauvais romans policiers que ça marche comme ça, rappela Isabel au DCI.

Puis, voyant l'expression sur son visage, elle ajouta : Mais bien sûr comptez sur nous pour un miracle, comme d'habitude, avec une bonne louche de potion magique.

— Mais vous pourrez nous dire si vous avez trouvé des traces de sang ou non ?

— Ça, oui. Mais pas tout de suite le sang de qui.

— Est-ce que la personne qui pratiquera la fouille pourra s'il vous plaît vérifier s'il se rase avec un rasoir mécanique ou électrique ? Je commence à connaître notre M. Mann maintenant. Je parierais qu'il justifiera des taches de sang avec le vieux truc « je me suis coupé en me rasant », ajouta Ted.

— Chef, je suis retourné voir cette travailleuse socialo.

Malgré le sérieux de la situation, une vague de rires amusés interrompit la déclaration de Maurice Brown.

Le DCI soupira en secouant la tête.

— Travailleuse sociale, Maurice, espèce d'andouille. Une travailleuse socialo, ça n'a rien à voir.

— Ah oui, bon, désolé. Alors, cette Maxine, celle qui s'était occupée de Lily. Nous avons comparé les notes et les dates du journal de Lily avec les fois où elle était allée la voir, et ce qu'elle avait dit. Beaucoup de points concordent. Il faut qu'elle obtienne l'aval de ses chefs, mais elle serait plus que ravie de nous fournir ses notes s'ils l'autorisent.

— Pourquoi est-ce qu'elle n'a jamais envisagé de faire un signalement à la police ? Ou peut-être d'accompagner Lily déposer plainte ?

— C'est ce qu'elle a fait, chef. Maxine je veux dire. Pas dans ce commissariat, mais elle est bien allée voir la police et elle leur a exposé ses craintes pour Lily et elle leur a donné une copie de ce qui lui avait été dit.

Pour la deuxième fois, le silence se fit dans la pièce. Au bout d'un moment, Jim Baker commença à gronder, comme un volcan juste avant l'éruption.

— Bon, cette procédure n'est pas de notre ressort, mais je veux tout ce que cette femme vous a dit, au mot près, Maurice. Dans quel commissariat elle est allée, qui a pris sa déposition, quels détails elle a donnés, et si elle s'en est préoccupée par la suite.

Il me semble qu'il y a une forte probabilité qu'un policier pas très courageux, ou au-dessous de tout, ou peut-être même véreux, n'ait pas levé le petit doigt. Et ça veut dire que cette inertie a peut-être directement contribué à la mort de cette gamine. Nous nous concentrons sur Mann jusqu'à ce que nous le coincions, s'il est coupable, mais je veux aussi que quel que soit le policier qui ait laissé

passer ça, il soit cloué au pilori.

Et je veux qu'on trouve ces vêtements. Assurez-vous que la scientifique retourne chaque centimètre carré de la maison, et vous, inspecteur Turner, pouvez-vous envoyer quelques agents en tenue fouiller les poubelles dans le secteur ? Les poubelles, les bennes, tout ce à quoi ils peuvent penser. Avec un peu de chance, ils n'auront pas été relevés dans ce quartier depuis la veille de Noël, alors au boulot, voyons ce qu'on peut trouver.

Le briefing arrivait à son terme. Jim Baker fit signe à Ted et Jack de rester avec lui.

— Pas de pression, Ted, mais il nous faut clairement un peu plus que ce que nous avons pour persuader le proc de nous laisser l'incriminer. On pourrait le poursuivre pour atteinte sexuelle sur mineure pour l'instant, mais il nous le faut pour meurtre.

Drôlement bonne idée pour le rasoir, aussi. Penser

comme lui est notre meilleur atout pour l'instant. Ça et avoir assez de bol pour trouver ces vêtements qui manquent. Au moins, il ne peut pas les avoir brûlés. S'il avait allumé un feu la veille de Noël, un voisin l'aurait signalé. Jack, je veux que vous alliez sur place pour superviser les recherches des agents en tenue. C'est encore notre meilleur espoir.

Avant de partir, faites un petit rappel à Maurice pour qu'il prépare un rapport complet sur ce que cette Maxine lui a dit. J'en ai besoin au plus vite pour le transmettre au Proc. Travailleuse du sexe, je rêve ? Brave Maurice. On peut lui faire confiance pour mettre les pieds dans le plat. Enfin, elle n'a pas fait de difficultés pour lui donner les renseignements et c'est ce qui compte. Et c'est bien lui qui sera le plus à même de parler avec la mère pour découvrir ce qu'elle savait, si tant est qu'elle savait, ou avait soupçonné quelque chose.

Pendant ce temps, je vais tâcher de savoir qui avait reçu le signalement et pourquoi rien n'a été fait. Et qu'il prie le ciel si je découvre que ça avait juste été mis sous la pile. Nous aurions pu y mettre un terme avant que ça tourne mal si une foutue feignasse quelque part avait fait son boulot correctement.

26

— Merci, dit Ted au policier en tenue qui était entré dans la salle d'audition pour lui transmettre un message à voix basse avant de ressortir.

— M. Mann, je viens d'être informé que la police scientifique a trouvé des traces de sang sur le sol de la salle de bains chez vous. Je me demandais si vous pourriez nous expliquer comment elles sont arrivées là.

Mann n'avait pas l'air de se sentir concerné et haussa les épaules.

— J'ai dû me couper en me rasant.

— Mais est-ce que vous n'utilisez pas un rasoir électrique ? L'équipe signale qu'il y en a un dans la salle de bains.

— Ca c'est pour un petit rasage vite fait, quand je vais quelque part. Quand je veux vraiment me raser de près, j'utilise un rasoir jetable.

— Je vois. Et où mettez-vous les rasoirs jetables, après les avoir utilisés ?

— Vraiment, sergent ? M. Mann fait preuve de beaucoup de patience et de coopération. Est-il fondamental de le questionner sur son mode de rasage ?

— J'essaie d'aller au fond des choses, Miss Castle. Nous voulons être absolument sûrs d'épingler le responsable du viol et du meurtre de Lily, et de ne pas perdre un temps précieux à nous éparpiller.

— Eh bien, ceci est une perte de temps. Notre petite Lil n'a pas été tuée chez nous.

L'avocate fit un geste pour empêcher son client de parler dès qu'il ouvrit la bouche, mais c'était trop tard. Il l'avait dit, et Ted l'avait entendu.

— Ah bon, M. Mann. Nous ne sommes encore qu'en train d'essayer d'établir les faits concernant sa mort. Le lieu du meurtre en fait partie.

Mann commença à s'échauffer :

— C'est vous qui m'avez dit qu'elle avait été tuée là où on l'a trouvée.

— Je ne crois pas avoir dit cela, non. Je crois que je vous ai dit où elle avait été retrouvée, rien de plus. Je vous prie de m'excuser s'il y a eu un malentendu. Bien, revenons-en ce que vous faites de vos rasoirs après utilisation.

Mann s'efforça de retrouver son aplomb.

— Je dois les jeter dans l'espèce de poubelle à pédale dans la salle de bains, et puis après elle est sans doute vidée dans la grande poubelle.

— Et pourtant nos enquêteurs n'ont retrouvé ce type de rasoir ni dans l'une ni dans l'autre.

— Et ben, ces foutues poubelles ont dû être ramassées maintenant, évidemment, répliqua Mann.

— Pourtant le sang est relativement récent, selon la police scientifique. Et, en fait, les éboueurs

ne sont pas passés depuis plusieurs jours avant Noël. Mais avançons. Quand vous vous coupez en vous rasant, vous ne prenez pas juste un morceau de papier toilette pour le mettre sur la coupure et empêcher le sang de couler partout ? Moi, c'est ce que je fais.

L'avocate le coupa impatiemment :

— Aussi passionnante que soit votre comparaison des méthodes de rasage, où est-ce que ça nous amène, sergent ?

Ted l'ignora ostensiblement et, tenace, continua sans dévier de sa ligne :

— Voyez-vous, il y avait beaucoup plus de sang que l'équipe scientifique se serait attendue à trouver pour une petite coupure. On avait essayé de le nettoyer, mais ils ont les moyens pour détecter la moindre trace. Avez-vous une explication ?

— Je sais pas. Peut-être que quelque chose est arrivé à ma femme. Ou à Lily. Des trucs de femmes, peut-être ? Leurs règles ? J'en sais rien. P't être bien quelque chose comme ça.

— Je vois. Eh bien, nous avons des policiers qui parlent à Mme Barrow en ce moment, alors, nul doute qu'elle pourra, comme vous dites, nous éclairer sur ce sujet.

Les yeux de Mann se contractèrent à cette information. Ted revint à la charge.

— M. Mann, est-ce que par hasard vous vous rappelleriez ce que vous portiez la veille de Noël ?

— Non, et vous ? rétorqua Mann, visiblement en train de perdre ses moyens.

— Oh, simple question de routine, monsieur, mais nous aimerions analyser ces vêtements. Ils étaient peut-être parmi ceux que vous avez mis dans la machine ? Celle que vous avez oublié de mettre en route ?

— Non, ils étaient …

Là encore, l'avocate fit un geste pour l'arrêter, juste au moment où Mann se rendit compte lui-même qu'il avait failli tomber dans le piège.

— Vous vous rappelez avec suffisamment de précision pour affirmer qu'ils n'étaient pas parmi ceux que vous avez mis dans la machine la veille de Noël ?

Avant qu'aucun d'eux ait pu dire autre chose, la porte de la salle d'audition s'ouvrit et le DCI entra.

— Pour l'enregistrement, l'inspecteur-principal Baker vient d'entrer dans la salle, dit Ted, se demandant s'il avait fait quelque chose qui n'allait pas au point de faire entrer le Big Boss pour récupérer le coup.

Le DCI prit un siège à côté de Ted et y posa son imposante carrure. Il fit un signe de tête à Miss Castle, à l'évidence il la connaissait de vue.

— M. Mann, comme le sergent Darling vient de vous le dire, je suis l'inspecteur-principal Baker, l'OPJ en charge de cette affaire. Je dois vous dire, M. Mann, que les policiers chargés de la fouille près de chez vous ont trouvé des vêtements tachés de sang dans un sac poubelle, à moitié enfoui dans une benne devant une maison à trois rues de la vôtre. Ces vêtements sont de la même taille que ceux retrouvés chez vous, et de la même marque que certains d'entre eux.

De plus, je viens d'être informé par l'agent qui parle à Mme Barrow, qu'ils ressemblent aux vêtements que vous portez, d'après elle. Y a-t-il quelque chose que vous souhaitez nous dire à propos de ces vêtements ?

Son visage trahit un instant de panique. Il monta le ton pour la cacher :

— Vous n'aviez pas le droit de lui montrer des choses comme ça. Elle en a déjà assez bavé.

— Il fallait que nous puissions identifier ces vêtements, M. Mann, avant de les envoyer pour que l'analyse détermine si le sang sur eux correspond à celui de Lily.

Mann sembla se reprendre.

— Rien à voir avec moi, dites. Je ne suis pas responsable de ce que les gens jettent dans les bennes.

— Vous n'avez pas à dire quoi que ce soit à ce stade, M. Mann, dit l'avocate.

— Des analyses plus poussées vont aussi, bien sûr, révéler l'ADN de la personne qui portait la chemise. Au vu des dernières découvertes, j'ai la conviction que nous sommes au-delà du seuil minimum requis pour vous considérer comme le principal suspect du meurtre de Lily Barrow. J'ai échangé avec le bureau du procureur et ils sont d'accord avec moi.

Raymond Mann, je vous arrête dans le cadre du meurtre de Lily Barrow, et au chef d'accusation supplémentaire de rapports sexuels avec un enfant de moins de seize ans. Je vous rappelle que vous pouvez toujours invoquer votre droit au silence. Vous allez être déféré pour la mise en examen, et maintenu dans nos locaux dans l'attente d'autres recherches. Vous aurez, bien entendu, le droit de consulter votre avocate.

— C'est absurde, je n'ai pas ...

— Pas un mot de plus, l'interrompit sèchement son avocate.

Le même agent en tenue avait suivi le DCI dans la pièce. Il emmena Mann au bureau des mises en examen, l'avocate à sa suite.

— Est-ce que nous l'avons coincé ? chef ? Assez pour que ça aille jusqu'au bout ? demanda Ted au Big Boss quand ils eurent quitté la pièce.

— Trop tôt pour le dire, Ted, mais le bureau du proc ne voit pas d'inconvénient à ce que je le mette en examen. C'est maintenant que commence le plus dur. Surtout, il faut que la scientifique élimine toutes les zones d'ombre et qu'ils fassent des miracles. Nous avons besoin de l'analyse complète de ces vêtements que nous venons de trouver, et nous en avons besoin dans un temps record.

Gardons ça à l'esprit et filons au Grapes quand nous débraierons, et je demanderai à Isabel de se joindre à nous. Voyez si votre charme pourrait opérer sur elle pour qu'elle nous mette en priorité absolue sur ce dossier.

— Je serai un peu en retard ce soir. Nous allons tous prendre un verre après le boulot, dit Ted à Trev quand il eut un moment tranquille pour l'appeler.

— C'est bon signe. Est-ce que ça veut dire que vous avez attrapé le méchant ?

— Oh, on a mis quelqu'un en examen, mais il reste un bon bout de chemin avant d'avoir un dossier béton contre lui. C'est juste un premier arrosage. Et je suis chargé de draguer le responsable de l'équipe scientifique pour être sûr d'obtenir nos résultats aussi vite qu'il est humainement possible, et en tout cas avant tous les autres services.

— Je le déteste déjà. Est-ce qu'il est plus beau que moi ?

Ted sourit.

— Tu n'as pas à t'en faire, le responsable est une femme. Je me demande bien comment Big Jim pense que je vais m'y prendre pour la charmer. Et personne n'est plus beau que toi.

C'était au tour de Trev de sourire.

— Tu dis tout bien comme il faut. Et bien sûr que tu peux la charmer. Tu sais être tout à fait charmeur et persuasif quand tu veux. Je suis bien placé pour le savoir.

— Je ne resterai pas plus qu'il ne sera absolument nécessaire.

— Ça va, ne t'en fais pas. Va te mêler à tes nouveaux collègues et sois charmeur comme jamais avec cette pauvre fille de la police scientifique. Puisque ça bouge, est-ce que cela veut dire que nous pouvons vraiment compter sur le Nouvel An ensemble ?

— Je te l'ai dit. C'est garanti, puisque j'ai été volontaire pour Noël.

— Chut, ne provoque pas le destin. Et s'il y a un autre crime et qu'ils font venir tout le monde ?

— Je suis sérieux, ce ne sera pas le cas. Ne dis surtout pas à la confrérie du crime qu'il n'y aura personne au bureau toute la journée, juste des astreintes par téléphone.

— À plus tard. Je te garderai quelque chose bien au chaud. Et à manger aussi.

Ted espérait qu'il n'avait pas trop rougi quand il

partit rejoindre l'équipe pour se rendre au Grapes avec eux.

Il fut surpris de voir que Maurice avait l'air sombre, assis tout seul, une demi-pinte entre les mains. Il alla vers lui avant de parler à Isabel.

— Qu'est-ce qui se passe, Maurice ? Je sais bien qu'on est encore loin du but, mais c'est un bon résultat jusqu'à présent.

Maurice poussa son imperméable pour que Ted puisse s'asseoir à côté de lui.

— J'ai parlé avec la mère de Lily cet après-midi, Ted. Il a fallu que je lui montre ces vêtements tachés de sang et que je soutienne son regard quand elle a compris que c'était le type avec lequel elle vivait qui avait tué sa fille.

Il était passé au registre informel maintenant que la journée était finie et qu'ils n'étaient plus au bureau.

— Et voilà, elle a tout perdu. Sa petite fille, son mec, et sa maison. C'est lui le proprio, donc quoi qu'il lui arrive, elle ne peut pas rester y vivre, d'ailleurs je doute qu'elle le souhaite. Je n'arrive pas à imaginer ce que ça me ferait de perdre mes deux ptiotes. Je les aime plus que moi-même.

Il s'arrêta pour sortir un mouchoir avec lequel il essuya une larme et se moucha.

— Faites comme si je n'étais pas là, Ted, je suis un foutu pleurnichard quand il s'agit d'enfants. Et je sais que nous ne parlons pas boulot ici, en tout cas nous ne sommes pas supposés, mais je mettrais ma main à couper que cette pauvre femme ne se doutait de rien. Ça sera donc encore plus dur pour elle. Je me demande ce qu'elle va devenir.

La seule consolation, c'est si nous arrivons à le faire boucler, qu'un violeur d'enfant comme lui aura de gros soucis en prison. Surtout quand ils sauront que c'était sa propre belle-fille.

Ted se posait les mêmes questions au sujet de Mme Barrow quand il prit sa Gunner et alla chercher Isabel. Son bref échange avec Maurice avait confirmé l'opinion qu'il avait déjà de lui. Il était sans doute bien cossard et un peu lent, mais il s'intéressait aux gens. Pour Ted, c'était une qualité importante.

Isabel était en train de finir son verre quand Ted la rejoignit. Il lui en proposa un autre.

— Vous êtes arrivé pile au bon moment, Ted. Oui, je veux bien, je prendrai un verre de vin blanc avec vous. Mais il faut que je vous prévienne, si vous comptez me soûler pour obtenir des faveurs, vous perdez votre temps. Nous faisons déjà vraiment le maximum, je vous jure.

— Je sais bien, et nous vous en sommes très reconnaissants. Je crois que nous sommes tous un peu à cran, à force de vouloir boucler ce dossier.

Santé, ajouta-t-il en revenant et en lui tendant le verre de vin qu'il venait d'aller chercher.

— A la vôtre. J'ai bien aimé travailler avec vous, mais ce sera notre dernier boulot ensemble.

— J'ai été aussi mauvais que ça ? plaisanta Ted.

— Mais non, c'est juste que je mute pour une autre région. Ma mère vient d'avoir un AVC. Papa n'arrive pas à tout gérer tout seul. Les enfants et moi y allons pour que je puisse l'aider en dehors du travail.

Par discrétion, Ted se garda d'aller plus loin. Elle le remarqua et lui fit un sourire en remerciement.

— Non, il n'y a pas de moitié à consulter pour prendre la décision. Merci de ne pas avoir posé la question. Il est parti. Il a pris le large il y a longtemps, et bon débarras.

Je sais déjà qui va me remplacer à la tête du service et je crois que vous devriez bien vous entendre. D'après le téléphone arabe, vous aimez les chats.

— Nous en avons cinq en ce moment. En tout cas il y en avait cinq quand je suis parti ce matin. C'est mon compagnon le fondu de chats. Il est bien capable d'en avoir passé un ou deux en fraude avant que je rentre ce soir.

— Eh bien, Doug est dingue de chats. Je ne m'y connais pas vraiment, ce n'est pas mon truc, mais je sais qu'il les emmène à des concours et ce genre de chose. Je ne sais pas trop quelle race. Pelage ras, *Short coat* ? Ça pourrait être ça ? Un truc dans ce genre.

— *British shorthair*, sans doute. Merci pour le tuyau. Je ne manquerai pas de demander de leurs nouvelles quand nous nous verrons.

— C'est marrant, mais c'est lui l'expert en traces de sperme. Aussi bizarre que cela puisse paraître, et je préfère ne pas savoir pourquoi, c'est là-dedans qu'il s'est spécialisé.

Ted se mit à rire.

— Je m'en tiendrai sûrement aux conversations sur les chats, jusqu'à ce que je le connaisse mieux.

Il y avait une télévision accrochée au mur derrière le bar, sur laquelle passaient les actualités régionales du soir.

Une acclamation de l'équipe s'éleva quand ils reconnurent leur divisionnaire, filmé devant l'hôtel de police, annonçant qu'un homme de quarante-trois ans avait été mis en examen dans le cadre du meurtre de Lily Barrow. Quelques commentaires peu flatteurs pour lui furent prononcés assez bas pour que le DCI ne les entende pas, avec un peu de chance. Big Jim vint rejoindre Ted avec son verre à moitié plein à la main au moment où Isabel finissait le sien et s'en allait.

— Vous avez fait du bon boulot dans cette affaire, Ted. Très impressionnant. Vous savez que le vrai travail de fourmi commence maintenant et je compte sur vous pour que toute l'équipe fasse les rapports sans traîner. Je sais que vous êtes efficace pour la partie administrative, je vous en mets donc responsable pour nous assurer que tout est conforme. Jack est un bon sergent, un bon leader, mais il serait le premier à admettre que la paperasse n'est pas son fort. Il se fera un plaisir de vous la confier, laissez-le s'occuper du reste du travail sur le terrain.

— Bien, chef. Chef, il y a un moment que je voulais vous parler d'un projet que nous devrions, je crois, envisager, suite à l'affaire en cours, commença Ted avec enthousiasme.

— Ted, soyez sage. Nous avons fini la journée. Nous sommes en repos. Le travail attendra. Quelle que soit l'idée géniale, et je suis sûr qu'elle l'est, elle attendra demain. Bon, et si vous alliez retrouver ce jeune homme de vos rêves ? J'ai bien apprécié la petite conversation que j'ai eue avec lui à notre pot de Noël. Il faudra le ramener. Il est visiblement très intelligent, bien élevé et il a vu du pays. Il a l'air très gentil.

Le Big Boss avait soudain du mal à articuler, il était mal à l'aise.

— Ce n'est pas que je … enfin je veux dire, c'était très agréable de parler avec lui.

Ted sourit avec indulgence.

— Ça va, chef. Il m'a dit la même chose sur vous. Que vous aviez l'air très sympathique.

Big Jim eut un sourire un peu gêné.

— J'essaie, Ted, je fais vraiment tout mon possible, mais certaines choses restent incompréhensibles pour moi et je suis le premier à le reconnaître. Au moins, vous avez l'air très heureux ensemble. Peut-être que votre couple durera un peu plus que la moyenne des mariages de flics. Nous ne sommes pas la clientèle idéale pour le mariage, surtout dans notre spécialité.

Il y avait une note d'amertume dans la voix du DCI, remarqua Ted. Si la moitié des rumeurs au sujet de sa femme étaient vraies, il n'enviait pas sa vie au foyer et en son for intérieur, il était reconnaissant de ce qu'il vivait. Il n'arrivait pas à croire la chance qu'ils avaient d'être si bien ensemble Trev et lui.

Sur un coup de tête, en rentrant, Ted s'arrêta acheter une rose rouge, qu'il fit envelopper dans une feuille de cellophane, petite attention supplémentaire. Trev était un mordu de films classiques, surtout les premiers en noir et blanc. Ted avait des goûts plus simples. Pour une raison qui lui échappait, le film controversé de Mel Brooks « Le shérif est en prison » restait un de ses préférés. Il y avait des moments où cet humour potache était exactement ce qu'il lui fallait à la fin d'une dure journée.

Il avait initié Trev à ce film, et la scène où le sheriff offre une « ouose ououge » à la fille du saloon, comme elle l'avait dit avec son petit défaut de prononciation, était devenue une réplique culte entre eux. Il voulait quelque chose qui montre à Trev combien il appréciait son soutien, sans lequel son travail aurait été tellement plus éprouvant.

Il obtint l'effet escompté.

— Est-ce que tu peux me laisser la voiture demain, et prendre la moto pour aller travailler ? Il faut juste que j'emmène John chez le vétérinaire à un moment ou un autre. Bien sûr, il a plein de vers, mais je veux juste m'assurer que sa maigreur ne vient bien que de ça.

—John ? interrogea Ted en balayant la cuisine du regard, leurs cinq chats s'y promenaient à la recherche de nourriture et d'attention.

Trev mis son doigt sur sa bouche et pointa un doigt vers une chaise sous la table. Ted se baissa pour regarder et aperçut un petit chaton bien roulé en boule, il semblait dormir tranquillement.

— Je te présente John Deacon. Le dernier membre en date de notre groupe.

— Salut, John. Bienvenue dans ton nouveau chez toi.

27

— Entrez, Ted, asseyez-vous. Prenez une tasse de café.

C'était plus une injonction qu'une suggestion. Le grand patron l'avait déjà flanquée de l'autre côté du bureau, devant Ted. On aurait dit une tasse de mélasse chaude. Ted se demanda brièvement si c'était une sorte d'épreuve initiatique, pour déterminer le rang dans l'équipe.

Trev avait acheté à Ted du thé vert bio haut de gamme comme petit cadeau de Noël dans les chaussettes traditionnelles. Initialement, Ted était sceptique, mais Trev lui avait dit pour le taquiner que c'était Zen et que ça l'aiderait à ouvrir ses chakras. Petit à petit, il commençait à l'apprécier, agrémenté d'une bonne dose de miel. C'était en tout cas plus doux au palais que l'infâme breuvage posé devant lui maintenant.

— Je voulais vous donner l'occasion de me parler de votre fameuse idée de l'autre jour, pendant que nous avons un temps mort en attendant le reste des analyses scientifiques pour Mann. Est-ce qu'ils ont fini le boulot dans la maison ?

— Oui, chef. Mann y habite tout seul maintenant et une des clauses de sa conditionnelle c'est qu'il y reste.

— Et la mère de Lily ?

— Elle est hébergée par une sœur à St Helens, chef. Je suppose qu'elle va rompre les ponts avec Mann. Même s'il est innocenté du meurtre de Lily, il a admis coucher avec elle. Même si ça ne s'est vraiment passé qu'après ses seize ans, ce qui semble de plus en plus improbable au fur et à mesure que nous avançons, ça reste quelque chose que Mme Barrow aura du mal à avaler.

— D'accord. Bon, je voulais d'abord vous tenir informé, rapport au groupe. J'en ai déjà parlé à Jack, et il est d'accord pour tout ce que je prévois.

Je suis impressionné par votre travail jusqu'à présent. L'administratif est bon, comme je m'y attendais, et j'ai apprécié votre technique d'interrogatoire avec Mann. Comme je vous l'avais déjà dit, avec Lennie à quelques semaines seulement de la date officielle de son départ, le poste d'inspecteur, DI, devient vacant.

Le petit problème, c'est que vous avez réussi l'examen, mais qu'il vous manque de l'expérience en PJ, et que Jack a l'expérience, mais pas l'examen. Il n'y a pas moyen que je vous fasse déjà passer inspecteur, même par intérim. J'en ai parlé longuement avec la hiérarchie et voilà ce que nous vous proposons. Pour le poste d'inspecteur, Jack assure l'intérim avec effet immédiat, puisque nous savons que Lennie ne reviendra pas. Vous travaillez en étroite collaboration avec lui. Maintenant que Lennie a pris sa retraite, et tant que vous ne commettez d'énorme boulette les six ou sept prochains mois, le poste de DI est pour vous au terme de cette période, Qu'est-ce que vous en dites ?

— C'est tout simplement fantastique, chef, merci, répondit Ted en essayant de ne pas s'étouffer avec son café.

— Eh, pour l'amour du ciel, ne commencez pas à trop en faire avec moi. Ce n'est pas un fichu discours aux Oscars. Il faut aussi que nous étoffions l'équipe. J'ai fait des demandes aux réunions de direction et j'ai signalé sur le site de recrutement que nous cherchions quelqu'un. J'ai droit à deux agents supplémentaires. Deux, parce que je subodore que Hughes ne restera pas ici bien longtemps. Il est trop étiqueté « Lennie », et ses méthodes ne collent pas avec la nouvelle philosophie de ce service.

Et juste pour montrer que je sais écouter, j'ai fait savoir que nous acceptions tous les profils. Je refuse absolument de me lancer dans la discrimination positive. Je veux de bons flics. Des flics extra. Je n'en veux pas parce qu'ils sont dans la bonne case pour le genre, la race ou le handicap, ou quoi que ce soit. Mais si nous trouvons la bonne personne qui se trouve ne pas être un homme de type caucasien, alors tant mieux. Et il est normal que Jack et vous ayez votre mot à dire dans le choix final, puisque vous allez travailler avec eux plus que n'importe qui d'autre, et obtenir les résultats escomptés grâce à eux.

Il enfila une bonne moitié de son café en une seule lampée. Il devait avoir non seulement un estomac en acier trempé, mais aussi une gorge ignifugée : il était si chaud que Ted pouvait à peine y tremper les lèvres.

— Et maintenant, parlez-moi de votre projet.

— Eh bien, chef, commença Ted, trop heureux d'avoir un répit supplémentaire avant de toucher à son café, je sais bien que la disparition de Lily n'avait pas été déclarée avant que son corps soit retrouvé, mais avec ce qui s'était passé et avec les signalements de la travailleuse sociale, je me suis dit que si nous avions su plus tôt ce qui lui arrivait, nous aurions peut-être pu la protéger.

Le DCI se leva pour se servir du café à nouveau. Il leva la cafetière vers Ted pour lui en proposer aussi, mais Ted fit non de la tête.

— A ce propos, l'agent qui a reçu le signalement initial et n'a pas mis la machine en route a été identifié et une procédure disciplinaire a été engagée. Il n'aura sans doute qu'un coup sur les doigts et un stage de renforcement, mais on peut espérer que c'est une erreur qu'il ne commettra plus.

— Je me demandais si ça vaudrait le coup de consulter les fiches des mineurs portés disparus dans notre secteur et de les éplucher pour voir si nous pourrions déterminer le facteur déclenchant.

— C'est une idée séduisante, mais le budget pour les actions de prévention, c'est des clopinettes en ce moment. Et cette équipe est supposée s'occuper des crimes graves. Vous savez, les meurtres, les viols, enlèvements, violences graves aux personnes, ce genre de choses. Il y a déjà des unités spécifiques pour les personnes portées disparues.

— J'en suis bien conscient, chef, mais si jamais nous avions quand même un temps mort, c'est quelque chose que Maurice pourrait faire. Il sait bien faire ça, c'est son domaine. Et ça fait moins de travail pour nous à long terme. Si nous pouvons trouver un jeune et le mettre en lieu sûr, ça fait un meurtre ou viol ou autre crime dans ce genre en moins à traiter sur notre secteur.

Trev et moi avons monté un club d'auto défense pour les jeunes au dojo où on s'entraîne. Leurs écoles nous disent que ça a déjà un effet considérable sur le nombre de harcèlements. Donnez un peu de confiance en soi à un gamin et il devient beaucoup moins la cible de harceleurs. C'est pourquoi je crois que si nous regardons les dossiers d'un peu plus près et essayons de déterminer la cause des fugues, nous pourrons peut-être en ramener plus à la maison sans dommages. Ça vaut sûrement le coup d'essayer, chef ?

— Si je comprends bien, vous avez l'intention de nous convaincre de ne plus nous occuper des crimes qui sont la raison d'être de cette unité ? demanda le DCI, mais il avait un petit sourire en le disant. Il me semble que ça vaut la peine de tenter le coup. Je sais que vous êtes doué pour mettre les projets par écrit, faites-moi donc un petit travail là-dessus. Mais pas au détriment du dossier Mann. Je veux qu'on boucle cette affaire en priorité.

Bon travail, Ted.

Comme Ted se levait pour partir, le Big Boss lui dit :

— N'oubliez pas de finir votre café avant de retourner travailler.

— Où est votre rapport sur l'interrogatoire de Mme Barrow, Maurice ? demanda Ted. Bon sang, je devrais déjà l'avoir maintenant. Je ne devrais pas avoir à vous relancer tout le temps pour la paperasse.

— Désolé sergent, je suis justement en train de le finir. Donnez-moi dix minutes.

— Je vous en donne cinq, et encore je suis généreux. Quand vous aurez fini ça, je veux vous parler d'autre chose à vous faire faire quand vous aurez du temps libre. Et ça ne veut pas dire que c'est une excuse pour laisser en plan tout le reste et rester à votre bureau farfouillant dans les dossiers comme si vous étiez très occupé.

Ted avait déjà pris la mesure de l'agent Brown. Il reconnaissait ses qualités, mais il savait aussi que si on ne le surveillait pas de près, il choisirait toujours ce qui est le plus facile et qui donne le moins de travail. Il fit demi-tour pour aller à son bureau, mais s'arrêta pour ajouter :

— Ah, et Maurice, du vernis violet à paillettes ? Vous savez que le règlement stipule « rose ou transparent exclusivement ».

— Et oui, sergent. Les jumelles ont voulu jouer à la princesse et j'ai été mis à contribution. Et puis je n'ai pas trouvé le truc pour l'enlever. J'en récupèrerai en rentrant et je m'en occuperai.

— Faites-le avant que le Big Boss s'en aperçoive. Et maintenant, allez, ficelez-moi ce rapport.

Il fallut plus de cinq minutes, mais quand Maurice déposa son rapport sur le bureau de Ted, il était au point. Ted lui dit de s'asseoir pour qu'ils discutent. Il commença à lui expliquer son idée de traiter des cas de personnes portées disparues de manière pro-active.

Maurice hocha la tête avec enthousiasme.

— Ah ben, ça c'est une bonne idée, Ted.

— Nous sommes en service en ce moment, DC Brown, pas au pub, lui rappela Ted.

— Ah oui, c'est vrai, sergent, répondit-il tout à son enthousiasme.

— Ce qu'il faut que vous fassiez, c'est compulser le fichier des personnes portées disparues sur notre secteur et voir ce que nous pouvons en tirer. On cherche la moindre indication d'une raison pour laquelle ces jeunes ont fugué. Si vous pouvez repérer quelque chose, même sur un ou deux cas seulement, alors on aura peut-être une piste intéressante.

Et, Maurice, n'oubliez pas, ce n'est pas un blancseing pour buller. Je veux du travail et des résultats qui prouvent que vous avez bien utilisé votre temps. Quand vous aurez quelque chose, si vous trouvez des pistes, vous et moi irons faire un tour pour voir si elles mènent quelque part.

— Reçu cinq sur cinq, sergent, c'est vous le chef.

Le jour de l'an

— C'était bien agréable, tout ça.

Trev s'allongea langoureusement, une main balayant nonchalamment les miettes sur les draps. John, le petit chaton, alla voir si c'était comestible et digne d'intérêt pour carnivore. Le vétérinaire avait confirmé l'infestation de vers, mais bien que cela ait été traité, il semblait encore avoir un insatiable appétit.

— Tu es sûr qu'on ne sera pas interrompu aujourd'hui ? On peut vraiment faire du shopping, et déjeuner, et peut-être encore un peu de shopping après le repas ?

— Je te l'ai déjà dit. C'est mon jour de repos, c'est tout à fait officiel. « Ne pas déranger ». Et c'est mon cadeau de Noël pour toi. Tout ce que tu veux faire, tout ce que tu veux que je t'offre, c'est d'accord. Je sais que ce n'est pas facile d'être avec un flic et je te suis vraiment reconnaissant.

— Que c'est chou. Bon, si je dois infliger de graves sévices et souffrances à ta carte de crédit, on ferait peut-être mieux de commencer à économiser. Donc on pourrait commencer en partageant l'eau sous la douche.

— On risque de ne pas sortir avant midi si on y va, prévint Ted. Mais il le suivit docilement dans la salle de bains.

Le matin était bien entamé quand ils arrivèrent au centre commercial. Le parking était déjà presque plein. Pour Trev, c'était le paradis, l'enfer pour Ted. Mais il avait promis.

— Comme il est plus tard que prévu, est-ce que tu veux déjeuner d'abord et aller dans les magasins ensuite ?

Trev mit un bras autour de ses épaules pendant qu'ils se dirigeaient vers l'entrée. Ils virent tout de suite que l'endroit grouillait de gens rendus fous à l'idée de faire des affaires dans les soldes

— On étouffe ici. Et si on faisait des courses maintenant et puis on prendrait des sandwiches et on irait dans un endroit plus calme.

— Mais c'est pour te faire plaisir. Tu préfères la bonne cuisine. Un vrai restaurant. Moi, je suis plutôt cornet de frites sur un banc. Un vrai prolo.

Trev s'arrêta, sans prêter attention à la foule qui essayait de se frayer un chemin. Il tourna la tête vers son partenaire, l'enlaça et le serra fort, sans plus prêter attention aux exclamations réprobatrices.

— Ce que j'aime le plus chez toi, c'est que tu n'as pas une once d'égoïsme. En tout. Tu te soucies toujours de moi, tu t'assures que je suis heureux et que j'ai tout ce que je veux. Je sais que tu as horreur de tout ce cirque, c'est pour ça que je suis si content que tu le fasses. Alors, faisons un compromis. D'abord, tu m'emmènes faire les boutiques et tu me gâtes terriblement. Après on prend un pique-nique hors de prix chez un traiteur et on va le déguster dans un endroit plus calme, et puis on va faire une balade.

On pourrait filer de l'autre côté de la frontière au Pays de Galles et se faire une petite balade. Pourquoi pas Moel Famau ? Ce n'est pas loin, et ça sera bien pour un décrassage.

— Peut-être que ça sera aussi noir de monde qu'ici, prévint Ted. Tu sais que c'est un lieu privilégié de promenade en famille pour les jours fériés.

Trev lui adressa un de ses sourires malicieux.

— Alors il faudra que nous ayons un comportement si scandaleux que les vieilles grand-mères et les familles avec enfants s'enfuient pour retrouver la sécurité de leur logis, et nous laissent le champ libre.

Allez, ouvre ton porte-monnaie, enlève les toiles d'araignée et prépare-toi à me gâter pourri. Il faut absolument que j'aie un nouveau jeans. Et une chemise ou trois. Et tout ce qui me passe par la tête.

Le lendemain, Ted arriva au travail à l'heure pour le briefing du matin. Il sentit le bourdonnement accru de l'équipe ; il savait que cela ne pouvait qu'être bon signe dans le dossier Mann.

Il avait bien profité de son jour de repos, même si cela lui avait coûté cher. Trev avait bien dû essayer pratiquement tous les jeans à sa taille de la boutique avant de choisir le premier qu'il avait repéré, ainsi qu'un second d'une autre couleur. Ce qui voulait bien entendu dire deux chemises de marque, une pour aller avec chaque couleur, et un pull en cachemire assorti. Ça n'embêtait pas Ted. Il considérait que ce n'était pas cher payé pour voir son compagnon heureux.

Ils avaient été le seul couple assez fou pour s'asseoir aux tables de pique-nique de l'aire de repos où ils s'étaient arrêtés pour déjeuner. Le temps froid avait aussi dissuadé la plupart des marcheurs sur Moel Famau, il ne restait que quelques intrépides. En bref, ils avaient tous les deux passé une partie de la journée à faire ce qu'ils aimaient. Et en prime, Ted avait repris le travail les idées claires, prêt à en découdre.

— Du nouveau ? demanda Ted à Jack au moment où le DCI entrait pour s'adresser à l'équipe.

— Oh, oui, peut-être la pièce manquante du puzzle.

— Bonjour à tous. Pour ceux qui n'en ont pas encore entendu parler, je viens de recevoir les résultats ce matin. Les techniciens scientifiques ont vraiment ouvert la route pour nous. Les vêtements tachés de sang : le sang correspond à celui de Lily Barrow et ils ont la preuve qu'ils ont été portés par Ray Mann. Donc, à moins qu'il nous sorte l'histoire de quelqu'un qui avait eu accès à sa penderie et portait ses vêtements pour assassiner Lily sans laisser ses propres traces, je dirais qu'il est coincé.

Il faut le réinterroger aujourd'hui, en présence de son avocate, lui présenter ces derniers éléments et voir ce qu'il peut dire. Ted, vous continuez à l'interroger. Vous avez fait du bon boulot jusqu'à présent, mais cette fois, je crois qu'on va augmenter la pression. Jack, vous y serez aussi, vous poserez quelques questions sur des sujets non abordés, voyez si on peut le pousser à la faute.

— Bon flic, mauvais flic, chef ? demanda Jack.

— Bon, pour tout le monde. Jack, je sais que ce n'était qu'un petit clin d'œil, mais il faut que je sois très clair. Je ne montre personne du doigt et je ne veux pas revenir sur le passé, mais cette équipe n'a pas le meilleur bilan de la maison. On pourrait dire que c'était une équipe de rugby de milieu de tableau qui marquait des essais, mais ne passait jamais la transformation. Il y a eu trop d'affaires qui n'ont pas franchi la dernière haie à cause de rapports bâclés.

Le DCI continua son discours de motivation, apparemment sans se rendre compte qu'il mélangeait les métaphores sportives.

— Je suis le responsable de cette enquête et j'attends mieux. Et pour que tout le monde sache à quoi s'en tenir, le sergent Gregson fera fonction d'inspecteur pour l'instant, secondé par le sergent Darling qui est très à cheval sur les rapports écrits. Croyez-moi, j'ai vu ce qu'il attend d'un rapport et c'est du haut de gamme. Comme il se doit. Rendez-lui un travail bâclé et il vous tombera dessus, avec ma bénédiction. Et faites-vous y, car il est probable qu'il soit votre nouvel inspecteur sous peu.

Individuellement vous êtes tous de bons flics. Je dois recruter deux autres APJ pour renforcer le groupe. Nous avons le potentiel pour devenir une super équipe. La meilleure de la division. Alors, prouvons-le en coinçant Mann et en fournissant au bureau du Procureur toutes les munitions dont il aura besoin pour le flinguer.

28

Le DCI avait vu juste pour l'agent Hughes. Après quelques réprimandes de Ted pour des rapports en retard, un respect approximatif de la procédure et son attitude générale envers les gens, surtout les suspects, il avait demandé une mutation pour une autre division. L'équipe se sentit obligée de lui faire ses adieux avec un pot au Grapes et une carte signée de tous, comme cela avait été le cas pour le DI. Mais il avait déjà été remplacé par deux nouveaux agents.

L'agent Tibbs les avait rejoints, tout juste sorti d'une mission d'infiltration dans une unité spécialisée dans le grand banditisme. Il était parfait dans ce rôle. Il ne ressemblait pas à l'idée que les gens se faisaient d'un policier, avec son corps d'athlète bodybuildé et ses vêtements de marque. Il était avec quelqu'un depuis peu et envisageait de s'installer, sa petite amie le harcelait pour trouver un poste moins dangereux.

Il dit à tout le monde qu'il préférait Virgil à Dennis, en référence au personnage de Sidney Poitier dans le film « Dans la chaleur de la nuit ». Son sens de l'humour le rendit vite sympathique à tout le monde. Les premiers temps, chaque fois qu'on lui demandait de faire quelque chose, il répondait invariablement

311

« Est-ce parce que moi être noir ? » en arborant un large sourire.

L'agent Tina Bailey était jeune, pleine d'enthousiasme et ambitieuse. Elle arrivait avec des références très élogieuses et avait visiblement gagné sa place au mérite, à en juger par ses résultats. Elle était la personne idéale pour le groupe, étant donné qu'elle venait du service en charge des personnes portées disparues. Elle était loin d'être la femme alibi de l'équipe et dès le départ elle se fit respecter, prompte à réagir à toute allusion un tant soit peu sexiste. On pouvait généralement compter sur Maurice pour en faire une, mais Tina avait du répondant.

Ted comprit vite que Maurice n'avait jamais de mauvaises intentions. Il fallait juste qu'il ouvre le bec avant de réfléchir. Ted l'avait découvert en travaillant avec lui sur le fichier des personnes portées disparues quand ils avaient un moment de libre.

— Il y a celui-là, sergent. Je crois que j'ai peut-être bien mis le doigt sur la raison de la disparition de ce garçon.

Il posa le dossier devant Ted qui avait pris une chaise pour s'asseoir à côté de son bureau.

— Le prénom du garçon est Patrick-Daniel. Patrick-Daniel Logan ! Enfin, quoi, qui peut faire ça à un gamin ? Toute sa vie, il va être appelé P. D. Logan, comme si un gamin pouvait supporter d'être traité d'homo. D'ailleurs je me demande, d'après ce que j'ai lu sur lui, s'il ne serait pas gay, et si ce n'est pas ça qui aurait provoqué un clash à la maison.

— Et sur quoi vous vous basez ?

— Eh bien, regardez sa liste d'amis. Il traîne tout

le temps avec une bande de filles. C'est le seul garçon du groupe. Il a des centres d'intérêt assez féminins, d'après ce que sa mère a dit de lui. Il aime aller faire les magasins avec elles. Il fait du théâtre avec elles. Des trucs dans ce genre. Tout ça, c'est un peu trop efféminé pour un garçon de son âge.

— Est-ce que vous me trouvez efféminé, Maurice ? demanda Ted.

— Eh ben, non sergent. Vous n'êtes pas tout à fait comme ceux qui en sont. Agent spécial, les arts martiaux, ce genre de trucs. Vous ne correspondez pas à l'homo de base.

— Maurice, dit Ted patiemment, il n'y a pas d'homo de base. Pas plus qu'il n'y a d'hétéro de base. Vous mettez du vernis à paillettes pour jouer avec vos filles. Est-ce que ça vous rend efféminé ? Trev et moi, nous avons des amis gays qui vous surprendraient, c'est sûr. Ils ne collent pas du tout avec ce que vous imaginez. Attention aux stéréotypes ! Vous ne pouvez pas juger les gens comme ça, pas si vous voulez être un bon flic.

Mais vous avez peut-être bien trouvé quelque chose dans ce cas précis. En tout cas, ça vaut le coup d'y jeter un d'œil. Il me vient à l'esprit une autre raison pour qu'il ait fugué. S'il est si populaire avec les filles à l'école, il y a de grandes chances que les autres garçons soient jaloux de lui, il se pourrait donc qu'il soit harcelé pour ça. Ça pourrait être aussi simple que ça.

Ted prit le dossier et regarda le visage sur la photo. Un garçon de quinze ans. Beau. Très beau. Un petit je ne sais quoi de sensibilité dans son expression. Sa fiche était récente. Il avait fugué un mois plus tôt, mais aucune piste, ni aucune nouvelle depuis, les recherches étaient en cours et Ted avait mis Maurice sur l'affaire.

Il n'y avait aucune trace d'appel du portable de Patrick Daniel Logan depuis sa disparition. Il était éteint, il n'y avait donc aucun moyen de le localiser.

— Laissez-moi prendre connaissance du dossier, après je déciderai si ça vaut le coup de creuser. Il n'y a pas de mal à aller voir les parents pour leur parler à nouveau. Faites en sorte d'être à jour avec l'administratif, il faut que vous soyez disponible pour venir avec moi si je décide d'y aller.

Jack et Ted avaient la mission conjointe de faire passer le groupe à la vitesse supérieure et, sous leur houlette, les hommes travaillaient bien. Le Big Boss remarquait qu'ils étaient nettement plus efficaces. Même les substituts du procureur faisaient des commentaires élogieux : ils recevaient désormais dans les délais des dossiers bien ficelés.

Ted profitait de tous les moments de calme pour accompagner sur le terrain chaque membre de l'équipe chargé d'un travail individuel d'enquête, il en profitait pour les évaluer en même temps. Regarder de plus près le cas de Patrick Daniel Logan lui donnerait l'occasion de retravailler avec Maurice.

Les parents avaient diffusé un appel télévisé pour avoir des nouvelles de leur fils disparu. Le père était dans la marine marchande, souvent absent de la maison pendant de longues périodes. La mère travaillait à temps partiel dans un magasin du quartier. Patrick Daniel avait une sœur jumelle, Olivia. Il n'y avait pas d'autres enfants.

Ted se procura l'interview télévisée et la visionna de bout en bout plusieurs fois, parfois image par image. Il se pencha vers l'écran aussi près que possible, focalisé sur le langage corporel, en quête du moindre indice qui signifierait que quelque chose clochait. Ensuite, il retourna voir Maurice.

— Maurice, je peux me tromper, mais je crois qu'il y a quelque chose qui nous échappe dans ce dossier. Je crois que nous devrions aller voir les parents à nouveau. La mère de préférence. Après avoir bien regardé leur appel à la télé, je suis à peu près persuadé qu'elle en sait plus que ce qu'elle a dit jusqu'à présent. Je vais lui passer un coup de fil pour voir si elle est chez elle, et, surtout, si son mari y est. Je ne veux pas lui faire peur en débarquant devant chez elle comme ça, et qu'elle croit que je viens annoncer le pire.

Les Logan habitaient une agréable maison mitoyenne à Reddish. C'est Mme Logan qui vint ouvrir quand Ted sonna. Maurice et lui montrèrent leurs badges et Ted dit :

— Comme je vous l'ai dit au téléphone, Mme Logan, j'ai bien peur que nous n'ayons pas encore de nouvelles de Patrick Daniel. Nous voulions juste vous poser quelques questions supplémentaires pour nous aider dans l'enquête.

— Je vois bien que ce ne sont pas de mauvaises nouvelles, vous seriez venu avec une femme si ça avait été le cas. Suivez-moi dans la cuisine, je vais mettre une bouilloire en route. Et il préfère qu'on l'appelle Patrick. Il n'a jamais aimé Patrick Daniel. C'est mon mari qui avait choisi le prénom.

L'intérieur était très propre et rangé de manière presque obsessionnelle. Il semblait y avoir des diffuseurs de parfum partout, ils répandaient une odeur florale doucereuse et écœurante. Ted était persuadé qu'il n'y aurait pas d'animaux dans une maison comme ça. La cuisine était de couleur claire et d'une propreté chirurgicale.

— Je vous en prie, asseyez-vous. Est-ce que vous prendrez du thé, ou du café ?

Ted refusait rarement une tasse de thé et il savait que Maurice non plus. Ils parlèrent de tout et de rien jusqu'à ce qu'ils soient tous installés autour de la table peinte en blanc. Ted ne fut pas surpris que le thé soit servi dans des tasses en porcelaine fine.

— Je suis relativement nouveau à la police de Stockport, Mme Logan, alors je viens seulement d'ouvrir le dossier de Patrick. Avec un œil neuf. Puis-je vous poser une question directe ?

Elle eut l'air un peu surprise.

— Je vous en prie.

— Selon vous, qu'est-ce qui est arrivé à Patrick ?

— Je … euh, je ne sais pas.

Elle essayait de gagner du temps en tournant et retournant sa petite cuiller entre ses doigts. Une cuiller en argent avec un motif d'apôtre. Elle rappela à Ted celles de sa grand-mère, il y avait bien longtemps. Il n'avait plus de contacts avec elle non plus depuis que sa mère avait quitté la maison. Il remarqua que la mère de Patrick en avait mis une sur sa soucoupe alors qu'elle ne prenait pas de sucre.

— Mme Logan, nous voudrions vraiment vous aider. A ramener Patrick à la maison sain et sauf. Mais j'ai l'impression que vous nous cachez quelque chose. Vous savez que Patrick est vivant, n'est-ce pas ?

— Eh bien, j'espère bien, naturellement. Je suis sa mère.

La voix de Ted resta calme et tranquille quand il reprit :

— Non, Mme Logan, vous le savez, n'est-ce pas ?

Elle regarda Maurice et Ted, tour à tour, plusieurs fois, puis ses yeux s'emplirent de larmes.

— Est-ce qu'il va avoir de graves ennuis ? Enfin, je veux dire, nous avons fait perdre du temps à la police. Est-ce qu'on va l'arrêter ?

Maurice se leva pour lui donner un morceau d'essuie-tout.

— Tenez, ma petite dame. Ne vous en faites pas. Dites-nous juste ce que vous savez et ça ira. Nous nous en débrouillerons.

— Ça a commencé avec juste un petit mensonge. Et puis je n'ai pas pu m'arrêter. Quand la policière est venue me demander ce que portait Patrick la dernière fois que je l'avais vu, je lui ai dit que c'étaient un jeans et des baskets et son Bomber. Mais ce n'était pas vrai. Je ne pouvais pas dire la vérité, je n'y arrivais pas. Son père ne voulait pas que ce soit rendu public. Il avait tellement honte.

Son regard vers chacun d'eux était maintenant suppliant. Maurice lui tapota la main doucement en murmurant des mots d'encouragement.

— Mme Logan, dit Ted doucement, nous ne pouvons vous aider que si vous nous dites la vérité. S'il n'est pas utile que ça aille plus loin, ça n'ira pas plus loin.

Elle hésita un moment avant de se lancer.

— Patrick portait les vêtements de sa sœur quand il est parti. Il aime s'habiller en fille. Avec une perruque et du maquillage et tout et tout. Ça fait longtemps qu'il fait ça. Son père vient juste de le découvrir. Ils ont eu une violente dispute et Pat est parti, toujours habillé comme ça. Personne ne devait savoir. C'était impossible.

— Et vous avez eu de ses nouvelles depuis qu'il est parti, n'est-ce pas, Mme Logan ?

Elle pleurait maintenant, à chaudes larmes. Maurice était allé se placer à côté d'elle, il lui passait doucement la main dans le dos et tapotait. Ce signe de réconfort n'était sans doute pas politiquement correct, mais il ne pouvait jamais voir quelqu'un souffrir sans chercher à adoucir sa peine.

— Pas directement. Une des filles avec qui il est ami est venue au magasin où je travaille. Il est chez elle. Elle habite une grande maison chic dans Poynton. Ses parents sont sortis la plupart du temps. Elle a ses propres appartements, indépendants du logis principal. Si elle recevait un bataillon de garçons, ils ne le verraient même pas. Et s'ils voyaient notre Patrick, habillé comme ça, ils croiraient que c'est une fille de son lycée. Ils ne feraient pas le lien avec le garçon fugueur qu'ils ont peut-être vu à la télé ou dans les journaux.

Elle vient me voir de temps en temps, cette fille. Elle s'appelle Tiffany. Je lui donne un peu d'argent pour Patrick, et quelques affaires. Des chaussures confortables : il a les pieds plus grands qu'Olivia, ses chaussures doivent vraiment lui faire mal s'il les porte. Je suis vraiment désolée. J'aurais dû vous dire la vérité, mais son père ne voulait pas en entendre parler. Il ne sait pas où est Patrick. Il pense vraiment qu'il a fugué et moi j'ai pensé que j'allais lui donner le temps de se calmer. Il est reparti en mer, justement cette semaine, alors je l'ai fait savoir à Patrick et il allait revenir à la maison. Je devais appeler la police à ce moment-là. Je vous jure que c'est vrai. Est-ce qu'il va avoir de gros problèmes ? Et moi ?

— Ce n'est pas anodin, Mme Logan, et j'ai bien peur de ne pas être habilité à vous dire s'il y aura des poursuites ou non. Ce que je vous conseille de faire, c'est de nous donner l'adresse où Patrick s'est réfugié pour que nous puissions aller le chercher et vous le ramener tranquillement. Je vais y aller moi-même, vous avez ma parole que ce sera fait discrètement et que Patrick sera bien traité. Ensuite, il faudra que je transmette le dossier à mon supérieur pour savoir quelles seront les suites données.

Il vaudrait mieux nous confier des vêtements unisexes pour lui, il serait bien qu'il soit habillé comme les voisins ont l'habitude de le voir quand il reviendra chez vous.

— Eh ben, si je m'attendais ! dit Maurice en retournant à la voiture avec le sac de vêtements que la mère de Patrick avait choisis.

Et alors, il se croit chez Michou, le gamin, hein ? Un travelo ? Est-ce que ça veut dire qu'il est gay ? Ou qu'il veut devenir une fille ? Et comment vous avez compris ?

— Maurice, d'abord, « travelo » est insultant. D'après ce que la mère nous dit, il semble que Patrick aime se travestir. S'habiller en femme ne veut pas dire qu'on est gay. Est-ce que vous m'avez déjà vu venir au travail en robe ?

— Désolé, sergent. Je n'y connais vraiment rien là-dedans. Alors, il veut changer de sexe, hein ? Pour être une fille ?

— Peut-être même pas. Il y a des hommes qui se travestissent et qui sont en couple avec des femmes et ça ne pose aucun problème. C'est vraiment dommage que son père ait réagi comme ça. Et j'ai compris en visionnant l'appel à la télé. Quand on a demandé à la mère de décrire ce que Patrick portait quand il a quitté la maison. Elle était mal à l'aise. Parce qu'elle mentait, et elle ne sait visiblement pas mentir.

— Ça a quand même dû être un sacré choc pour le père, hein ? De voir son fils en robe. Lui, un marin, vous pensez !

— Vous avez deux filles, n'est-ce pas ? Comment vous réagiriez si l'une des deux venait vous dire qu'elle voulait devenir un garçon ? Ou qu'il y avait dans son école une fille qui lui plaisait et qu'elle vou-lait embrasser ?

— Rien ne pourrait m'empêcher d'aimer mes filles, quoi qu'elles fassent, lança Maurice avec fougue.

— Justement, c'est ce que mon père a dit quand je suis revenu d'une boum et que j'ai dit qu'aucune des filles ne me donnait envie de l'embrasser, rien qu'un garçon - qui m'a envoyé un coup de poing quand j'ai essayé. Mon père m'a dit qu'il m'aimait, puis il m'a demandé ce que je voulais pour goûter.

— Alors vous n'avez jamais …. vous savez bien,

avec une femme ? Désolé, c'est trop personnel, sergent. J'essaie juste de comprendre, sérieux. Pour arrêter de mettre les pieds dans le plat chaque fois que je l'ouvre.

Ted étouffa un sourire.

— Tout va bien, Maurice. Ça ne me dérange pas de parler de ça. Non, je n'ai jamais été avec une femme.

— Bordel ! fut tout ce que Maurice trouva à dire.

— Je sais bien que vous essayez de passer au XXIème siècle, Maurice. Mais vous voyez sûrement pourquoi, quand j'irai chercher Patrick, je préfèrerais emmener Tina avec moi plutôt que vous. Ce sera une opération assez délicate comme ça, inutile de risquer une de vos bourdes.

— OK, ça se défend, sergent. Je vois.

Ted attendit dans la voiture de service devant le commissariat pendant que Maurice rentrait chercher Tina. Il l'avait prévenue par téléphone qu'il avait besoin d'elle et il lui avait donné les grandes lignes de la situation. Ça lui allait bien qu'elle prenne le volant pour le trajet jusqu'à Poynton. Il était d'avis qu'il pouvait en apprendre pas mal sur les gens en voyant comment ils conduisaient.

La maison ne manquait pas d'être impressionnante. Et à l'écart. Le terrain devait bien s'étendre sur un hectare. Ted se dit qu'avec une propriété comme ça, la jeune fille pouvait bien cacher Dupont de Ligonnesse sans que personne ne se doute de rien.

— Mazette, sergent, c'est un peu chic ! fit Tina en parcourant les lieux du regard tout en se garant et en sortant de la voiture. Comment notre garçon a-t-il connu la fille qui habite ici ? Ils ne vont sûrement pas dans la même école.

— Ils sont dans le même club de théâtre m'a dit sa mère.

— Bon, mais il est plus que probable qu'il ne va pas venir nous ouvrir la porte. Qu'est-ce qui se passe si personne ne nous laisse entrer ?

— Nous devrons nous contenter d'appeler par la fente de la boîte aux lettres, sans l'effrayer, et si rien ne marche, revenir quand il y aura quelqu'un pour nous ouvrir, avec un mandat si nécessaire.

Ted pouvait être très persuasif quand il le fallait. Après avoir discuté quelques minutes devant la porte fermée, et avoir garanti à Patrick qu'ils étaient là pour l'aider, une fenêtre à petits carreaux sous le toit s'ouvrit et le visage du jeune Patrick leur apparut.

— Patrick, je suis le sergent Darling, de la police judiciaire de Stockport. Et voici l'agent Bailey. Il est temps de rentrer, Patrick. Tout ceci a assez duré. Nous pouvons vous aider. Ce n'est pas bien de mobiliser des moyens de la police pour vous rechercher. S'il vous plaît, est-ce que vous pouvez descendre nous ouvrir ? Je vous promets qu'aucun mal ne vous sera fait. J'ai des vêtements de rechange pour vous. C'est votre mère qui me les a donnés.

— Et il vous a laissé entrer, comme ça, tout simplement ? demanda le DCI en poussant la cafetière vers Ted pour lui en proposer.

— Non merci, chef, je viens de boire un thé vert.

Le Big Boss fit la moue.

— Qu'est-ce que vous avez besoin de boire cette

saloperie ? C'est pas ça qui vous fera pousser des poils au menton.

— C'était un cadeau de Noël, de Trev. Et, non, ça n'a pas été si simple que ça avec Patrick. Tina et moi avons dû être patients et persuasifs, mais il a fini par descendre.

— Et est-ce qu'il portait … , vous savez, des trucs de fille ? Jim Baker semblait aussi gêné par cette idée que Maurice.

— Il portait un survêt appartenant à Tiffany, la fille chez qui il était réfugié, et une paire de ses propres chaussures de sport que sa mère lui avait fait parvenir par l'intermédiaire de Tiffany.

Le DCI secoua la tête, incrédule.

— Il était là-bas dans cette maison depuis le début et les parents de la fille ne s'étaient rendu compte de rien ? Ça prouve bien qu'il peut se passer des choses sous votre propre toit, juste sous votre nez, sans que vous soupçonniez quoi que ce soit.

29

Résoudre cette affaire avait été un jeu d'enfant, mais il ne faut pas croire que ramener les fugueurs au bercail sains et saufs était toujours aussi simple. Ted allait le découvrir à ses dépens dans les mois qui suivirent. Entre deux affaires de crimes graves qui étaient la raison d'être de l'unité, chaque fois qu'un créneau plus calme se présentait, Ted revenait au fichier des personnes portées disparues. Il travaillait généralement avec Maurice ou Tina pour essayer de découvrir ce qui se cachait derrière les disparitions et pour ramener les jeunes à la maison en bonne santé. Autant que possible.

Parfois ils réussissaient et ça faisait du bien au moral. D'autres fois ils arrivaient trop tard. Après un échec, Ted allait souvent au Grapes avec Jack pour en parler avant de rentrer chez lui. Il essayait de respecter sa décision de ne pas ramener les problèmes à la maison.

Au terme d'une journée pourrie pour tout le groupe, et c'est un euphémisme, Ted fut presque tenté d'échanger son gunner habituel pour un snakebite. Mais il s'en tint à sa résolution. Il savait que s'il fléchissait, il ne saurait pas s'en tenir au premier verre.

324

Il avait dû comparaître dans l'enquête sur la mort d'une jeune fille qu'il avait essayé de retrouver. Il avait été convoqué en tant que témoin, car c'était lui le premier OPJ à avoir réagi au signalement d'une mort suspecte, qui s'était finalement avérée être celle de l'adolescente disparue. Elle avait quitté la maison après une dispute avec ses parents au sujet d'un petit ami qui ne leur convenait pas et elle était devenue SDF. Atteinte de troubles alimentaires graves et sans moyens pour chauffer la maison vide dans laquelle elle squattait, elle n'avait pas pu résister à une vague de froid.

Le père en était encore à la phase de la colère et de l'accusation dans son processus de deuil. Il avait insulté Ted pendant sa déposition et l'avait attendu dehors pour continuer à le mettre en cause, après avoir été expulsé du tribunal sous peine d'être accusé d'outrage à la cour. Ted avait fait de son mieux pour rester calme et ne pas se laisser atteindre, mais il en avait été profondément affecté. Il trouvait qu'il était plus facile de parler de ce genre de choses avec Jack qu'avec Trev. Jack avait dû en passer par là aussi certaines fois, il avait eu sa part d'insultes et il avait appris à gérer la situation.

— Il ne faut pas que ça te mette pas dans tous tes états, Ted. On ne peut pas gagner à tous les coups et on s'est drôlement améliorés depuis que tu es dans le groupe. Qu'est-ce que vous diriez, Trev et toi, d'aller manger ensemble avec ma femme et moi ce week-end ? Pourquoi pas un curry ? Pour passer un moment tranquille, lâcher un peu la pression.

— Ça ferait du bien. Je vais demander à Trev.

Comment ça se passe avec ta femme ?

Jack fit grise mine.

— Tu as de la chance que Trev soit encore dans la phase où il est compréhensif. Moi, j'en prends plein les oreilles quand je rentre tard, ou quand je suis de service un jour où elle avait prévu autre chose. Le fléau des mariages de flics.

Il avala une bonne gorgée de sa bière avant de continuer :

— Est-ce que tu sais ce qui va se passer pour Bill Baxter maintenant ?

Bill était le sergent du bureau des accusations qui avait pris Ted sous son aile quand il était arrivé à Stockport. Il avait récemment été victime d'une agression par un prisonnier dans une cellule. A cause d'une blessure antérieure, il n'était plus aussi mobile qu'auparavant. L'incident l'avait traumatisé et, contrairement à son habitude, il était en congé longue maladie. En temps normal, il sautait sur toutes les gardes disponibles, comme il s'ennuyait chez lui et que le commissariat était son refuge, là où étaient ses collègues, sa vraie famille.

— Le Big Boss me disait qu'ils envisagent de déroger à la tradition et de le mettre au bureau d'accueil. Tout le monde sait que Doris n'y fait pas grand-chose. Déjà, elle n'est jamais à l'heure. L'arrivée de Bill serait une bénédiction. Comme il connaît le boulot sur le bout du doigt, il pourrait à la fois recevoir et orienter. Il ferait en sorte que ce qui est important arrive à la bonne personne sans perte de temps et que ce qui fait perdre du temps soit filtré. Ils ne peuvent quand même pas le mettre à la retraite, pas un titulaire de la médaille de la bravoure.

Quelques années plus tôt, Bill avait été témoin d'un enlèvement d'enfant. Il avait bondi sur le capot de la voiture qui prenait la fuite avec une petite fille affolée sur la banquette arrière, et s'était accroché aux essuie-glaces en appelant à l'aide avec sa radio. Il avait été projeté au sol quand un véhicule de patrouille avait réussi à leur couper la route. Il avait subi de graves fractures et, depuis, il boitait.

— Je me demandais si je ne devrais pas aller le voir. Au moins lui téléphoner. Il est seul, hein ? dit Ted.

— Je te souhaite bon courage. Tu es plus courageux que moi, Mère Térésa. Ce vieil ours mal léché, il n'apprécie guère la compagnie. Et il n'est pas seul, il a le père Jack.

En réponse au regard interrogateur de Ted, Jack se mit à rire :

— C'est son perroquet. Presqu'aussi mauvais caractère que Bill. Il jure comme un soldat, pire même. C'est pour ça que Bill lui a donné le nom de ce prêtre alcoolique de la série télé.

Il finit son verre et se leva pour partir.

— Bon, je ferais mieux de rentrer chez ma meuf, voir comment je suis accueilli ce soir. Est-ce que ça sera le silence glacial, ou une engueulade en règle et en stéréo, je me demande ?

Le retour à la maison de Ted n'eut absolument rien à voir. Une subtile odeur de bon petit plat flottait dans la cuisine, Trev arrêta de mettre la table pour le prendre dans ses bras et les six chats se mirent à passer et repasser entre ses jambes en ronronnant à qui mieux mieux.

A ce moment-là, Ted regarda mieux et compta à voix haute.

— Sept ? Qui est ce petit être que j'aperçois caché dans le coin et qui me regarde comme si j'étais une espèce de monstre qui venait de violer son territoire ?

— Oh, lui, répondit Trev comme si de rien n'était, c'est Barcelona. Elle est encore un peu craintive. Elle errait dans l'atelier depuis quelque temps, on aurait dit qu'elle avait faim. Je sais que Barcelona est ta chanson préférée de Freddie, alors j'ai pensé que ça lui irait bien. Tu n'y vois pas d'inconvénients, hein ?

— Non, je n'y vois pas d'inconvénients, si ça te fait plaisir. Mais tu ne crois pas que sept, c'est assez maintenant ?

Il s'accroupit près de la petite chatte noire, sans chercher à la toucher puisqu'elle était encore visiblement méfiante.

— Salut Barcelona. Bienvenue dans ton nouveau foyer.

— Qu'est-ce qui arrive au Big Boss ? demanda Ted à Jack.

Ils allaient commencer le briefing du lundi matin et attendaient que le DCI les rejoigne. Au lieu de ça, il avait déboulé dans le bureau principal, foncé vers le sien et claqué la porte avec tant de rage que cela avait fait trembler la cloison et vibrer dangereusement la vitre.

Il avait une mine épouvantable ; il ne s'était pas rasé, pas donné un seul coup de peigne, il avait les cheveux en bataille, le costume aussi froissé que s'il avait dormi avec. Depuis que Ted avait arrêté de boire, il repérait la moindre odeur d'alcool, il était d'ailleurs probable que tout le monde avait aussi perçu les relents aigres de whisky froid au passage du Big Boss.

— Aucune idée et, franchement, vu son humeur, ce n'est pas moi qui vais aller demander. On commence sans lui ?

Ted hésita et jeta un regard vers la porte close.

— Peut-être que je devrais y aller voir et demander s'il va nous rejoindre.

— Tu plaisantes ! Je ne crois pas que tes quatre ceintures noires suffiront à te protéger de la réception à laquelle il faut t'attendre. Je ne l'ai jamais vu dans cet état. On y va, et après, s'il ne donne pas signe de vie, et si tu en as encore le courage – ou l'audace – tu pourras envisager d'aller voir ce qui se passe dans l'antre du lion.

Pas de trace du DCI quand ils eurent fini le briefing. Ted s'approcha de sa porte, frappa discrètement, puis entra dans la foulée. Le rugissement furieux de Jim Baker dut s'entendre dans la moitié du commissariat, et on peut imaginer ce que ça donnait dans le bureau principal de la PJ.

— Comment osez-vous poser vos sales pattes dans mon bureau sans attendre ma permission !

Ted comprit immédiatement la cause de cette explosion de colère. Il y avait un verre sur son bureau, et une bouteille ouverte, à moitié vide.

Ted ne se laissa pas désarçonner, il ferma la porte derrière lui comme si de rien n'était.

— Chef, ça va ?

— Occupez-vous de vos fesses, sergent. Et fermez

la porte en sortant.

— Je ne devrais peut-être pas dire ça, mais est-ce que vous n'auriez pas dû rester chez vous ? Il y a visiblement quelque chose qui cloche. Si le divisionnaire vous voit comme ça …

— Je vous interdis de me faire la leçon, espèce de petit merdeux prétentieux de mes deux.

A peine le DCI eut-il proféré ces paroles, tel un animal blessé, que la honte envahit son visage, sa voix retomba et se cassa quand il voulut parler à nouveau.

— Bon Dieu, toutes mes excuses. Je suis en dessous de tout, je n'aurais jamais dû dire ça.

— Qu'est-ce qui ne va pas, chef ? Est-ce que je peux faire quelque chose pour vous aider ?

— C'est ma fille, Rosalie. Elle vient de s'inscrire à votre fichier des Personnes Portées Disparues. Elle est partie. Elle a quitté la maison. Elle m'a laissé un mot, mais je n'ai aucune idée de l'endroit où elle est. Elle ne répond pas au téléphone et moi je deviens dingue ici.

Il leva la tête pour regarder Ted en face. Il y avait des larmes dans ses yeux injectés de sang.

— Je n'aurais jamais dû vous parler comme ça, je suis vraiment désolé. C'est juste que ma petite fille est partie et que je ne sais pas où, ni si elle va bien.

— Bon, chef, commençons par le commencement. Je vous ramène chez vous. Ça vous fera sans doute du bien de prendre la journée là-bas. Il est possible qu'elle rentre ou qu'elle essaie de vous y joindre. Je prendrai votre déposition et je reviendrai ici pour que nous commencions une enquête. Mais permettez-moi d'abord de vous ramener chez vous.

Le DCI opina docilement. Avant que Ted le fasse sortir de son bureau, il alla voir Jack Gregson. Il lui parla assez bas pour que personne n'entende, même si les autres membres de l'équipe le regardaient, curieux de savoir ce qui arrivait au Big Boss.

— La fille de Big Jim est portée disparue. Est-ce que tu peux prendre tout le monde dans le bureau de l'inspecteur le temps que je puisse le faire sortir d'ici ? Il a commencé à boire en arrivant et il a l'air encore bien plus mal maintenant. Quand je l'aurai ramené et que j'aurai sa déposition, je te passe un coup de fil pour que tu envoies quelqu'un me chercher.

— Bon sang, le pauvre ; j'imagine comment je serais si c'était une de mes filles.

Ted prit le volant de la voiture du Big Boss jusqu'à Didsbury. Baker n'ouvrit pas la bouche pendant le trajet, sauf pour réitérer ses excuses pour son dérapage au bureau.

Ted dut l'aider à ouvrir la porte d'entrée et à enlever l'alarme, puis il le suivit jusqu'à la cuisine, qu'il atteignit tant bien que mal en titubant. Il n'y avait aucun signe de sa femme ou de qui que ce soit d'autre dans la maison. Ted mit du café en route, trois fois plus fort qu'il ne l'aurait jamais fait pour lui, cependant que Jim s'effondrait sur la table, totalement abattu.

Il posa un mug devant Jim et s'en servit une moitié en mettant de l'eau et du lait à ras bord, et deux sucres. Ensuite, il s'assit en face du Big Boss et sortit son carnet.

— Est-ce que vous voulez-bien me parler, chef, ou est-ce que vous préférez que je fasse venir quelqu'un d'autre ?

— Jim, Ted. Jim. Vous êtes chez moi, pas au bureau. Tel que vous me voyez, je suis au tapis, j'espère que vous ne me verrez jamais plus bas. Appelez-moi Jim.

— D'accord, Jim. Quand vous voulez. Dites-moi tout.

—Je suis sûr que vous avez entendu les rumeurs sur ma femme. Votre Trev a eu un aperçu de son talent, à Noël.

— J'essaie de ne pas prêter l'oreille aux rumeurs, chef.

— Ca n'est pas vraiment un secret. Margery a certains …. appétits. Ils sont difficiles à satisfaire. Je fais tout ce que je peux, je vous assure. Mais ce n'est jamais assez. Je lui ai dit que, tant qu'elle restait discrète là-dessus, je fermerais les yeux - tant qu'elle reste avec moi et qu'elle ne m'humilie pas en public.

Rosalie la connaît bien et elle ne peut pas supporter ce que ça me fait. Toutes les deux, elles n'arrêtent pas de s'engueuler à ce sujet en hurlant. Mais qu'est-ce que je peux y faire, Ted? Je me suis marié avec elle. J'ai fait un serment. Ça veut dire quelque chose pour moi, même si elle s'en fout.

Il y a deux soirs, ça a été terrible. Une partie du contrat, c'était qu'elle n'amène jamais un de ses amants à la maison, et surtout pas quand Rosalie ou moi y sommes. J'étais à une tenue des Francs-maçons mais Rosie était ici quand l'un d'entre eux est venu chercher ma femme. J'imagine que ça a dû chauffer entre elles. Quand je suis rentré, Margery était encore avec je ne sais qui, mais Rosie était partie. Elle m'avait laissé un mot.

— Est-ce que je pourrais voir ce mot ?

Big Jim désigna d'un signe de tête un bout de papier sur un des plans de travail. Ted alla le lire sans le toucher et prit une photo avec son portable.

« Papa, je n'en peux plus. Ma mère, cette trainée, a appelé un de ces gigolos pour venir la chercher dès que tu as été parti pour la Loge. Ça me dégoûte. Je ne peux pas supporter ce qu'elle te fait subir. Je ne peux pas rester sous le même toit qu'elle plus longtemps. Je ne te demande pas de choisir entre elle et moi. Ce serait cruel. Je t'aime, papa, et je t'aimerai toujours. Si jamais elle s'en va, je le saurai et je reviendrai. S'il te plaît, essaie de ne pas trop t'inquiéter.

Rosie ♥♥♥

— Essaie de ne pas trop t'inquiéter, fit Jim en soufflant. J'ai failli péter les plombs, oui ! Je suis resté ici toute la journée hier. J'ai appelé tous les membres de la famille et tous les amis qu'elle connaît. Son téléphone doit être éteint, il passe sur messagerie tout de suite. J'espérais vraiment qu'elle revienne quand elle se serait calmée, ou au moins qu'elle me téléphonerait. Comme ça n'a pas été le cas, j'ai ouvert une bouteille. Et, oui, je sais que ça n'aide pas.

— Je ne vous juge pas, chef. Je n'ai pas d'enfants, je ne sais pas comment je réagirais à votre place.

— Merci de cette attention. Est-ce qu'il y a encore du café ? Il n'est pas assez fort, mais c'est mieux que rien.

Ted se leva pour le servir et demanda :

— Et Mme Baker, est-ce qu'elle est déjà au courant ?

— Elle n'a pas montré le bout de son nez depuis samedi soir tôt, je n'ai pas l'ombre d'une nouvelle non plus. Mais ça n'a rien d'extraordinaire. Ted, écoutez, je vous dis des choses que vous devez savoir pour vous aider à retrouver ma fille. J'espère vraiment que je peux compter sur votre discrétion…

— Chef, comme je vous ai dit, je n'écoute pas les rumeurs et je ne suis pas homme à en répandre. On en a assez dit sur moi dans ma vie pour que je sache ce que ça fait. Je ne ferais pas ça à quelqu'un d'autre. Et vous n'avez vraiment aucune idée de l'endroit où elle pourrait être ?

— Si c'était le cas, vous ne croyez pas que j'y serais allé illico pour la ramener à la maison ? s'irrita le Big Boss. Je suis peut-être son père, mais je suis aussi un flic, ne l'oubliez pas.

— Désolé, chef, questions de routine. Désolé si j'ai été maladroit.

— Non, c'est à moi de m'excuser. Je ne devrais pas vous rembarrer comme ça. Vous faites votre boulot. Ecoutez, je vais vous faire la liste de tous ses amis et de tous les contacts que je connais. Il vous faudra une photo, aussi, bien sûr. J'en ai plein. Je vais vous sortir la plus récente, celle qui lui ressemble le plus. Vous savez bien à quel point les ados peuvent changer de look. Je ne peux pas vous dire en combien de couleurs elle s'est teint les cheveux.

Je peux vous dire à peu près ce qu'elle portait la dernière fois que je l'ai vue, mais je suis bien un homme, ça ne sera pas forcément cent pour cent précis. Je peux aussi vous renseigner sur son argent. C'est moi qui m'en occupais. On devrait pouvoir la retrouver avec ça, au moins.

Il refaisait visiblement surface maintenant, il redevenait flic. Il était évidemment encore inquiet, mais il pensait plus comme un enquêteur que comme un père.

— Chef, dans son mot, elle dit que si sa mère s'en va, elle le saura. Donc ça doit vouloir dire qu'elle est en relation avec quelqu'un qui la tiendrait informée. Quelqu'un de la famille ? Peut-être quelqu'un au poste qui serait proche d'elle ?

— Je ne vois personne dans la famille qui la cacherait sans me dire où elle est. Ils savent que ça me rendrait dingue. Et au poste, si je découvre que quelqu'un a une info et ne dit rien, je ne donne pas cher de sa peau.

— Est-ce qu'il ne serait pas judicieux d'appeler Mme Baker, chef ? Pour lui dire ce qui est arrivé ? Peut-être qu'elle pourrait donner une meilleure description de ce que Rosie portait, par exemple.

Le Big Boss grogna :

— Je lui dirai si elle daigne enfin rappliquer, et pas avant.

Alors, de sa main aussi massive que la patte d'un ours, il prit Ted par le bras.

— Vous allez me la retrouver, hein, Ted ? Me la retrouver et me la ramener saine et sauve à la maison ?

30

— Désolé d'arriver si tard. C'est juste que je ne pouvais pas laisser Big Jim tout seul ce soir, alors j'y suis allé avec un repas à emporter.

La dernière chatte, Barcelona, sauta du canapé et fila de l'autre côté de la pièce se cacher derrière le fauteuil dès que Ted entra. Elle était encore méfiante. Les autres chats se contentèrent de bailler et de s'étirer, et il fallut les persuader de se pousser pour lui faire de la place et le laisser s'écrouler à côté de Trev. Celui-ci prit la télécommande pour arrêter le film français qu'il était en train de regarder. Ted avait quand même pris le temps de lui envoyer un texto pour le prévenir qu'il rentrerait tard.

— Il doit être dans tous ses états. Une des choses qui me plaisent le plus chez toi, c'est que tu es vraiment gentil et attentif aux autres, je n'arrête pas de dire. Ce serait pure hypocrisie de ma part si je me plaignais quand tu viens justement de faire preuve de ces qualités.

Je suppose qu'il n'y a toujours pas de nouvelles de Rosie ? Même pas un coup de téléphone ?

— Rien. Je comprends qu'elle soit furieuse envers sa mère, mais je n'arrive pas à comprendre pourquoi elle traite son père aussi mal. Aucune nouvelle.

Trev pris Ted par les épaules et l'attira à lui.

— Tu penses à ta mère, hein ? C'est ce qu'elle t'a fait, alors tu comprends ce que Jim endure, mieux que quiconque.

— Je ne devrais pas. C'est égoïste de ma part.

— Tu es la personne la moins égoïste que je connaisse. Mais, un événement comme celui-là ne peut que faire remonter des souvenirs désagréables pour toi.

— C'est parce que ça ressemble tellement à ce qui m'est arrivé. Un jour, je suis revenu de l'école et ma mère était partie. Elle n'a jamais rien dit, il n'y avait pas de petit mot pour moi, et je n'ai jamais plus eu de ses nouvelles. Qu'elle veuille quitter papa, je peux le comprendre, il n'était pas facile à vivre. Mais elle ne m'a jamais envoyé ne serait-ce qu'une carte d'anniversaire ou une lettre de temps en temps.

— Tu crois que tu peux retrouver Rosie ?

— Je ne sais pas. Tu sais, ce n'est pas toujours si facile que ça. Dans son mot, elle a dit qu'elle saurait si sa mère quittait la maison et qu'alors elle reviendrait. J'en conclus qu'elle est en contact avec quelqu'un qui connaît la situation familiale. Je vais interroger la famille, aussi discrètement que possible. Mais j'en viens aussi à me demander si ça n'est pas quelqu'un au poste. Pourtant je ne vois pas qui. Il ou elle doit bien se rendre compte que ça démolit Jim.

Je suppose qu'il y a encore une chance que finalement elle se calme et revienne de son propre chef.

Il s'arrêta pour pousser un peu plus les chats de façon à ce qu'ils soient plus à l'aise tous les deux.

— Tu dois bien avoir de bons souvenirs de ta mère. Avant qu'elle parte ? Dis-moi quelque chose d'agréable sur elle que tu te rappelles.

Ted hésita. Il avait encore beaucoup d'amertume envers sa mère. Il avait enfoui la plupart de ses souvenirs très profondément.

— Les gâteaux gallois, dit-il finalement. Des gâteaux gallois, tout chauds sortis du four, m'attendaient à mon retour de l'école.

—— Je peux te faire des gâteaux gallois. C'est facile à faire. Elle t'a appris un peu de gallois quand tu étais petit, sans doute ? Tu te rappelles quelques mots ?

— Tu sais bien que je suis nul en langues.

Il réfléchit un moment, puis se tourna vers les chats, les pointant du doigt l'un après l'autre.

« *un, dai, tri, pedwar, pimp, chewch, saith. Saith cathod.* » Sept chats.

— Elle t'a appris à chanter en gallois aussi, c'est ce que tu m'as dit, non ? Chante-moi quelque chose.

Ted secoua la tête.

— Trop crevé. Et je ne suis pas vraiment d'humeur, après la journée que je viens de passer.

— S'il te plaît, juste un petit bout. Il y aura une récompense digne de tes efforts.

Ted soupira, il ne pouvait jamais refuser quoi que

ce soit à son compagnon. Il commença à chanter doucement.

'Calon lân yn llawn daioni,
Tecach yw na'r lili dlos:
Dim ond calon lân all ganu-
Canu'r dydd a chanu'r nos'

— C'était absolument magnifique. Bon, je t'ai promis de te récompenser. Tu as besoin d'un bon bain chaud avant d'aller au lit, après cette dure journée de travail. Alors, et si je montais avec toi pour te frotter le dos ? Après, on verra si ça va plus loin.

— Est-ce que vous pensez que ça pourrait être Rosalie, sergent ?

Ted et Tina étaient en route vers un centre commercial à proximité. Quelqu'un ayant vu les photos de Rosalie affichées partout en ville et dans les journaux locaux leur avait téléphoné. Le Big Boss avait pour l'instant refusé de faire un appel à témoin à la télévision. Ce n'était pas la première fois que sa fille fuguait, mais auparavant, elle était toujours revenue. Jusqu'à cette fois. Et c'était la première fois qu'elle laissait un mot disant qu'elle ne reviendrait pas tant que sa mère ne serait pas partie.

Selon la personne qui avait fait le signalement, la jeune fille qui lui avait servi un café dans un centre commercial paraissait ressembler à la photo publiée.

— Impossible à dire. Vous savez le nombre de signalements qui ne sont que de fausses pistes. Il faut les vérifier quand même, parce que c'est celui qu'on laisse de côté qui est le bon.

— Et vous allez la reconnaître ? Rosalie, je veux dire ?

— Ça dépend à quel point elle a changé son look. Je ne suis pas trop mauvais en reconnaissance faciale.

— Bon, au moins ce n'est pas trop grand là-bas. Pas comme le Trafford Centre ou Meadowhall. Si elle y est, il y a des chances que vous la repériez et que vous puissiez lui parler.

Juste au moment où Tina quittait la route pour entrer dans le parking, ils repérèrent des gyrophares bleus et des forces de police.

— Ah, ah, « Ici le 17, vous avez appelé la police » … sourit Ted, juste au moment où son mobile sonna. C'était Jack Gregson.

— Ted, si tu es en route pour le centre commercial, on vient d'apprendre qu'il y a un incident majeur là-bas. Je crois qu'il serait judicieux de faire demi-tour et de rentrer, tu iras un autre jour.

— Quel genre d'incident ? Tu as des détails ?

— Un zozo armé de couteaux de belle taille. D'après les premiers retours, on envisage plusieurs blessés, et peut-être un décès, ça reste à confirmer.

Ted hésita un moment avant de répondre.

— Jack, il y a une chance que la fille du Big Boss soit là-dedans. De quoi ça aurait l'air pour lui si on faisait demi-tour et rentrions sans avoir au moins vérifié ?

— Ce n'est plus ton affaire, Ted. Ce n'est pas nous qui sommes sur l'opération et tu n'es plus dans les unités armées. Si Rosalie est là-bas et en sécurité, ton enquête peut bien attendre un autre jour. Si quoi que ce soit lui est arrivé ....

— Et tu me dis ça en tant que quoi, Jack ? demanda Ted.

Il voulait savoir à quoi s'en tenir, si Jack lui donnait un ordre en tant que DI par intérim, ou s'il lui donnait juste un conseil en tant qu'ami de même grade.

— Je peux le faire ès-qualités et te donner un ordre officiel si tu veux, Ted. Mais je préférerais que tu entendes la voix de la raison.

— On peut peut-être couper la poire en deux, voilà ce que je propose. Même si une unité armée est là, il y a de grandes chances que je sois le seul agent spécial sur place. Et si j'allais trouver le responsable de l'intervention pour offrir mes services ? Je m'engage à suivre leurs consignes, mais tu ne crois pas que je devrais au moins leur proposer ? C'est ce pour quoi j'ai été entraîné, et je suis encore à jour.

Jack soupira.

— A tes risques et périls, alors.

Un agent qui empêchait le flot de voitures de rentrer dans le centre commercial, voyant leur véhicule en stand-by, s'approcha à grandes enjambées, l'allure martiale. Tina baissa la vitre.

— On ne passe pas, messieurs-dames. Circulez.

Ted sortit sa carte de police pour la lui présenter.

— Sergent Darling, PJ de Stockport. Je suis agent spécial. Est-ce que l'unité armée est arrivée ? Je pourrais leur proposer mes services.

L'agent hésita.

— Ecoutez, je pourrais être utile. Dites-moi où est le poste de commandement et laissez-moi leur demander. Je prends l'entière responsabilité de pénétrer dans le périmètre. Mais prévenez bien l'unité armée de mon arrivée. Dites-leur de s'attendre à un maigrichon blond de petite taille avec un blouson en cuir, et de ne pas lui tirer dessus.

Il se tourna vers Tina et lui dit :

— Allez garer la voiture quelque part, Tina, et ne bougez pas de là.

— Même pas en rêve, sergent. S'il vous arrive quelque chose, je ne rentre pas pour dire au Big Boss que je n'ai pas au moins tenté de garder un œil sur vous. Je viens avec vous.

— Où est le PC ? demanda Ted à l'agent.

— Dans le bureau du directeur du centre, sergent. Juste après l'entrée, sur la droite. Je vais annoncer votre arrivée par radio. Mettez juste la voiture là-bas pour ne pas bloquer l'accès des véhicules d'urgence si on doit en faire venir d'autres.

Ted passa sous le ruban pour aller vers l'entrée du centre commercial. Ils avaient tous les deux pris leur gilet pare-balles dans le coffre de la voiture et l'avaient enfilé.

— Bon, Tina, vous restez derrière moi en permanence, et vous n'allez pas plus loin que le bureau du directeur. C'est clair ? Et quand nous serons revenus au poste, nous aurons une bonne explication sur le respect des ordres reçus.

— Oui, sergent. Comme vous suivez ceux que l'inspecteur Gregson tentait de vous donner il y a deux minutes au téléphone ?

Ils durent tous les deux montrer à nouveau leur badge avant de passer un deuxième cordon de sécurité aux portes d'entrée. Des policiers en tenue faisaient sortir des clients affolés par une des portes et gardaient l'autre disponible, elle était réservée à ceux qui étaient habilités à accéder aux lieux.

Ted frappa brièvement à la porte du bureau avant d'entrer. Il fut soulagé de voir que le responsable des opérations armées était un superintendant sous les ordres duquel il avait déjà servi et avec lequel il n'avait pas eu de problèmes. Celui-ci leva les yeux, sourit, surpris, et dit :

— Eh bien, je croyais que j'avais perdu la foi. Mais, voilà que j'étais en prière, et qui passe la porte, le sergent Darling. Je croyais que vous aviez quitté les unités armées.

— En effet, commissaire. Je suis sergent à la PJ de Stockport maintenant, en ce moment nous sommes sur un cas de personne portée disparue. Mais comme j'étais là de toute façon, je me suis dit que je viendrais voir si je pouvais vous être utile à quelque chose.

— Votre certification d'agent spécial est toujours valable ? lui demanda le superintendant Paddy Kelly.

— C'est bien le cas. Quelle est la situation ici ?

Kelly et les autres policiers présents étaient en train de surveiller une série de moniteurs qui couvraient plusieurs secteurs de l'intérieur du centre commercial. Le superintendant fit un point rapide pour Ted :

— Un type est entré dans le centre un porte-documents à la main. Aucune raison de se méfier particulièrement. Au début, il était tout ce qu'il y a de plus calme, il allait tranquillement à droite, à gauche. Et puis il a sorti deux machettes maousses et il s'est déchaîné, il s'est mis à taillader tous ceux qu'il croisait.

En ce moment, il se terre dans un magasin au dernier étage, entouré de clients affolés. Chaque fois que l'un d'entre eux tente de s'échapper, il se met à courir dans tous les sens et recommence à brandir ses coupe-choux. C'est un vrai cauchemar pour mes tireurs. Il y a trop de gens en panique de tous les côtés, et beaucoup trop de verre armé pour qu'un tir ait la moindre chance d'atteindre sa cible.

Nous avons un négociateur qui essaie de lui parler par la sono du centre. Nous sommes aussi en communication avec une des personnes à l'intérieur. Sa nationalité reste très incertaine. Quand il parle, on ne comprend pas bien ce qu'il dit, on n'est sûr de rien. Certains de mes hommes disent que c'est peut-être juste du charabia. Ce qu'il nous faut, c'est un spécialiste du combat rapproché pour le maîtriser. Vous pouvez le faire ?

— Commissaire, est-ce que je peux visionner une séquence où on voit comment il procède ? Il faut que j'évalue la situation.

— On a ce qu'il vous faut. Pour l'instant, tant que personne ne lui met la pression, il ne fait rien de particulier, si ce n'est marmonner je ne sais quoi.

Kelly donna l'ordre à un des techniciens de passer la vidéo pour Ted.

— Il a un équilibre précaire. Est-ce qu'on a une info sur la cause ? Alcool ? Drogue ?

— Le type au téléphone, à l'arrière du groupe de gens, et qui parle à voix basse pour que notre agresseur ne se rende pas compte de ce qu'il fait, dit qu'il ne sent pas l'alcool. Il se pourrait donc que ce soit de la drogue.

Ted scrutait un moniteur attentivement, visionnant et revisionnant les moments où quelque chose provoquait le passage à l'action de l'agresseur, les moments où il se mouvait de manière anarchique en brandissant les machettes.

— Ou peut-être un manque de médicaments ? Il se peut qu'il suive un traitement et ait arrêté de le prendre. Ça pourrait expliquer pourquoi il bouge de cette façon. On dirait que ses mouvements ne sont pas coordonnés.

La bonne nouvelle, commissaire, c'est qu'il n'est pas expert en armes blanches. Regardez comment il se tient quand il attaque. Primo, il a une machette qui pend au bout de son bras d'un côté, donc le tranchant vers l'arrière. Secundo, l'autre arme a été levée dans un geste tellement ample qu'elle pointe vers l'arrière aussi, il perdrait donc encore une fois un temps précieux avant d'arriver à frapper.

— Ne le sous-estimez pas, sergent. J'attends confirmation, mais il semble que nous ayons un décès et plusieurs blessés graves.

— Je ne le sous-estime pas, je me contente de l'évaluer. Il est dangereux, très dangereux. Mais il n'est pas entraîné au combat.

— Alors, vous pourriez le maîtriser ? Je ne peux pas prendre le risque de faire se rapprocher mes tireurs sans une bonne diversion, et je ne vois pas quoi faire d'autre.

— Le maîtriser n'est pas un problème, d'après ce que je vois, commissaire. C'est d'entrer là-dedans sans qu'il prenne peur et se mette à faire du grabuge qui m'inquiète le plus pour l'instant.

— Et moi aussi. Nous ne pouvons pas faire grand-chose pour tenter une diversion parce que le moindre mouvement qu'il repère déclenche un nouvel accès de violence.

— C'est un magasin de portables, non ? Et l'accès ? Ouverture automatique ?

— On a réussi à en prendre le contrôle d'ici et on a bloqué en position ouverte. On a estimé que ça offrait la meilleure sécurité, donc si on trouve un moyen pour entrer, on ne perdra pas de temps là-dessus.

— Alors, comme voie d'accès, ça pourrait coller pour moi. Si j'arrivais en marchant avec mon mobile dans la main et les écouteurs dans les oreilles, comme si j'écoutais de la musique, je pourrais tranquillement faire un saut à l'intérieur comme si je n'avais rien re-marqué de ce qui se passe autour de moi. Au moins, ça me permettrait d'entrer.

— Il ne va jamais mordre à l'hameçon. Pour com-mencer, vous portez un gilet pare-balles.

— Et si je ne po….

— Hors de question. Qui c'est, votre nouveau tôlier ?

— L'inspecteur-principal Baker.

— Eh bien, en aucun cas je ne serai celui qui dira à Big Jim que j'ai laissé rentrer un de ses gars là-dedans sans protection et qu'il s'est fait tuer. Il faut que j'obtienne le feu vert de mon supérieur et il faudrait que j'aie l'assentiment de Big Jim, au moins par poli-tesse.

— Commissaire, je vous serais très reconnaissant

si vous ne disiez pas à mon chef que je suis ici. Vous avez appris que sa fille a disparu ? Nous avons été informés qu'elle pourrait être ici, mais je ne voulais pas le lui dire au cas où ce serait une fausse piste. S'il apprend que je suis ici, il voudra absolument savoir pourquoi ; et il est bien capable d'arriver toutes sirènes hurlantes, s'il pense que Rosie est dans le centre.

Kelly soupesa le pour et le contre.

— D'accord, voici le deal, et à condition que mon patron soit d'accord : je ne dirai rien à Big Jim à ce stade. Vous enfilez votre blouson par-dessus votre gilet pare-balles pour que ça ne se voie pas et vous essayez d'entrer dans le magasin. Je positionne quelques tireurs aussi près que possible, tout en gardant une marge de sécurité pour qu'ils ne risquent pas d'être repérés, comme ça vous avez une couverture en cas de nécessité. Vous évaluez la situation sur place sans rien négliger et si c'est trop risqué, pour vous ou pour les civils, vous décrochez. Compris ?

— Compris, commissaire. Et ne vous inquiétez pas, je sais détaler en cas de nécessité. Je ne ferai courir de risques à personne, moi-même compris.

Pendant qu'il montait l'escalier tournant jusqu'au dernier étage, Ted jubilait : il allait retrouver le boulot pour lequel il avait été formé. Il voyait les policiers armés avancer silencieusement le long du couloir, deux de chaque côté, dos courbés, rasant les devantures. Ted marchait au milieu du couloir, avec l'air le plus détaché possible. La fermeture éclair de son blouson était remontée jusqu'en haut et cachait le gilet pare-balles qui était censé le protéger de blessures graves s'il avait mal calculé son coup.

Il n'était pas vraiment inquiet, grâce à ce que les vidéos lui avaient révélé. L'homme qu'il allait affronter à l'intérieur était dangereux, ce d'autant plus qu'il était imprévisible, mais il était évident d'après ces images qu'il n'avait jamais appris à se servir d'une arme. Ted avait passé des heures avec M. Green à étudier des tas de manières efficaces pour désarmer un agresseur. Il fallait simplement que l'élément de surprise joue en sa faveur.

En flânant comme ça, les écouteurs branchés sur le portable, balançant la tête en marchant comme s'il écoutait de la musique, il ne devrait pas éveiller les soupçons. En fait, il n'y avait pas de musique, il était en ligne directe avec le poste de commandement pour qu'ils puissent l'informer à tout moment en cas d'évolution dans le magasin.

Il savait que le plus délicat était de parvenir à isoler l'homme aux machettes des nombreux clients qu'il avait regroupés autour de lui. Il fallait s'assurer que le face à face n'implique absolument personne d'autre que l'agresseur et lui. Les policiers du PC étaient en train d'expliquer à l'homme en ligne dans le magasin de rester calme et de ne pas réagir, mais dès que Ted aurait bougé, de demander à tout le monde d'évacuer les lieux. La négociatrice ferait de même par la sono.

Ted n'avait aucun doute sur ses capacités en arts martiaux. Il avait fait quelques séries d'étirements avant de monter. Il allait donc être complètement opérationnel pour la mission qui l'attendait. Il ne pouvait pas se permettre d'être trahi par un tendon récalcitrant. C'était sa capacité d'acteur qui allait être déterminante. Il savait qu'il n'avait pas l'air du tout d'un policier. Mais est-ce que l'homme aux machettes se sentirait menacé en le voyant ? Dans un sens, il espérait que oui. Il fallait que l'homme concentre son attention sur le nouvel intrus. Peut-être même devrait-il lancer une attaque sur lui.

À ce moment seulement Ted saurait s'il était vraiment à même de le maîtriser.

31

D'un pas tranquille, Ted entra dans le magasin par la porte ouverte, s'efforçant de donner le change, l'agresseur avait fait rassembler tous les clients dans le fond de la boutique. Il allait et venait devant eux, toujours armé de ses deux machettes, comme un chien Collie qui a mené le troupeau dans l'enclos et attend que le berger vienne fermer la barrière.

La manière dont il tenait ses armes confirma ce que Ted avait décelé sur les caméras de sécurité. Il était dangereux parce qu'il était imprévisible, mais il n'avait visiblement aucune notion précise du maniement des machettes. Juste avant de quitter le PC, on avait dit à Ted que le décès, confirmé maintenant, était probablement dû à une crise cardiaque plutôt qu'à une blessure par arme blanche, même si la série de coups de machette mal ajustés qu'avait reçue la victime pouvait bien avoir provoqué l'arrêt du cœur.

Pendant ses allers et retours incessants, l'homme n'arrêtait pas de parler tout seul. Ted n'avait aucune idée de la langue dont il s'agissait. Elle avait des sonorités dures, gutturales. Cela lui rappelait le langage des orques dans la trilogie *Le Seigneur des Anneaux* qu'il avait vue avec Trev. Il ne pouvait en être sûr, mais on

350

aurait dit qu'il répétait les mêmes choses sans arrêt.

Ted était aussi soulagé d'avoir évalué correctement la taille de l'homme. Il n'était pas grand, il n'était donc pas nécessaire de revoir les gestes d'attaque que Ted avait prévus.

La sono diffusait la voix d'une femme, calme et mesurée, celle de la négociatrice, elle garantissait à l'homme que la situation pouvait encore trouver une issue favorable sans faire nouvelle effusion de sang. De temps en temps, elle ajoutait quelque chose, apparemment dans d'autres langues. L'homme n'y prêtait aucune attention. Il ne semblait même pas encore s'être rendu compte de la présence de Ted dans le magasin. Il n'avait même pas regardé dans sa direction.

C'était maintenant qu'intervenait la manœuvre la plus dangereuse. Ted devait se faire remarquer. Il fallait qu'il attire l'homme loin du regroupement des clients, vers l'espace dégagé à l'entrée, de façon à pouvoir intervenir sans blesser personne.

En tout cas, c'est ce qu'il espérait.

Il savait que la couverture armée était maintenant positionnée juste derrière la porte, mais il fallait avant tout que l'homme soit maîtrisé. En aucun cas ils ne pouvaient prendre le risque de tirer sur lui avec autant de gens dans un espace aussi réduit.

La meilleure manière de provoquer une attaque c'est généralement d'en lancer une. Ted devait planifier son intervention au millimètre, amener l'agresseur à venir vers lui. Plus il serait près de la porte, plus il serait facile de gérer la situation. Ted avait des menottes dans une poche de son blouson, une bombe lacrymogène dans l'autre, au cas où. Il espérait que sa maîtrise des arts martiaux suffirait à régler le problème. Il n'allait pas tarder à le savoir.

— Hé ! Qu'est-ce que vous faites ? cria-t-il.

L'homme parut découvrir sa présence. Il essayait de comprendre ce que faisait là cet intrus de petite taille qui s'adressait à lui, mais il semblait regarder dans le vague. Soudain, comme Ted l'avait espéré, l'homme baissa la tête, leva la machette qu'il tenait dans sa main droite et chargea. Ses gestes étaient maladroits, mal coordonnés.

Ted pivota sur une jambe. C'était le bref instant où il risquait des blessures graves aux parties du corps non protégées par le gilet pare-balles. Si l'homme était assez rapide pour brandir la lame meurtrière qu'il tenait dans sa main gauche et lui asséner un coup, Ted était en grave danger. Il avait basé son analyse sur le manque évident d'adresse et de coordination de l'homme. C'était le moment de vérité : avait-il correctement évalué les risques ?

Son autre jambe se détendit pour crocheter l'homme par le cou et le tira vers l'avant, le faisant basculer au sol avant même qu'il puisse se servir d'une de ses machettes. Ted s'assit promptement sur son dos en hurlant « Agresseur maîtrisé » à l'attention des policiers armés en stand-by juste derrière l'entrée.

D'un coup de pied, le premier entré fit voler la machette que l'homme tenait dans sa main gauche. Ted avait déjà neutralisé l'autre, ramené les bras de l'homme dans son dos et sorti ses menottes. Tout cela n'avait pris que quelques secondes.

L'agent armé était aussi quelqu'un que Ted connaissait.

— Bien joué, Ted. Tu peux nous le laisser maintenant, il est en de bonnes mains. Merci.

— Ne soyez pas trop durs avec lui quand même, hein ? Je ne sais pas trop, mais pour moi il est en plein épisode psychotique.

Le signal de fin d'alerte avait été donné et les secours arrivaient. Beaucoup des clients paraissaient au bord de l'hystérie maintenant que la pression était retombée. Un ou deux s'approchèrent de Ted pour le remercier, certains avec leurs portables pour immortaliser l'instant. Il leur demanda poliment de ne pas le faire. Il ne voulait pas que Trev voit son image diffusée où que ce soit. Il n'envisageait pas de trop lui en dire sur ce qui venait de se passer.

Il sortit du magasin, mission accomplie, ne restait qu'un débrief avec le superintendant. Dans l'escalier, des agents qui montaient s'arrêtèrent pour le féliciter de ce travail rondement mené. Quelques-uns lui serrèrent la main, d'autres lui tapèrent sur l'épaule. Ted avait horreur de tout ça. Il ne faisait qu'exécuter le travail pour lequel il avait été formé.

Quand il arriva au PC il y eut des applaudissements spontanés de la part de tous ceux qui étaient là, y compris du superintendant Kelly.

— Bien joué, sergent Darling, bon travail. Faites-moi passer votre rapport dès que possible.

— Super, sergent, dit Tina avec beaucoup d'enthousiasme.

Elle avait tout suivi sur les écrans de contrôle.

— Le truc du coup de pied, époustouflant.

— Pas un truc, Tina. C'est un crochet avec la jambe, un geste technique de Taekwondo, corrigea Ted. Il avait horreur de l'approximation.

— Ah, en tout cas c'était incroyable.

— Commissaire, avant de partir, est-ce que nous pouvons jeter un œil aux caméras de sécurité pour voir si notre personne portée disparue apparaît sur les vidéos ? Pas la peine d'essayer d'interroger quelqu'un avant que tout soit revenu à la normale, mais ça serait quand même bien d'exploiter notre info. tant qu'on est là.

— Tout est à votre disposition. J'espère que vous allez retrouver la gamine, j'imagine dans quel état votre inspecteur-principal doit être.

Ils visionnèrent tout ce qui était disponible, mais il n'y avait aucune trace d'une jeune fille ressemblant de près ou de loin à Rosalie. Malgré son succès avec l'assaillant, Ted était bien morose dans la voiture pendant le retour à Stockport avec Tina. Il avait tellement compté trouver une piste pour localiser Rosie et mettre fin aux souffrances du Big Boss, mais ils rentraient bredouilles.

Une fois de plus, quand Ted entra dans le bureau, il fut salué par une salve d'applaudissements des membres de l'équipe, qui se levèrent en son honneur. Rien ne restait secret bien longtemps dans la police. Jack vint lui serrer la main et la lever en l'air comme s'il proclamait la victoire d'un boxeur.

— Et voici l'homme du jour. Le Maître Miyagi de Stockport, j'ai nommé : le Karaté Kid.

Ted retira sa main, mal à l'aise.

— Ce n'était pas du karaté, c'était une prise de

Taekwondo, commença-t-il à dire.

Jack se pencha plus près et lui murmura à l'oreille :

— Méfie-toi quand même, tout le monde n'a pas sauté en l'air en apprenant ce que tu venais de faire.

Juste à ce moment-là, la porte du Big Boss faillit sortir de ses gonds en s'ouvrant et le DCI apparut, immense dans l'encadrement. Ce qui était sûr, c'était qu'il n'avait pas l'air enchanté.

— Sergent Darling, il faut que nous ayons une petite conversation.

Ted prit le chemin du bureau, se demandant bien ce qui l'attendait ; Jack tapota sur son épaule et murmura « bonne chance » au passage.

— Fermez la porte.

Le DCI se laissa lourdement retomber sur son siège, qui grinça de douleur. Il leva la tête vers Ted.

— Auriez-vous l'obligeance de m'expliquer ce que vous alliez foutre à jouer les cowboys sans même me consulter ?

— Chef, il se trouve que j'étais à un endroit où un incident grave avait lieu. J'étais le seul agent spécial sur place, j'ai donc pensé qu'il serait bien de proposer mes services.

— Ah, ben voyons. Sans me consulter ? Et pourquoi est-ce qu'on ne m'a informé de rien, même pas de la raison pour laquelle vous étiez là-bas ?

— Je suis désolé. On nous avait signalé que quelqu'un qui ressemblait à Rosie avait été vu là-bas. J'ai pris la décision de ne pas vous mettre au courant jusqu'à ce que j'aie vérifié, plutôt que de vous donner de faux espoirs...

— Je vous interdis ! l'interrompit Big Jim en hurlant si brusquement et si fort que Ted en sursauta presque.

Je vous interdis de prendre ma fille comme excuse pour commencer à la jouer en solo. Dans tous les cas, absolument tous les cas, j'entends que vous me teniez informé en permanence dès qu'il y a du nouveau, en détail et par le menu. Et ça inclut celui qui concerne ma fille.

— Désolé, chef.

— Et c'était elle ?

— Non, chef. J'ai resuivi toutes les bandes de vidéo-surveillance du snack où elle était supposée travailler, mais je n'ai trouvé aucune trace de quelqu'un qui lui ressemblerait.

— OK. Bon, il faut que vous vous preniez une décision pour la suite. Quel genre de poste vous voulez ? Je vous ai fait venir dans ce groupe parce que je pensais que vous seriez un bon inspecteur. C'est encore mon avis, en tout cas la plupart du temps. Mais je n'ai rien à faire d'un inspecteur qui la joue perso, qui ne prend pas la peine de me consulter. Quelle qu'en soit la raison. Ce n'est pas comme ça que ça marche. Ce n'est pas ce que j'attends de vous.

— Désolé, chef, j'ai commis une erreur de jugement. Ça ne se reproduira pas.

— Et ça vaudrait mieux pour votre matricule parce que j'étais prêt à vous faire monter inspecteur par intérim sous peu, jusqu'à ce que vous me fassiez ce coup-là. Est-ce que vous êtes de garde ce week-end ?

— Non, chef.

— Eh bien prenez le temps de vous poser les bonnes questions. Est-ce que vous regrettez encore le taf d'agent spécial, ou est-ce que ça vous va de continuer chez nous autres, simples mortels de la PJ ? Parlez-en avec votre Trev, voyez ce qu'il en pense. Parce que je n'aime pas ceux qui n'en font qu'à leur tête. Il n'y a pas de place pour eux dans mon groupe. Je ne veux pas vous voir sauter sur la première occasion d'intervenir en tirant sur tout ce qui bouge alors que vous êtes supposé être sur une autre enquête. En tout cas pas avant d'avoir eu mon feu vert. Je veux un inspecteur dont je sois sûr qu'il reste dans les clous. Ça n'est peut-être pas si excitant que ça, mais c'est comme ça que je veux que ça marche.

— Oui, chef.

— Avant que vous partiez, il faut quand même que je vous le dise. Vous savez qu'un truc dans ce genre fait le tour de la maison en un rien de temps. J'ai eu le directeur-adjoint au téléphone. Il a évoqué une citation pour bravoure en service, il m'a dit que je devrais proposer votre nom.

L'angoisse de Ted se lisait sur son visage.

— Je vous en prie, surtout pas ça. Ce genre de chose m'horripile.

L'ébauche d'un sourire passa sur le visage de Big Jim.

— Alors c'est ça votre point faible. Je saurai de quoi vous menacer si jamais vous me refaites le coup. Et je ne vous conseille pas d'essayer. Prenez bien le temps de réfléchir à votre avenir, et d'y réfléchir sérieusement, bon sang, et dites-moi ce que vous comptez faire lundi matin. Et maintenant, dégagez ! Au boulot !

Ted hésita sur le pas de la porte.

— Si je peux me permettre, est-ce que Mme Baker a une idée où Rosie pourrait être ? Est-ce que vous avez abordé le sujet avec elle ? Est-ce qu'il est possible que ce soit avec elle que Rosie soit en contact ?

Il ne savait pas trop si sa tête n'allait pas sauter sur le billot pour avoir été trop indiscret. Mais il fallait qu'il sache.

Le DCI soupira et passa sa grande main sur son visage.

— Elle m'a fait l'honneur de me consacrer quelques instants hier soir. Elle est revenue se changer. Je lui ai dit qu'il n'y avait toujours aucune trace de Rosie. Ça n'a pas eu l'air de l'inquiéter. Je suis prêt à parier que ce n'est pas elle qui est en contact. Elles ne s'entendent pas même quand le temps est au beau fixe.

Elle m'a dit qu'elle l'avait déjà fait et qu'elle était revenue, et qu'elle reviendrait à nouveau, probablement quand elle aurait besoin de piocher dans le porte-monnaie de papa. Et puis elle est partie à nouveau voir le je-ne-sais-qui qu'elle fréquente en ce moment. Je n'arrive plus à suivre, même si je mettrais ma main à couper que tout le monde sait qui c'est dans la maison.

— Ça va aller, patron ? Je pourrais passer ce soir….

— Vous avez votre vie. Rentrez chez vous retrouver Trev, et vos sept protégés.

— Si je dis à Trev que je lui organise un weekend quelque part, il ne verra pas d'inconvénient à ce que je je m'absente à nouveau ce soir. Indien ou chinois, patron ?

— Tu rentres tôt.

— Oui, mais je ne reste pas. Désolé, Big Jim n'est pas dans son assiette ce soir. J'ai dit que j'irais le voir avec un repas prêt à emporter. Ça ne te fait rien, hein ? Mais en échange, je t'emmène pour le weekend.

Les yeux de Trev se mirent à briller à cette idée.

— Ça m'a l'air correct. Où est-ce que tu m'emmènes ? Les galeries d'art à Paris ? Les maisons de mode à Milan ?

Ted hésita, avec Trev, il n'était jamais sûr si c'était du lard ou du cochon.

— Euh, je pensais à Snowdonia. Une chambre d'hôtes sympa, une petite balade, un truc comme ça. Mais on peut aller à Paris si tu préfères.

Trev se mit à rire.

— Grand crétin, tu aurais horreur de ça. Mais qu'est-ce qui me vaut cet honneur ? Ne va pas croire que je pinaille, à cheval donné on ne regarde pas les dents.

— Aujourd'hui, j'ai dû faire quelque chose. Un peu en dehors de mon champ d'intervention actuel. Un peu comme quand j'étais agent spécial. Big Jim n'était pas spécialement content. Il m'a dit de réfléchir sérieusement à mon avenir et de prendre une décision. Il faut que j'en parle avec toi, et tu me connais, c'est plus facile pour moi en pleine nature.

— Je ne suis pas trop content non plus, dit Trev, qui avait l'air inquiet maintenant. Tu as fait quelque chose de dangereux ? Ted, franchement ? Tu sais que j'ai toujours dit que je ne te demanderais pas de choisir entre ton travail et moi. Je croyais que tu avais pris tes marques à la PJ ? Que tu étais satisfait de ton nouveau poste ?

— C'est le cas. C'est juste qu'il y a eu un truc, j'étais là, j'étais qualifié pour intervenir. Ecoute, on en parle ce weekend ? S'il te plaît ?

— Il me faut un espion dans l'équipe, lui dit Trev. Quelqu'un qui me tienne au courant de ce que tu fais. C'est bien agréable de faire des sorties avec Jack et sa femme, mais j'aimerais voir d'autres gens de l'équipe, pour me trouver une taupe. Et si on les invitait tous pour boire un verre ensemble, ou un truc comme ça ?

Ted fit la moue. Son choix était clairement de ne pas mêler travail et vie de famille autant que faire se peut.

— On n'a pas tellement la place …

— Bon, d'accord. A Noël prochain. Demande à Dave au Grapes l'autorisation d'utiliser sa petite salle. Je préparerai quelque chose. Des *mince pies*. Je m'occupe de tout. Fais venir toute l'équipe. Big Jim aussi, et Bill peut-être. Comme ça, je pourrai choisir mon informateur sans que tu saches qui c'est.

— Oui, d'accord, va pour tes tartelettes de Noël aux fruits confits.

Il faut dire que les *mince pies* de Trev, avec leur pâte légère et leur petite goutte de brandy, étaient une vraie tuerie !

Ted l'embrassa sur la joue. Il monta à l'étage et quitta prestement ses habits de boulot pour enfiler quelque chose de plus confortable. Puis il ressortit prendre sa voiture et chercher un repas à emporter avant de repartir chez le Big Boss.

Ce que Trev avait dit lui avait rappelé la possibilité

que ce soit quelqu'un du commissariat le contact de Rosalie. Et qu'il fallait s'attendre à une sacrée réaction de Big Jim s'il venait à découvrir de qui il s'agissait.

Epilogue

6 mois plus tard – Veille de Noël

Le DCI fit tinter une cuillère contre son verre de whisky.

— Allez, tout le monde, un peu de silence s'il vous plaît. Bon, je ne vais pas vous infliger un long discours. Mais en tant qu'officier le plus gradé ici, j'ai pensé qu'il me revenait de dire quelques mots de remerciements à l'inspecteur Darling…

Les membres du groupe se mirent à applaudir. Ted assurait l'intérim depuis quelques mois maintenant et il s'avérait un chef apprécié. C'était la première confirmation officielle de sa promotion. Jack le savait déjà, bien sûr. Le DCI les avait pris à part tous les deux quelques semaines auparavant pour qu'ils soient au courant.

— Je te suis très reconnaissant, Jack, je n'aurais pas pu y arriver sans toi, lui dit Ted sincèrement.

— Je savais bien que tu ne pourrais pas, avait répondu Jack en riant. Alors, en échange, maintenant que tu es dans les secrets de la maison tu peux m'en livrer quelques-uns pour m'aider à te rattraper.

— Alors, c'est qui le nouveau chef ? les interpela

Maurice Brown. C'était déjà assez difficile comme ça de dire sergent aux deux, mais maintenant je suis complètement perdu.

— Le Big Boss de ce groupe, le « grand chef », c'est moi, DC Brown, ne le perdez pas de vue - Jim Baker semblait aboyer, en fait le ton était jovial - mais je crois que le DI Darling a fini par nous montrer à tous qu'il mérite le titre de « chef ». Il n'est pas pour rien dans le fait que Ray Mann bénéficie maintenant d'un séjour prolongé aux frais de sa Majesté. C'est un bon résultat, et ce n'est qu'un parmi tant d'autres.

Il y eut une autre ovation du groupe à ce rappel. Bien qu'il ait plaidé non-coupable, Mann avait été jugé coupable. Sa condamnation à la prison à vie était assortie d'une peine incompressible de vingt-cinq ans.

— Et bien sûr, j'aimerais remercier Trevor, qui a eu la gentillesse de nous préparer tout ça ce soir, poursuivit le DCI. Sans oublier qu'il s'occupe de Ted pour que celui-ci soit en mesure d'être au taquet avec le groupe !

Personne n'était en service. C'était un évènement informel et convivial, entre amis et collègues. Juste comme Ted l'avait espéré la première fois que Trev en avait eu l'idée.

Ted brûlait vraiment d'avoir une conversation avec Jack dans un coin tranquille. Il savait qu'il n'aurait pas pu en arriver là sans son aide et son appui constants. Jack aurait pu lui rendre la vie difficile et au lieu de cela, ils étaient devenus bons amis en même temps que collègues.

— Sans rancune que je te sois passé devant ?

— Tant qu'on est d'accord sur qui est le vrai chef !

fit Jack avec un clin d'œil. Tu le mérites, Ted. Tu as travaillé dur, tu as fait tes preuves. Tu as fait bouger le groupe comme je n'aurais jamais su le faire.

— Quand tu seras prêt à postuler pour inspecteur, tu sais que je te soutiendrai à fond. Et Big Jim aussi.

— Merci. Je saurai m'en souvenir. C'était une idée géniale de ton Trev, dit Jack en regardant de l'autre côté de la petite salle, où Trev était en conversation avec Rob O'Connell, Virgil Tibbs et leurs conjoints. Il était dans son élément, toujours boute-en-train et aux petits soins, comme d'habitude.

— En tout cas je n'aurais pas pu y arriver sans son appui. Je me demande bien pourquoi il reste avec moi alors qu'il aurait pu avoir qui il voulait, mais c'est tant mieux pour le moment.

— Tu plaisantes ? Tu es supposé être un détective, être perspicace. Si ma femme m'avait regardé comme Trev te regarde ne serait-ce qu'une seule fois, je serais le plus heureux des hommes.

Comme s'il avait senti qu'on parlait de lui, Trev regarda soudain dans leur direction et sourit tendrement à Ted.

— Tiens, tu vois ! Je ne souhaite sans doute pas vraiment connaître votre secret, mais tout le monde peut voir que vous êtes faits l'un pour l'autre.

— Comment ça va avec ta femme en ce moment, Jack ?

La femme de Jack Gregson était en conversation avec Maurice Brown au buffet.

— Pas terrible. Elle parle de faire un break. Si on s'engueule encore à Noël, ça pourrait devenir un peu plus permanent. Elle veut que je quitte la police, mais je ne veux pas.

Est-ce qu'il t'arrive de regretter d'avoir quitté le groupe armé pour vivre avec Trev ?

L'expression sur le visage de Ted pendant qu'il renvoyait son sourire à Trev parlait d'elle-même.

Big Jim arriva pour parler à Ted, l'assiette pleine à ras bord de bonnes choses. Ted et lui étaient en train de devenir non seulement des collègues de travail, mais aussi des amis en dehors. C'était en général à Ted qu'il s'adressait quand il n'avait pas le moral, toujours sans nouvelles de sa fille disparue.

— Si vous n'avez rien de mieux à faire dans la journée demain, Jim, vous savez que vous êtes toujours le bienvenu chez nous. Vous n'avez qu'à passer à l'improviste venir boire un verre et grignoter quelques *mince pies.*

Ted était plein de tact, il essayait de savoir si le Big Boss serait seul le jour de Noël ou si sa coureuse de femme risquait de faire un saut, aussi bref soit-il. Il n'était pas si rare que Jim passe chez eux, chaque fois qu'il avait le moral dans les chaussettes. Il évitait toujours habilement les embrassades avec Trev. Trev était tactile, avec tout le monde. Ça sortait trop de la zone de confort de Jim, même s'il appréciait la chaleur et la gentillesse qu'il trouvait toujours chez eux.

— C'est gentil de proposer, Ted, merci. Mais en général Margery débarque le jour de Noël sans prévenir et joue la petite épouse modèle pendant quelques heures. Une fois l'attrait de la nouveauté passé, elle s'en va à nouveau.

— Vous pourriez venir avec elle si ça vous dit, pas de problème.

— Merci. C'est vraiment gentil de me le proposer. Alors, vous n'avez aucun regret d'avoir décidé de rester avec nous et d'avoir dit adieu au monde des grands frissons ?

— Vraiment aucun. Si ça rend Trev heureux, alors c'est bien pour moi. Nous en avons longuement discuté, ce fameux weekend dans le Snowdonia. Il sait que ce n'est jamais facile de vivre avec un policier, mais le fait que je sois à la PJ plutôt que dans la police armée le rend plus heureux. Et s'il est heureux, moi aussi.

Ted suivait Trev du regard autour de la pièce, hôte parfait, comme toujours, il allait d'invité en invité, proposant à boire et à manger. Il se demandait s'il avait réussi à trouver une taupe parmi les membres du groupe, et qui c'était.

— Ted, ne culpabilisez pas si nous ne l'avons pas encore retrouvée.

Le DCI était perspicace. Il savait que Ted ne pouvait pas supporter de ne pas avoir su réunir le Big Boss et sa fille disparue. Il consacrait ses rares moments de répit à poursuivre les recherches.

— C'est la fille d'un policier, ne l'oubliez pas. Elle connait un truc ou deux. Si elle ne veut pas qu'on la retrouve, elle sait parfaitement comment s'y prendre.

Ted allait répondre quand son mobile sonna. Kevin Turner. C'était l'inspecteur de garde ce soir et Ted l'était pour le SRPJ. Il savait d'instinct que ce ne serait pas pour lui souhaiter de joyeuses fêtes.

Au moins, cette fois, il avait prévenu Trev à l'avance qu'il serait d'astreinte. Et il lui avait réservé un voyage-surprise pour ses prochains congés.

— Désolé d'interrompre votre petite fête, Ted. Nous avons une mort suspecte pour vous. Un homme, pas d'identité, aucun autre détail. Il vient d'être repêché du fleuve près de Merseyway. Pas très appétissant. Est-ce que je peux te mettre sur le coup ?

— Le choix entre les *mince pies* de Trev et un cadavre en décomposition ? Choix difficile, Kev. OK, je vais chercher Jack et on y va tout de suite, on va trouver de quoi il retourne et on vous passera l'info. Et un joyeux Noël à vous aussi. J'espère que vous avez quelque chose de plus excitant qu'un cadavre dans votre chaussette de Noël ou sous votre sapin.

— Un appel ? demanda le DCI quand il raccrocha.

— La Mersey vient de nous livrer notre cadeau de Noël. Le corps d'un homme, et pas très frais, d'après les infos. Je vais y aller avec Jack et nous allons jeter un coup d'œil. On va voir si c'est pour nous ou pas. Est-ce que ce serait faire preuve d'égoïsme de souhaiter que ce ne soit pas le cas, pour que nous puissions tous passer un bon Noël ?

— Oh, rien d'égoïste là-dedans, je dirais plutôt que c'est bien normal ! Tenez-moi au jus.

Ted alla le dire à Trev en premier.

— Rentre en taxi. Ne conduis pas si tu as pris quelques verres, le mit en garde Ted en sortant son portefeuille pour être sûr que son compagnon aurait assez pour la course.

Trev avait pris la voiture de Ted pour apporter ce qu'il avait préparé au pub, et Ted était allé au travail en moto. Il allait rejoindre l'endroit où le corps avait été retrouvé dans une voiture de service avec Jack.

— Je n'ai aucune idée du temps que ça va prendre

tant que je ne suis pas sur place.

Trev se baissa pour l'embrasser. Assez discrètement, il savait que ça aurait embarrassé Ted devant son groupe.

— OK, fais juste attention à toi et reviens quand tu pourras. On pourra fêter ça quand tu auras quitté tes oripeaux de policier.

Quand Ted vint lui annoncer qu'ils devaient y aller, sa femme lança à Jack un regard aux antipodes de la réaction de Trev. Elle serrait les lèvres d'un air de reproche. Ted espérait que, malgré ce que Jack avait dit juste avant, ça ne scellerait pas la fin de leur mariage.

— Alors, toi et moi que le devoir appelle le jour de Noël, Ted ? dit Jack comme ils sortaient du pub pour aller au commissariat prendre un véhicule. Ted avait convenu en début de soirée que c'était lui qui prendrait le volant s'il fallait conduire, puisqu'il ne boirait pas de toute façon.

— C'est bien comme ça que tout a commencé, non ?

Remerciements

Je voudrais remercier les personnes qui m'ont aidée à mettre Ted Darling au monde, les consultants pour la police, les Trois Karen, et Nathan Pill, le consultant pour les arts martiaux.

Un merci particulier à Kate Pill qui a eu l'élégance d'accepter de servir de cobaye pour s'assurer que tous les mouvements d'arts martiaux décrits dans le livre sont réalistes et exécutables.

Sur l'auteur

LM Krier est le pseudonyme de Lesley TITHER, journaliste et rédactrice publicitaire à la retraite. Elle écrit aussi des mémoires de voyages sous le nom de Tottie Limejuice (*Maman, vends le cochon*). Lesley Tither est née et a travaillé au Royaume Uni, elle est maintenant naturalisée française et vit en Auvergne.

Dans la version originale en anglais, la série des romans policiers *Ted Darling* compte quinze titres. *Darling* est le seul traduit en français à ce jour.

Site web : https://www.teddarlingcrimeseries.uk/

Éditions Livres Lemas

ISBN : 978-2-901773-49-8

Dépôt légal octobre 2020

www.ingramcontent.com/pod-product-compliance
Lightning Source LLC
La Vergne TN
LVHW042346190726
843493LV00005B/929